rororo

Allan Pedrazas wurde in Tampa, Florida, geboren und wuchs in Fort Lauderdale auf. Er verbrachte den größten Teil seines Lebens in Florida und lebt heute in Fort Myers Beach. Dort arbeitet er für den amerikanischen Zoll, der schon Herman Melville und Nathaniel Hawthorne mit Jobs versorgte. *Kein Trinkgeld für Harry* ist sein Romandebüt, das in Amerika gefeiert und mit dem Private Eye Award des Verlags St. Martin's Press ausgezeichnet wurde.

«Pedrazas erweist sich als höchst versierter Erzähler mit einer sehr einnehmenden Stimme.» *(Publishers Weekly)*

Allan Pedrazas

Kein Trinkgeld für Harry

Deutsch von
Erika Ifang

Rowohlt Taschenbuch Verlag

rororo thriller

Herausgegeben von Bernd Jost

Deutsche Erstausgabe
Veröffentlicht im Rowohlt Taschenbuch Verlag
GmbH, Reinbek bei Hamburg, August 1999

Die Originalausgabe erschien 1995 unter dem Titel
«The Harry Chronicles»
bei St. Martin's Press, New York

Redaktion Wolfram Hämmerling
Umschlaggestaltung Notburga Stelzer
(Foto: The Image Bank / Lisa J. Goodman)
Satz Trinité PostScript (PageOne)
Gesamtherstellung Clausen & Bosse, Leck
Printed in Germany
ISBN 3 499 43283 8

Für Doris

1

Der Mann, der Zwerge haßte, saß am Ende der Bar und beichtete Father Shifty flüsternd seine Sünden. Es war Beichtstunde in der Sand-Bar, wie eigentlich immer, da Sünden am Strand so zahlreich sind wie die Muscheln. Father Shifty schien das leere Glas vor sich mehr zu beunruhigen als die Missetaten seines Beichtkindes. Die Absolution war für den Preis einer neuen Runde zu haben. Buße on the Rocks.

Die Sand-Bar ist Father Shiftys Lieblingskirche, wenn Carla Meadows Dienst tut. Zugegeben, als Barkeeperin ist Carla geschickter darin, nett mit abtrünnigen Klerikern und verlorenen Seelen umzugehen, als ich.

Father Shifty stammt aus einer irischen Großfamilie. Er wurde schon in frühester Kindheit von der Familie als ihr Verbindungsmann zu Gott auserkoren und der Kirche überschrieben. Anscheinend haben damals alle irischen Familien mindestens einen Priester oder eine Nonne aus ihrer Mitte gestellt. Father Shifty wurde also aufs Priesterseminar geschickt, um eine Antwort zu finden, obwohl er sich nicht einmal über die Frage ganz klar war. Seine Lehrer sagten, es mangele ihm an Disziplin und Konzentration, was nach Father Shiftys Ansicht jedoch eine Vorbedingung war, um überhaupt eine Versammlung mit irgendeinem Monseigneur oder einem Spendeneintreiber aus der Gemeinde durchzustehen. In den sechziger Jahren reihte sich der junge Priester unter die «radikalen Pazifisten ein, die exklusive Minderheit des Jahrzehnts». Seine Worte. Er fiel einer vom Fernsehen aufgezeichneten Antikriegsdemonstration zum Opfer. «Eine peppige Friedensdemo.» Leider bekam ein Vasall des Vatikans Father Shiftys Interview vor laufender Kamera mit. Der radikale Priester wurde in der Fernsehdokumentation gezeigt, wie er die katholische Kirche wegen ihres repressiven Dogmas und ihrer Vorspiegelung ökumenischer Illusionen anprangerte. Father Shifty warf der Kirche außerdem Versagen gegenüber der freiheitlich gesinnten Jugend Amerikas vor. «Ein Witz, schließlich gründet sich die Kirche ja auf die revolutionären Lehren von Jesus Christus.» Schlimm genug, daß Father Shifty Jesus in einem Atemzug mit Abbie Hoffman und Jerry Rubin genannt hatte, zwei jüdischen Yippies. Aber als er dann auch noch Papst Johannes XXIII. als «kleinen Cäsar» bezeichnete, war das Maß voll. Die Kirche nahm Father Shifty alles, nur nicht seine moralischen Überzeugungen.

Father Shifty war der heiligste Mensch, den ich kannte. Was mich betraf, konnte er jederzeit in der Sand-Bar seinen Amtsgeschäften nachgehen.

Ich saß mehrere Hocker weit vom öffentlichen Beichtstuhl entfernt und ging die Kleinanzeigen «Bekanntschaften» durch.

Hinter der Bar war Carla dabei, Limetten in Scheiben zu schneiden, Zitronen zu schälen und sich auf den Tag vorzubereiten. Über ihrem Kopf wirbelte ein Ventilator eine milde, salzhaltige Luft herum, die vom Atlantik herüberwehte. Das sind die Opfer, die man bringt, wenn man am Strand Geschäfte betreibt statt im stumpfsinnigen Getriebe der Stadt oder in der Konservenatmosphäre eines Glashochhauses.

Es war ein Morgen mitten in der Woche, für die meisten Touristen noch zu früh, um an einer Bar zu sitzen und sich an einem Bier festzuhalten. Sie verbrachten den Vormittag im allgemeinen faul am Strand und gönnten ihrer Hundert-Dollar-am-Tag-Bräune in der glühenden Sonne eine Auffrischung. Beweis dafür, daß sie ihr Geld für die Ferien in Florida gut angelegt hatten. Der normale Typ Sand-Bar-Kunden war bei der Arbeit, füllte Benzin ein, bediente die Tische der Restaurants, zog auf den Charterbooten Köder auf Haken, vermietete

Fahrräder, buchte Zimmerreservierungen, verkaufte Strandkleidung, tätowierte attraktive Hinterteile oder ging anderen touristischen Dienstleistungen nach. Dem, was die Bewohner von Küstenstädten so tun.

Der Mann, der Zwerge haßte, erhob sich, um zu gehen. Er murmelte etwas.

Father Shifty nickte pflichtschuldigst. «Denk dran, Jesus liebt dich.»

«Wenn Jesus mich liebt, warum ist dann der Aktienmarkt so flau?» sagte der Mann, der Zwerge haßte. Er ging.

Father Shifty rief hinter ihm her: «Ich habe nicht gesagt, daß er dich innig liebt.» Er schüttelte träge den Kopf und murmelte: «Eine seltsame Art, sein Brot zu verdienen.»

«Wieso?» fragte ich, noch immer mit den Kleinanzeigen beschäftigt.

Er schaute an der Bar entlang zu mir herüber. «Die Leute wollen mir unbedingt Dinge erzählen, die ich gar nicht wissen will. Warum wohl, Harry?»

«Liegt vielleicht an Ihrem Auftreten», sagte ich, ohne von der Zeitung aufzublicken.

«Nein.» Er schlug mit der Hand auf den Tresen. «Ich will Ihnen sagen, woran es liegt. Es ist der Fluch, der auf rechtschaffenen Außenseitern lastet.»

Ich sah ihn an. «Ist Ihnen schon mal aufgefallen, daß Sie nur Fragen stellen, auf die Sie schon eine Antwort wissen?»

Father Shifty dachte einen Augenblick über diesen Vorwurf nach. «Und woran liegt das Ihres Erachtens?»

Ich lachte. «Weiß ich nicht, aber es stimmt offensichtlich.»

Er starrte mich ein paar Sekunden lang an. «Es liegt daran, daß ich ein weiser Ratgeber bin», sagte er dann.

«Sie sollten im Branchenbuch stehen.»

«Hören Sie diesen Frevler, Carla? Hören Sie, wie Ihr ungehobelter Chef den vergangenen und künftigen Schutzpatron der

Flower-Power-Bewegung schmäht? Sie sind augenscheinlich besser erzogen worden und behandeln einen Heiligen nicht derart respektlos.»

Carla stand am Spülbecken und wusch sich Zitronensaft von den Händen. Sie nahm ein Gläsertuch und trocknete sich ab. «Um ehrlich zu sein, Father, bevor ich Sie kennengelernt habe, bin ich kaum mit Kirche oder Religion in Berührung gekommen.»

Father Shifty zog die raupenförmigen Augenbrauen hoch. «Sie sind aber doch Katholikin, oder?»

«So was Ähnliches. Italienische Katholikin», sagte Carla. «Wir glauben, daß Olivenöl und Knoblauch alle Gebrechen des Körpers und der Seele heilen.»

Der gefallene Priester lächelte. «Und der Ire sagt dir, daß es zur Läuterung der Seele nichts Besseres gibt als ein ordentliches *mea culpa* und einen Schnaps.»

«Was ist denn mit dem stillen Gebet passiert?» fragte ich.

«Das ist für Fußballspiele und heilige Kriege reserviert.»

In diesem Augenblick ging die Tür auf. Ein Mann kam herein. Das erste, was mir an ihm auffiel, war seine Größe. Wahrscheinlich hatte er vor zwanzig Jahren mal am College Basketball gespielt. Er hatte die Sonnenbräune der Reichen und ein vornehmes Gehabe. Er blieb in der Tür stehen und ließ den Blick umherschweifen. Eindeutig zum erstenmal hier. Stammkunden kommen herein, als wenn sie hier zu Hause wären. Der Mann trug eine Sonnenbrille, die wie die Windschutzscheibe eines Ferrari geformt war, einen dunkelblauen Blazer, eine weinrote Krawatte, graue Freizeithosen und weiche Lederslipper. Für den Erfolg gekleidet. Er war die leibhaftige Verkörperung des Typs von Mann, der *Playboy* liest.

Dafür, daß er mit großer Stilsicherheit gekleidet war, benahm er sich sehr unsicher, als er auf die Bar zuging. Er blieb stehen.

Carla begrüßte ihn und fragte ihn nach seinen Wünschen.

«Ich weiß nicht recht», sagte er. Zweifelnd sah er erst Father Shifty, dann mich und wieder Carla an. «Ich glaube, die Adresse stimmt. Ich habe gehört, ich könnte Harry Rice hier finden.»

Carla machte eine Bewegung mit dem Kopf. «Harry ist der da drüben.»

Der Mann musterte mich skeptisch. «Sie?»

Ich nickte.

«Sie sind Harry Rice?»

Ich nickte wieder. Mir wird nachgesagt, ich würde mich selbst wiederholen.

Er kam zu mir herüber und reichte mir seine Karte. Ich warf einen Blick darauf. Da stand: WADE LOFTUS – SPORT-, UNTERHALTUNGS- & MEDIENRECHT. Außerdem eine Adresse und eine Telefonnummer. Ich sah Wade Loftus an.

«Eloise Loftus ist meine Frau.» Er sagte das so, als erkläre es alles. Er schob seine langen Finger in die Brusttasche seines Blazers und zog eine 50-Dollar-Note hervor. «Das ist die Abfindung. Betrachten Sie sich als gefeuert.» Er wandte sich zum Gehen, blieb stehen, drehte sich um und schüttelte den ausgestreckten Finger in meine Richtung. «Und halten Sie sich von meiner Frau fern.» Damit ging er.

Ich spürte Carlas und Father Shiftys Blicke förmlich auf mir.

«Harry, alter Schwerenöter», sagte Father Shifty. «Sie überraschen mich. Aber Sie haben Glück.» Er rieb sich schadenfroh die Hände. «Ehebruch ist nämlich zufällig mein Spezialgebiet.»

Carla kam näher und blieb an der Bar vor mir stehen. Sie grinste, als wäre sie entzückt, ein dunkles Geheimnis über mich erfahren zu haben. «Aber Harry», flötete sie, «was war denn das?»

Ich zuckte die Schultern. «Ich glaube, da hat jemand die falsche Nummer gewählt.»

«Na, hör mal. Er kannte doch deinen Namen. Also sag schon, wer ist diese Eloise Loftus?»

Ich steckte die Visitenkarte und die 50 Dollar ein. «Ich habe keine Ahnung, Carla. Ich habe noch nie was von einer Eloise Loftus gehört.»

2

Eloise Loftus saß in dem Regiesessel neben meinem Schreibtisch im Büro der Sand-Bar. Sie saß anständig da, die Hände auf der Aktentasche aus Aalhaut auf ihrem Schoß. Sie war anständig gekleidet: mit hochgeschlossener Bluse und meerblauem, gefüttertem Anzug, der die im Verhältnis zu ihrer zarten Statur zu großen Brüste nicht verbarg. Sie trug eine anständige Handtasche, in der wahrscheinlich ein recht anständiger Mercedes-Schlüsselanhänger steckte. Sie machte einen sehr anständigen Eindruck für jemanden, der eine Sexclub-Sinnlichkeit ausstrahlt. Vielleicht lag es an ihrem lüsternen ovalen Mund, der mich vermutlich zu allem möglichen überreden konnte. Es können auch die geheimnisvollen Augen gewesen sein, eine Schattierung dunkler als die Sünde. Was immer es war, sie hatte alles, was dazugehört. Ich kenne sie nur von Frauen mittleren Alters, diese undefinierbare Qualität, die sie irgendwie anziehend macht wie Jeanne Moreau. Nicht hübsch, aber verführerisch sexy. Nimmt man die Teile einzeln, bleibt nichts Spektakuläres übrig: zu kurze Beine, Brüste von einer Größe, die das Vorstellungsvermögen unnötig strapaziert, schwarzes, jungenhaft kurzgestutztes Haar, einschüchternde Augen, schwach machende Lippen. Aber nimmt man alles zusammen, bekommt sie den Parisapfel.

Ich konnte meine Augen nicht von ihr wenden.

Sie strich sich eine abtrünnige Haarsträhne aus der Stirn und musterte mich mit ruhigem Blick. «Ist Ihnen bewußt, daß Sie mich anstarren?» sagte sie mit einem halben Lächeln.

«Nein, ich bewundere Sie», sagte ich. «Das ist ein feiner Unterschied, versichere ich Ihnen.»

«Danke. Sehr nett.»

Ich knurrte à la Norman Mailer: «Ich bin nicht nett.»

«Schade! Dabei würde es bestimmt gut zu Ihnen passen», erwiderte sie gewandt. Dann wechselte sie abrupt auf Geschäftston. «Ich bin hier, Mr. Rice, weil Sie, soweit ich weiß, Privatdetektiv sind.»

«Manchmal.»

«Merkwürdig, daß Sie von einer Bar aus operieren.»

Ich war nicht sicher, ob das eine Frage oder ein Kommentar sein sollte, deshalb erwiderte ich: «Eine lange Geschichte.»

«Ich habe nicht gerade viel für lange Geschichten übrig», sagte sie salopp. «Aber leider bin ich unstillbar neugierig.»

Ich lehnte mich in meinen Sessel zurück. Nach kurzem Bedenken erbot ich mich, ihr eine Kurzfassung von «Wie es kam, daß ich der wurde, der ich bin» zu geben. «Bevor ich die Sand-Bar gekauft habe, war meine einzige Einkommensquelle die private Ermittlung. Ich wollte aber nicht von den Launen argwöhnischer Ehegatten abhängig sein. Ich hatte es satt, jugendlichen Ausreißern nachzujagen. Und für geizige Arbeitgeber unterbezahlten Angestellten hinterherzuspionieren hinterließ einen üblen Nachgeschmack. Mit der Sand-Bar kann ich es mir leisten, wählerisch zu sein. Ich muß nicht mehr jeden Fall übernehmen, der mir angeboten wird.»

«Sind Sie so gut?»

«Ich bin so wählerisch.»

Sie dachte darüber nach, während sie sich im Büro umsah. «Warum machen Sie es denn immer noch? Ermitteln, meine ich.»

«Ist mal was anderes. Und des Geldes wegen. Die Bar trägt sich größtenteils selbst. Aber in der Regenzeit und in der Vor- und Nachsaison läuft das Strandgeschäft nicht besonders.»

Sie sah mir gerade ins Gesicht. «Heißt das, Sie sind teuer?»

«Kommt ganz auf den Job an. Kommt darauf an, wieviel Geld ich gerade brauche, und bis zu einem gewissen Grad auch auf den Markt.»

«Mit anderen Worten, Sie sind nicht teuer, wenn der Klient Sie sich leisten kann.»

«So kann man es auch sagen.»

Sie taxierte mich einen Augenblick mit leicht amüsiertem Blick. Schließlich sagte sie: «Also, wenn Sie nicht gerade zuviel Geld brauchen und ich Sie mir leisten kann, würde ich Sie gerne engagieren.»

«Einfach so?» Sie erschien mir nicht wie der Typ, der spontane Entscheidungen trifft.

«Nein, nicht einfach so. Genaugenommen gibt es drei Gründe dafür, aber in erster Linie deshalb, weil Sie mir von einer Kollegin empfohlen worden sind.»

«Jemand, den ich kenne?»

«Mali Addis.»

Das Zauberwort. Mali Addis, meine beste Freundin und ehemalige Geliebte. In den zwei Jahren, in denen Mali und ich mit Unterbrechungen immer mal wieder Freunde und Liebende zugleich waren, konnte ich die Gelegenheiten an einer Hand abzählen, bei denen sie nicht von ihrem früheren Lebensgefährten sprach. Mali verehrte insgeheim immer noch den Kerl, der sie vor Jahren fallenlassen hatte, um Glücksritter im Yellowstone-Nationalpark zu werden. Unsere Stunde der Wahrheit schlug eines Abends beim Essen. Ich hatte gerade davon gesprochen, sie nach Europa mitnehmen zu wollen, damit sie eine ihrer Freundinnen besuchen konnte, als Mali von der Gucci-Uhr anfing, die Chuckie ihr vor Jahren geschenkt hatte.

Es war, als hätte sie kein Wort von dem mitbekommen, was ich gesagt hatte. Dadurch kühlte unsere physische Beziehung merklich ab, während unsere Freundschaft seltsamerweise enger wurde. Ich glaube, es lag daran, daß mir in dem Moment klar wurde, daß Frauen ebenso wie Männer keinen blassen Schimmer von Beziehungen haben. Sie reden zwar mehr über Beziehungen als Männer, aber wenn es um wirkliches Verständnis geht, sind die Weiber genauso ahnungslos wie die Kerle. War ich erleichtert, als ich merkte, daß ich nicht der einzige Trottel in einer Welt selbstbewußter Liebender war, die gar nicht wußten, wie verwirrend die Dinge eigentlich waren!

«Sie unterrichten Englisch?» Diese Vermutung lag nur nahe. Mali unterrichtete amerikanische Literatur des 20. Jahrhunderts am städtischen College. Eines der vielen gemeinsamen Interessen, die Mali und mich verbanden, wenngleich sich meine Kenntnis der amerikanischen Literatur auf Charles Bukowski, Percy Dovetonsils und die Werke anonymer Pissoirdichter beschränkte.

«Nein. Ich bin Dozentin für Geisteswissenschaften.» Sie sprach «Geisteswissenschaften» so aus, als handle es sich um eine Art Erwachsenenvergnügen. Wenn es richtig gelehrt wird, ist es das ja vielleicht.

Ich wartete eine bedeutungsschwere Pause lang, ob Eloise Loftus mir nicht freiwillig erzählen wollte, was Mali bei ihrer Empfehlung über mich gesagt hatte. Es tat sich nichts. Da mir nichts Besseres einfiel, sagte ich: «Sie haben gesagt, daß drei Gründe dafür sprachen, mich anzuheuern.»

«Ja, stimmt», sagte sie langsam und überlegte offenbar, ob sie mir die anderen nennen sollte. «Der zweite Grund ist der, daß Sie diskret sind. Sie haben keinen Ton vom Besuch meines Mannes bei Ihnen heute morgen gesagt.»

Ich nickte. «Wade Loftus, Sport-, Unterhaltungs- und Medienrecht. Er gibt fette Trinkgelder.»

«Habe ich gehört.»

«Was macht er denn sonst noch?»

Sie zuckte die Schultern. «Neben seiner Anwaltspraxis ist er noch zur Hälfte an einem Apartmenthaus in Pompano Beach beteiligt. Heute abend lehrt er Staatsbürgerkunde am BCC. Morgen früh gibt's ein Frühstück im Kiwanis-Club.»

«Ist ja vielbeschäftigt.»

Darauf reagierte sie nicht.

«Und der dritte Grund?»

«Daß ...» Sie brach ab, dachte kurz nach und schüttelte den Kopf. «Das ist meine Sache. Was zählt, ist, daß ich beschlossen habe, Sie zu engagieren.»

«Das zählt nur halb.»

«Natürlich. Sie haben noch nicht zugesagt.»

Sie war schnell von Begriff.

«Was möchten Sie denn gerne wissen?» fragte sie.

«Da Sie schon davon angefangen haben, wieso kannte Ihr Mann mich eher als ich ihn?»

«Ich überlege bereits seit Wochen, ob ich einen Privatdetektiv engagieren soll. Vor ein paar Tagen habe ich mich bei einer Cocktailparty der Fakultät mit Mali unterhalten. Dabei habe ich davon gesprochen, und sie hat mir Ihren Namen gesagt. Gestern abend habe ich Wade erzählt, ich hätte vor, Sie zu engagieren. Er bekam einen seiner kindischen Wutanfälle. Er hat offenbar nicht zugehört. Irgendwie hat er gedacht, ich hätte Sie schon engagiert.»

«Und jetzt bildet er sich ein, daß ich wieder gefeuert worden bin.»

«Wade kann sich einbilden, was er will. Mir liegt mehr daran zu erfahren, was Sie denken, Mr. Rice. Sind Sie geheuert oder gefeuert?»

Ich runzelte die Stirn und setzte eine nachdenkliche Miene auf.

Sie neigte den Kopf schräg und sah mich an. «Alles in Ordnung?» fragte sie.

Meine nachdenkliche Miene war noch nicht perfekt. «Alles klar. Warum erzählen Sie mir nicht einfach mal, was ich für Sie tun soll?»

«Vor etwa drei Monaten, in der letzten Juniwoche, ist in unsere Wohnung eingebrochen worden.» Sie öffnete ihre Aktentasche und zog einen großen Aktenordner hervor. «Hier ist die Liste der Versicherung von allem, was gestohlen worden ist.»

«Nach der Dicke des Ordners zu urteilen, ist so ziemlich alles gestohlen worden.»

«Stimmt genau. Die Wohnung ist vollkommen ausgeräumt worden. Als wären wir ausgezogen und hätten nichts zurückgelassen. Eine Kopie des Polizeiberichts ist ebenfalls hier drin.»

Ich blätterte durch die Papiere. In der Liste waren alle gestohlenen Gegenstände einzeln aufgeführt sowie der jeweils geschätzte Wert. Möbel, Bilder, Lampen, Tafelsilber, Fernseher, Stereoanlagen, Kleidung, Küchengeräte, eine alte Waffensammlung.

«Sie haben von der Versicherung einen Scheck erhalten?» fragte ich, während ich den Polizeibericht überflog.

«Ja.»

Ich sah sie an. «Aber Sie haben das Gefühl, daß die Versicherung Sie übers Ohr gehauen hat.»

Ihre Augenbrauen gingen hoch. Sie war beeindruckt. Das mag ich bei Frauen.

«Es ist ganz einfach, Mrs. Loftus. Sie wären nicht bereit, für einen Privatdetektiv zu bezahlen, wenn es zu einer gerechten Einigung gekommen wäre. Ich muß also annehmen, daß die Meinungen weit auseinandergingen und daß es sich um eine Menge Geld handelte. Sonst wäre es dumm von Ihnen, auf die vage Chance einer Wiederbeschaffung hin weitere Kosten auf sich zu nehmen.» Ich warf noch einen Blick auf die Liste. «Die Waffen?»

«Ja.»

«Wie groß ist die Differenz zwischen Ihrem und dem Schätzwert der Versicherung?»

«Vorsichtig geschätzt war die Sammlung hunderttausend Dollar wert. Die Versicherung sagt fünfundzwanzigtausend.»

«Das ist ein ganz schöner Unterschied.»

«Allerdings.»

«Und Ihre übrigen Besitztümer?»

«Fair geschätzt.»

«Eine Fünfundsiebzigtausend-Dollar-Differenz, hm?»

«Ein Fünfundsiebzigtausend-Dollar-Fehler.»

Drei Monate waren eine lange Zeit. Trotzdem, bei konzentriertem Einsatz, wozu die Polizei weder die Zeit noch die Mittel noch Lust hatte, fand sich vielleicht eine Spur, speziell bei einer antiken Waffensammlung. Es handelte sich um mehr als zwei Dutzend Schußwaffen, von denen einige über hundert Jahre alt waren. Bei meinen Verbindungen mußten zwei Wochen reichen, um den Auftrag zu erledigen. Alles, was darüber hinausging, war Zeitverschwendung.

«Was wollen Sie eigentlich zurückhaben?» fragte ich. «Alles oder nur die Waffen?»

«Alles wäre schön, ist aber nicht nötig. Die Haushaltsgegenstände sind fast alle schon ersetzt worden. Ich würde mit der Waffensammlung zufrieden sein.»

Jetzt war es Zeit festzustellen, was ich ihr wert war. «Fünftausend Dollar plus Spesen, das reicht für zwei Wochen. Auch wenn ich die Waffen morgen schon finde, fünftausend Dollar. Außerdem bekomme ich zehn Prozent von der Fünfundsiebzigtausend-Dollar-Differenz als Finderlohn. Wenn ich nicht alle Waffen finde, wird die Prämie anteilsmäßig berechnet.»

Sie saß da, als warte sie darauf, daß ich wieder zu Verstand käme. Schließlich sagte sie: «Wenn Sie Erfolg haben, wollen Sie also fünftausend Dollar plus zehn Prozent von der Wertdifferenz. Wenn Sie keinen Erfolg haben, bin ich fünftausend Dollar plus Spesen ärmer. Habe ich Sie richtig verstanden?»

«Ich glaube schon.»

Ihre dunklen Augen hielten meinen Blick fest. «Sind Sie ein Spieler, Mr. Rice?»

«Ich habe ein paar Wetten abgeschlossen.»

«Na schön, hier ist mein Angebot. Zehntausend Dollar oder nichts. Sie nehmen sich die Zeit, die Sie brauchen. Zwei Tage, zwei Wochen oder zwei Monate. Sie geben die Waffen zurück und kassieren. Wenn Sie die Sammlung nicht finden, zahle ich nichts.» Noch während ich darüber nachgrübelte, fuhr sie fort: «Oder ich zahle Ihnen fünftausend Dollar für zwei Wochen. Keine Spesen. Keine Prämie. Glatte fünftausend Dollar, ob Sie liefern oder nicht.»

«Und wenn ich nur einen Teil der Sammlung auftreibe?»

«Fünfundzwanzig Prozent des betreffenden Wertes, maximal zehntausend Dollar.»

Die Frage war also, wieviel Selbstvertrauen ich hatte. Verdammt, ich mochte die Frau. Ich mochte ihren Mut. Und ich hatte schon aus erheblich weniger überzeugenden Gründen einen Auftrag angenommen.

«Gut, Mrs. Loftus. Zehntausend Dollar. Wenn ich nichts finde, zahlen Sie nichts.»

«Also auch keinen Vorschuß.»

«Verstanden.»

Sie streckte mir die Hand hin. Und so fing alles an.

3

Ich bin nicht aus Berufung Privatdetektiv geworden. Ich bin keine Kämpfernatur. Ja, ich sehe es gern, wenn das Unrecht bestraft wird, aber ich dürste nicht nach Rache. Ich habe schon Jobs angenommen, die ich gar nicht haben wollte, nur weil sie niemand anders erledigen wollte. Das soll kein Eigenlob sein. Ich gehe von der Annahme aus, daß ich für meine Dienste bezahlt werde. Was nicht immer geschieht. Ich weiß es, wenn ich einsteige. Warum mache ich es also?

Für diese Frage habe ich Standardantworten parat. Antworten, die gut klingen. Wenn der richtige Mensch daherkäme und mir diese Frage stellte, müßte ich allerdings Farbe bekennen: Ich weiß es nicht. Es ist eines jener Rätsel, die ich bisher nicht geneigt war zu lösen. Wie ist es bloß gekommen, daß ich jetzt damit meinen Lebensunterhalt verdiene? Ich glaube, das ist eine der Fragen, die sich die meisten Leute lieber nicht stellen. Nicht, daß ich mich beklagen würde. Ich bin besser dran als die meisten Leute. Ich weiß das. Ich bin gesund. Es gibt ein paar gute Menschen, die ich Freunde nennen kann. Ich kann es mir leisten, weitgehend das zu machen, was ich machen will. Nicht alles, aber es gibt nichts zu bejammern. Wenn ich ein paar Sachen in meinem Leben ändern könnte, würde ich das tun. Ich wünschte, ich hätte ein engeres Verhältnis zu meiner Tochter. Ich wäre froh, wenn es nicht so viele Frauen in meinem Leben gegeben hätte. Ich würde sie alle gegen die eine austauschen, die verwandte Seele, die ich nie finden konnte. Mein Leben war immer leichter, wenn es von weiblicher Ermutigung, weiblichem Feingefühl und dem emotionalen Nährstoff zehren konnte, den die richtige Frau immer auszustrahlen scheint. Ja, da würde ich aus tiefstem Herzen andocken. Eine Bindung schreckt mich nicht. Was mich schreckt, ist die Bindung an die Falsche. Das habe ich einmal gemacht. Ich bleibe lieber allein, als daß ich diesen Fehler noch einmal begehe.

Vielleicht liegt es daran, daß ich ein so unglaublicher Versager bin, wenn es um Menschenkenntnis geht. In meinem Argwohn suche ich so angestrengt nach etwas, das gar nicht da ist, daß ich das übersehe, was vor mir liegt. Ich muß mich dauernd selbst daran erinnern. Und das waren auch meine Gedankengänge, als ich Eloise Loftus nachsah, wie sie mein Büro verließ. In meinem Kopf lief ein Pingpongspiel ab zwischen «Nichts wie ran!» und «Lauf um dein Leben!» Es spielte eigentlich keine Rolle, ob sie anders war als alle anderen Frauen oder genauso wie alle anderen Frauen. Weil ich den Unterschied erst erkenne, wenn es zu spät ist.

Ein Problem zu erkennen ist nicht schon die Lösung.

Den restlichen Nachmittag lang hockte ich in Kubaner-Frankie's Imbiß über einem Teller mit schwarzen Bohnen, Reis, gehackten Zwiebeln, mariniertem Palomilla-Steak, gebratenen Kochbananen und dem Aktenordner, den mir Eloise Loftus dagelassen hatte. Ich saß an einem Resopaltisch am Fenster, so daß ich den Polizeibericht lesen konnte. Die Beleuchtung bei Frankie's erinnert an ein verrauchtes Café der fünfziger Jahre am Abend, wo blasse Frauen mit langen glatten Haaren und Namen wie Rosamunde oder Elfie Dichterlesungen veranstalteten. Drüben in der anderen Ecke des Lokals, in einem Séparée aus roten Plastikvorhängen, saßen zwei uralte Männer und tranken Espresso aus pillengroßen Täßchen. Sie spielten Domino und unterhielten sich gedämpft auf spanisch. Ich stellte mir vor, daß sie sich wie die meisten alten Kubaner den Tag ausmalten, an dem sie wieder an der Küste Kubas landen und ihr Vaterland von Castro zurückerobern würden.

Die Küchentür schwang auf. Die Kellnerin kam mit zwei Flaschen Bier heraus. Ich sah zu, wie sie über den verbeulten Linoleumboden ging. Sie blieb an meinem Tisch stehen und ließ sich auf den Stuhl mir gegenüber fallen. Sie schob mir eine der Flaschen zu. «Trinkst du ein Bier mit mir, Harry?»

«Na schön, Connie, aber dann schuldest du mir einen Gefallen.» Ich nahm das Bier. «Gibt's was zu feiern?»

Sie zuckte die Schultern. «Meinen Geburtstag.»

Wir stießen mit den Flaschen an. «Hätte ich dir eine Glückwunschkarte schicken sollen?» sagte ich.

«Nein. Laß einfach ein dickes Trinkgeld da.»

«Abgemacht.»

Wir tranken. Ich ließ die Augen nicht von Connie. Sie starrte aus dem Fenster ins Leere. Sie war still und in sich gekehrt. Ich hatte das Gefühl, daß sie mehr wollte als nur einen Trinkgenossen.

«Geburtstagsmelancholie?» fragte ich.

«Nein. Himmel, nein.» Sie lächelte freundlich. «Ich doch nicht, Harry. Ich habe diesen Alter-und-Tod-Kram schon vor Jahren in den Schrank gestopft, als meine Brüste zu hängen anfingen. Das Älterwerden macht mir nichts aus. Ich finde es sogar ganz schön, älter zu werden, normal zu werden, Perspektiven zu sehen, die eher stimmen. Nur so kommt man weiter. Seien wir mal ehrlich, die Jugend war nicht gerade toll. Eigentlich war sie ein Witz.» Sie starrte weiter aus dem Fenster, dann schüttelte sie langsam den Kopf. «Weißt du, was die Welt braucht, Harry? Zauber. Der ganze Zauber ist weg.»

«Ist immer noch da, Connie. Nur nicht vierundzwanzig Stunden am Tag und sieben Tage die Woche. Wenn es so wäre, würden wir alle in einem Meer von Schönheit baden und vor lauter Frohsinn ständig lachen. Und wenn wir das immerfort machten, würde es seinen ganzen Zauber verlieren.»

Connie setzte sich gerade hin. «Klingt wie ostasiatischer Mystikschmus. Der große Zauberer im Himmel teilt sparsam Zauberkunststückchen an alle guten Jungen und Mädchen aus. Verschone mich, Harry.»

Ich grinste albern. «Was hast du denn erwartet? Wenn du ein dickes Trinkgeld haben willst, mußt du dir auch meinen Quatsch anhören.»

«Das Trinkgeld gibt's gar nicht, das es wert wäre, dafür deinem Philosophieren zuzuhören.» Sie sah auf die Uhr. «Ich muß allmählich an die Mittagstischkunden denken.» Connie stand auf. Sie beugte sich über den Tisch und küßte mich mitten auf den Kopf. «Danke, Harry. Du hast etwas, das wenige Männer haben.»

«Das sagen mir die Motorradmiezen auch immer.»

Connie schlug mir scherzhaft auf die Schulter. «Mistkerl. Das meine ich doch nicht. Du kannst einfach gut zuhören.»

«Ach, geh endlich. Laß mich in Ruhe. Meine schwarzen Bohnen werden kalt.»

In einem Punkt war ich einer Meinung mit Connie. In puncto Zauber. Es würde nämlich an reine Zauberei grenzen, die antike Waffensammlung zu finden. Nachdem ich den Polizeibericht gelesen hatte, war ich fast davon überzeugt, daß nur ein Zauberer die persönliche Habe der Familie Loftus hatte stehlen können. Nur durch Hexerei ließ sich erklären, wie jemand am hellichten Tag den gesamten Inhalt einer Wohnung durch eine doppelt verschlossene Tür, einen Gang entlang zum Aufzug, auf den Parkplatz hinaus zu einem Lastwagen hatte bringen können, ohne daß jemand das geringste gesehen hätte.

Laut Polizeibericht war Wade Loftus am Morgen des 28. Juni um acht Uhr von der Eigentumswohnanlage Hallandale Beach aus zur Arbeit gegangen. Er war abends gegen 18 Uhr 30 nach Hause gekommen und hatte die Wohnung leer vorgefunden. Er hatte sofort vom Empfang aus die Polizei angerufen. Die Beamten Alfredo Vidaurri und Strut Sumner hatten den Anruf entgegengenommen und waren um 18 Uhr 50 am Tatort erschienen. Das Sicherheitsschloß an der Wohnungstür war unversehrt, auch sonst deutete nichts auf ein gewaltsames Eindringen hin. Die Glasschiebetüren zum Balkon der Wohnung auf dem vierten Stock waren immer noch von innen verschlossen und nicht aufgebrochen worden. Außer Wade und Eloise Loftus besaß nur der Hausverwalter einen Wohnungsschlüssel.

Wade Loftus hatte den Polizeibeamten erzählt, er sei am Morgen spät dran gewesen und hätte vielleicht wie so oft versäumt, die Tür abzuschließen. Da er normalerweise morgens als erster die Wohnung verließe, pflege seine Frau abzuschließen, wenn sie zur Arbeit ginge. In der betreffenden Woche war Eloise Loftus jedoch in Gainesville gewesen und hatte sich um die Tochter einer Cousine gekümmert, deren Mutter im Krankenhaus lag und operiert worden war.

Die Beamten Vidaurri und Sumner leiteten eine eingehende Untersuchung im Haus ein. Von den Befragten hatte keiner etwas gesehen, und niemand war den ganzen Tag über zu Hause gewesen. Es waren jedoch zu keinem Zeitpunkt alle außer Haus.

Im Dienstbuch des Wachmannes fand sich nur ein Eintrag an dem betreffenden Tag. Gegen 15 Uhr 30 war er von Lynn Robinette, die direkt gegenüber von den Loftus' wohnte, auf den vierten Stock gerufen worden. Die Robinette hatte sich über mehrere auf dem Flur herumlungernde Jugendliche beschwert – junge Burschen, die nicht in diesem kinderlosen Haus wohnen konnten. Der Wachmann hatte die Kerle aus dem Gebäude gejagt und war dann noch einmal zurückgekommen, um die Wohnungen auf dem vierten Stock zu überprüfen. Waren die Bewohner nicht zu Hause, hatte er am Türknauf gedreht, um sicherzustellen, daß auch wirklich abgeschlossen war. Alle leeren Wohnungen einschließlich der Nr. 409, wo das Ehepaar

Loftus wohnte, waren abgeschlossen. Niemand vermißte etwas. Bis Wade Loftus am Abend nach Hause kam.

Es war schon dämmerig, als ich zur Sand-Bar zurückkehrte. An einem der Tische saß ein deplaziertes Hawaii-Hemd, ausgestopft mit einem Marlboro rauchenden Touristen, über einen Florida-Führer gebeugt. Auf einem Hocker fast am Ende der Bar lümmelte ein Stammkunde, Steuermann eines Charter-Fischerbootes. Zwei Stapel Scheine lagen auf dem Tresen vor ihm. Es war ein alle zwei Wochen wiederkehrendes Ritual. Er bekam Cash für seinen Gehaltsscheck und teilte dann das Geld auf. Der größere Stapel war für Unterhaltszahlungen; der kleine war für die Miete und fürs Saufen. Der Steuermann umklammerte den Hals einer Bierflasche. Er brabbelte etwas von der Launenhaftigkeit der Liebe vor sich hin. Nur allzuoft ersetzen Bars psychiatrische Einrichtungen, und die Stammgäste sind mehr Patienten als Kunden.

Nick Triandos, der Barkeeper heute abend, hatte Carla abgelöst. Er zapfte am anderen Ende der Bar Faßbier für Al und Irma. Ihnen gehörte der Motorradverleih nebenan.

Al sah mich und winkte mich zu sich. «Setz dich, Harry. Ich spendiere dir ein Bier.»

Das war eines unserer kleinen Spielchen. Erst spendierte Al mir ein Bier, und dann spendierte ich ihnen zwei. So ist das in dieser Bar.

«Ich könnte eins gebrauchen», sagte ich und erklomm den Hocker neben Irma. Ich beugte mich zu ihr und flüsterte: «Hi, Süße.» Und dann knabberte ich an ihrem Ohrläppchen.

Irma wand sich. «Ohhh, Harry. Ein Glück für Al, daß ich nicht auf jüngere Männer stehe.»

«Unsinn», murmelte Al. «Ein Glück für die jüngeren Männer. Nick, ich glaube, das ist mein letztes Bier für heute. Irma sieht schon ganz gut aus.»

«Irma», sagte ich, «laß nicht zu, daß er so von dir redet.»

«Was soll ein Mädchen denn machen?» Sie seufzte spöttisch. «Jedem sein Kreuz.»

«Warum hast du ihn bloß geheiratet?»

Sie zuckte mit den Schultern. «An dem Abend war nichts Gutes im Fernsehen.»

Al jaulte auf. «Diese Frau! Es ist doch nicht zu glauben! Sie durfte mir in sieben Bundesstaaten folgen. Ich habe ihr das Motorradverleihen beigebracht. Ich kaufe ihr jedes Weihnachten neue Spülschwämme. Ich habe sie zu fast allen Bällen der Vietnamkriegsveteranen mitgenommen. Ich habe ihr zwei Söhne geschenkt, sie großgezogen, zur Schule geschickt und vor die Tür gesetzt. Sie hat drei Enkel, die ihr das Alter versüßen können und die sie ohne mich nicht hätte. Ich habe sie als Dünne geliebt. Ich habe sie als Dicke geliebt. Ich habe ihr Heim zum Neid des Frauenclubs gemacht. Siebenunddreißig Jahre habe ich darangewendet, sie zur glücklichsten Frau auf Erden zu machen. Weiß sie das zu würdigen? Teufel auch, Harry, sie hat ihrer Mutter immer noch nichts von mir erzählt.»

Irma schüttelte sich vor Lachen. «Ich bin ein solches Dummerchen gewesen.»

«Verdammt richtig.»

«Ich nehme dich jetzt wohl lieber mit nach Hause, damit du was in die Rippen bekommst, Al. Ich glaube, du könntest es gebrauchen. Kommst du zum Essen, Harry?»

«Ein andermal», sagte ich. «Ich gehe heute früh zu Bett. Morgen gibt's eine Menge zu tun. Habe heute einen neuen Fall übernommen.»

Irma half Al vom Barhocker herunter. Während sie ihn zur Tür zog, drehte er sich um und rief mir zu: «Vergiß nicht, daß ich die letzte Runde spendiert habe.»

Ich beobachtete, wie Al und Irma Hand in Hand wie zwei verliebte Schulkinder davongingen.

Nick Triandos hörte schweigend zu, während ich ihm von Eloise und Wade Loftus und ihrer Waffensammlung erzählte. Nick war immer sehr still. Im allgemeinen beschränkte sich sein Anteil an einem Gespräch auf das Mienenspiel. Nick hatte die Statur eines Brauereipferdes, aber für einen Exwachtmeister waren seine Reflexe noch so schnell wie die eines Triple-A-Fastballspielers, dabei hatte er Säulenbeine wie ein First-class-Catcher. Ein schwarzgrauer Bürstenschnitt zeichnete die Umrisse seines verwitterten olivfarbenen Gesichts nach. Mit seinem Walroßschnauzbart sah Nick aus wie ein griechischer Hoss Cartwright.

«Nicht gerade schlau», sagte er, als ich ihm von meiner Alles-oder-nichts-Abmachung erzählte.

«Kommt mir allmählich auch so vor», gab ich zu.

Draußen war es dunkel. Ich war in träger Stimmung. Für heute keine Detektivarbeit mehr. Morgen früh würde ich eine Menge Fragen stellen. Zum Beispiel, ob die Tür vorschriftsmäßig abgeschlossen war, als Wade Loftus an dem betreffenden Abend nach Hause kam. Wenn ja, mußte jemand einen Schlüssel dazu haben. Wer wußte also, daß niemand in der Loftus-Wohnung war? Wer konnte sonst noch einen Schlüssel haben? Wer wußte, daß Eloise Loftus verreist war? Wer wußte etwas von der Waffensammlung? Hatte vielleicht jemand sie kaufen wollen? Hatten es die Diebe auf die Waffensammlung abgesehen, oder war sie zufällig in ihre Hände geraten? Im Polizeibericht stand «keiner von den Befragten» – hieß das, daß sie nicht mit allen Bewohnern gesprochen hatten? Sie mußten jemanden ausgelassen haben. Es war zuviel los gewesen, als daß es unbemerkt hätte bleiben können. Ein Umzugswagen? Möbelpacker im Flur? Ich mußte mit Wade Loftus reden. Ich mußte Eloise Loftus sehen. Den Hausverwalter nach der Sicherheit der Schlüssel fragen. Die Mieter noch einmal interviewen. Wegen der Waffen Sam Maturano aufsuchen. Und, und, und.

Das hatte Zeit bis morgen. Die abendlichen Stammkunden strömten bereits herein. Ich beschloß, noch ein Weilchen dazubleiben, Mogelpoker zu spielen, weisen Rat zu spenden und allen in allem beizupflichten, so daß sie glauben konnten, was sie unbedingt glauben wollten. Ich bestellte einen Pitcher Bier.

Es war zu früh, um früh ins Bett zu gehen.

4

Es gibt die weitverbreitete Auffassung, die Hispano-Amerikaner wären die größte Bevölkerungsgruppe in Südflorida. Grundfalsch. Es sind die Anwälte.

Das war unvermeidlich, nachdem sich der Süden Floridas von einem tropischen Paradies zu einer Faulgrube der Habgier gewandelt hatte und überfloß von Drogenhändlern, Bankern, Berufskillern, Bauunternehmern, Bauaufsichtsbeamten mit tiefen Taschen, vorbestraften Politikern, Kinderpornographen, Grundstücksmaklern, Straßenräubern, Briefkastenfirmen, Kredithaien, Ganoven, Zuhältern, Nutten, käuflichen Richtern, bestechlichen Zeugen, Einbrechern, Autodieben, Schmalspurbetrügern, Gaunern, verlogenen Geistlichen, pensionierten «Schleift-die-Schweine-vors-Gericht»-NewYorkern, Hochstaplern, rehabilitierten Rückfalltätern und Ärzten, so skrupellos wie Gebrauchtwagenhändler. Der Gestank mußte zwangsläufig eine Horde von räuberischen Winkeladvokaten ins Sun-&-Gun-Land ziehen. Und das tat er auch.

Die Übersättigung mit Anwälten brachte einen heftigen Konkurrenzkampf beim Tänzchen mit der Justiz im Floridastil mit sich. Da man Anwälte nicht im Laden kaufen konnte, begannen sie, im Radio, im Fernsehen, auf Busbänken und Reklametafeln für sich zu werben. Ein Rechtsanwalt versuchte, neue

Klienten zu gewinnen, indem er für jede bezahlte Beratung eine Gratisreinigung der Windschutzscheibe anbot. Brauchen Sie während Ihres Aufenthalts in Florida einen Anwalt? Schauen Sie sich nur um, Sie finden sie überall – sie gehen vor Notaufnahmestationen auf und ab, graduieren stündlich vom College für Recht und Mode in Barbizon, legen ihre Visitenkarten auf den Stufen vor den Gerichtsgebäuden aus und jagen sonnenverbrannten Touristen auf Parkplätzen nach. Die Tage der Heuschreckenplage sind angebrochen.

Der Tag, auf den ich warte, ist der Tag, an dem ein Anwalt den Fall eines Klienten verpfuscht und seine Kollegen ihn nicht mehr decken, wie sonst üblich, sondern aus Geldgier verraten. Der Tag, an dem Anwälte anfangen, sich gegenseitig zu verklagen. Der Tag, an dem ein Anwalt den anderen der Fahrlässigkeit anklagt. Ich weiß – es klingt zu sehr nach Science-fiction.

Es genügt wohl, wenn ich sage, daß ich nicht gerade begeistert von der Aussicht war, Wade Loftus, Sport-, Unterhaltungs- und Medienrecht, zu interviewen, obgleich ein paar meiner besten Freunde Anwälte kennen und trotz der Tatsache, daß ich aufgeschlossen und ohne irgendwelche Vorurteile an den Auftrag herangegangen bin.

Die Sonne brannte auf Straßenlaternenhöhe, so daß es unmöglich war, Rot oder Grün auf der Ampel zu erkennen. Ein Taxi schoß wie ein Torpedo an mir vorbei und beinahe breitseitig in einen leeren Schulbus, der eben eine Schar kreischender Kinder auf den Schulhof entlassen hatte. Der Duft des Kaffees, den ich in der Ausfahrt eines McDonald's Drive-in auf meiner Hose verschüttet hatte, war noch frisch. Handelsvertreter begannen ihre Tour. Hausfrauen schoben Gymnastik-Videoclips von Prominenten, die gerade «in» waren, in den Recorder. Möwen lachten am Himmel. Palmwedel tollten ausgelassen in der Brise. Ein Morgen in den Tropen.

Ich parkte unter einem Jakarandabaum auf dem Parkplatz der Anwaltsbüros, wo Wade Loftus laut Schild residierte. Loftus teilte sich eine Etage mit zwei anderen freien Anwälten. Ich mußte an die alte Bob-Newhart-Show denken, wo sich der Psychologe Bob die Empfangsdame Carol mit dem Kieferorthopäden Jerry und einem Urologen teilte, dessen Namen ich vergessen habe.

Die Empfangsdame nahm gerade den Hörer ab, als ich hereinkam. «Anwaltsbüros», sagte sie. Die Rechtsanwälte teilten sich also auch die Telefonnummer. Gerechtigkeit für jedermann. «Augenblick bitte.» Sie drückte ein paar Tasten. «Leitung eins, Ira. Ihre Frau.» Sie legte auf und murmelte: «Schon wieder.» Dann bemerkte sie mich und setzte gleich ihr Lächeln auf. «Kann ich Ihnen helfen?»

«Ich möchte zu Wade Loftus», sagte ich.

«Wirklich?» In ihrer Stimme schwang aufrichtiger Unglauben, als wäre das keineswegs die Art von Wunsch, die man normalerweise von einem geistig gesunden Menschen erwartet. Das Lächeln der Dame erlosch langsam vor meinen Augen wie das Licht der Sonne, die über der Bucht versinkt. Ihre Augen verengten sich zu schmalen Schlitzen. Sie betrachtete mich etwas genauer. Vielleicht war die prächtige Erscheinung vor ihr doch nicht der Mann ihrer Träume. Vielleicht hatte sie mich falsch eingeschätzt. Vielleicht war ich ein unauffällig gekleideter, verrückter Jongleur oder Akrobat, der fünf Jahre damit zugebracht hatte, sich in seiner Kunst zu vervollkommnen, und die letzten zwanzig mit der Suche nach einer geeigneten Bühne. Und der endlich durchgedreht war und auf dem besten Weg, sich an Wade Loftus, Sport-, Unterhaltungs- und Medienrecht, zu rächen. Vielleicht ging das der Empfangsdame durch den Kopf. Aus gutem Grund. Die Chancen, in Florida von einem verärgerten Klienten in einem Anwaltsbüro erschossen zu werden, stehen fast so gut wie die, in einem Postamt in Kentucky von einem geistesgestörten Postarbeiter in die Luft gejagt zu werden.

Sie starrte mich weiterhin an, als wollte sie etwas sagen, wüßte aber nicht recht, was.

Wenn sie das dachte, was ich vermutete, war es meine Pflicht, sie zu erlösen. «Ich bin unbewaffnet», sagte ich.

Sie neigte den Kopf schräg und warf mir einen Blick von der Seite zu. «Bitte?»

«Ich bin kein freischaffender Spinner.»

Ein irritiertes Augenaufschlagen. «Wovon reden Sie eigentlich?»

Vielleicht dachte sie gar nicht, was ich dachte, das sie dachte. Ich kann besser in Briefen lesen als in Menschen.

«Ist doch egal», sagte ich. «Ich besitze eine blühende Phantasie. Ich habe manchmal Mühe, sie unter Kontrolle zu halten.»

Sie lächelte wieder. «Wie jetzt?»

«Zum Beispiel. Darf ich also zu Loftus?»

«Sie haben keinen Termin», sagte sie sachlich, ohne in ihren Kalender zu schauen.

«Hat er zu tun?»

«Wahrscheinlich nicht.»

«Und trotzdem brauche ich einen Termin?»

Sie schüttelte den Kopf. «Nein. Das habe ich nicht gemeint.»

Mich beschlich der Verdacht, sie versuche auf ihre Weise, mich von Wade Loftus abzubringen – zu meinem eigenen Besten.

Ich sagte: «Ich komme nicht als Klient.»

Sofort wich die Besorgnis um den Nichtsahnenden, die sich auf ihrem Gesicht abgezeichnet hatte, der Erleichterung. «Darf ich Sie anmelden?»

«Harry Rice.»

Sie nahm den Hörer ab und ließ die Finger über ein paar Tasten gleiten. «Wade, hier ist ein Harry Rice für Sie.» Sie ließ einen Bleistift mit der Radiergummiseite auf der Schreibtischplatte aufprallen, während sie auf Antwort wartete. «Nein. Er ist hier. Ja, Wade, er steht vor mir. Weiß ich nicht. Ich werde ihn fragen.» Sie sah zu mir hoch. «Wade will wissen, ob Sie zuhören.» Ich nickte. «Er hört zu, Wade. Soll ich ihm etwa sagen, daß Sie nicht da sind? Nein, Wade. Von Lügen war bei der Jobbeschreibung nicht die Rede.» Sie legte auf und sah mich an. «Sind Sie sicher, daß Sie zu ihm wollen?»

«Es ist keine Frage des Wollens.»

Sie zuckte die Schultern. «Sein Büro liegt rechter Hand, die zweite Tür.»

«Bekommen Sie jetzt Ärger mit Wade?»

«Inwiefern?»

«Weil Sie ihn haben auffliegen lassen?»

«Was soll er denn machen, mich feuern?»

«Na ja ...»

«Er wird mich nicht feuern. Die andern beiden Anwälte mögen mich. Außerdem hätte Wade Angst, mich zu entlassen. Er ist der Meinung, ich wüßte zuviel.»

«Zuviel wovon?»

«Das weiß ich wirklich nicht.»

Loftus' Büro war mit lauter denkwürdigen Basketballtrophäen dekoriert. Die Wände waren übersät mit gerahmten Zeitungsausschnitten, auf denen die Leistungen des bei allen Wettkämpfen als Angriffsspieler glänzenden Collegestudenten Wade Loftus, Hauptfach Recht und Betriebswirtschaft, gepriesen wurden, vierter in der Gesamtwertung. Die wenigen, auf Mahagonitafeln aufgezogenen Diplome wirkten klein neben dem Hauptblickfang – einem großen gerahmten Sweater mit einem Autogramm von Meadowlark Lemon. Trophäen aus Marmor und Bronze standen in wildem Durcheinander auf Bücherregalen voller Biographien von Sportskanonen, unter die sich anstandshalber auch ein paar juristische Fachbücher mischten. Oben auf dem Aktenschrank prangte in einem Glaskasten ein Ball der American Basketball Association mit einem Autogramm von Rick Barry. Das Ganze machte mehr den Eindruck eines Basketballdenkmals als einer Anwaltspraxis. Fehlten nur noch Magic Johnsons Spind und Larry Birds Suspensorium.

Wenigstens war Wade Loftus nicht in die Miami-Stranduniform gekleidet. Er trug die typische Juristenkluft – gestärktes weißes Hemd, rote Hosenträger, Paisleyschlips, Smaragdkrawattennadel und dazu passende Manschettenknöpfe. Er stand weder auf, noch streckte er die Hand aus. Vielmehr starrte er mich mit steinerner Miene an.

«Ich weiß, warum Sie hergekommen sind», sagte er pathetisch. Ich glaube, Anwälten liegt das Schauspielern noch mehr im Blut als ihren Theaterkollegen.

«Ich werde Ihnen nicht viel von Ihrer Zeit stehlen.»

«Setzen Sie sich.»

Ich setzte mich. «Ich muß Ihnen nur eine einzige Frage stellen.»

«Fragen Sie, ich muß ja nicht antworten.»

«Nein, das müssen Sie sicher nicht. Sie haben das Recht zu schweigen.»

Er bemühte sich, Haltung zu bewahren. «Stellen Sie Ihre Frage, Rice. Ich habe absolut keine Lust, mich mit Ihnen zu schlagen.»

Ich lehnte mich zurück. «War an dem Abend, als Sie nach Hause kamen und Ihre Wohnung ausgeräumt vorfanden, die Tür ordentlich verschlossen?»

«Natürlich», schnaubte er verächtlich.

«Sehen Sie? Es ging doch schmerzfrei ab, nicht wahr? Danke, daß Sie mir Ihre Zeit geschenkt haben, Herr Anwalt.»

In seinen Augen glomm Argwohn auf. «Das war's?»

«Das war's.»

«Und was bringt Ihnen das?»

Ich stand auf. «Jemand muß einen Schlüssel gehabt haben, um das Sicherheitsschloß wieder abschließen zu können. Damit kann ich meine Ermittlungen auf die Personen beschränken, die Zugang zu Ihren Wohnungsschlüsseln hatten.»

Seine Mundwinkel zuckten leicht. Keine starke Reaktion, aber immerhin.

«Warten Sie mal», sagte er und stockte, um seiner Verwirrung Herr zu werden. «Ich nehme an, daß abgeschlossen war. Ganz sicher kann ich es nicht sagen. Ich habe es nicht überprüft. Ich habe einfach den Schlüssel hineingesteckt und geöffnet. Vielleicht war gar nicht abgeschlossen.»

«Haben Sie gespürt oder gehört, wie sich die Zunge bewegte?»

«Ich kann mich nicht erinnern.» Sein Gesicht war ausdruckslos, aber seine Stimme klang gereizt. «Sie wissen, daß Sie sich Montag morgen rasiert haben, aber erinnern Sie sich wirklich an den Vorgang? Ich möchte Ihnen eine Frage stellen.»

«Bitte.»

«Erinnern Sie sich an meinen Besuch gestern in Ihrer Bar?»

«Er hat mein Leben verändert.» Ich hatte noch keine Ahnung, wie prophetisch diese Feststellung war.

Er schaute mich eiskalt an. «Sie sind wirklich ein komischer Kauz, Rice. Merken Sie sich jetzt eins: Hier ist Schluß, Sie halten sich aus meinen Geschäften heraus. Sie vergessen meine Wohnung. Der Einbruch ist der Polizei gemeldet worden.»

«Ich bin mir nicht so sicher, daß jemand eingebrochen ist.»

«Sie hören mir nicht zu», sagte er scharf. «Die Versicherung ist ihren Verpflichtungen nachgekommen. Es bleibt nichts weiter zu tun.»

«Ihre Frau ist da anderer Meinung.»

«Es spielt keine Rolle, ob sie anderer Meinung ist oder nicht. Die Sache ist die, daß ich nicht mit ansehen werde, wie sie mein

Geld an Sie verschwendet. Es erscheint mir nicht nur unbegreiflich, sondern auch höchst unverantwortlich.»

«Sie haben doch nichts zu verlieren. Wenn ich die Waffensammlung nicht auftreibe, schuldet sie mir keinen Pfennig.»

Er lehnte sich hochnäsig in seinen Sessel zurück. «Die Waffensammlung? Darum geht es also? Fein, fein. Das war meine Sammlung. Nicht ihre. Ich hatte die Waffen schon vor meiner ersten Frau. Mit diesen Waffen hat Eloise nichts zu schaffen. Und wenn sie nichts damit zu schaffen hat, können Sie, verdammt noch mal, davon ausgehen, daß auch Sie nichts damit zu schaffen haben. Und jetzt raus. Ich habe noch zu tun.»

«Ich kann mich gar nicht erinnern, vor Ihrer Tür Klienten gesehen zu haben.»

Seine Nasenflügel blähten sich noch weiter auf, aber er sprach trotzdem beherrscht, ja sogar herablassend. «Ich muß einen Abendkurs vorbereiten.»

Ich wandte mich zum Gehen. «Ich melde mich wieder.»

«He!»

Ich blieb stehen und drehte mich zu ihm um.

«Ich will Ihnen gratis einen juristischen Rat geben.»

«Sind Sie denn ein guter Ratgeber?»

«Legen Sie sich lieber nicht mit mir an, Rice. Ich lasse mich nicht von Ihrer komischen, betont coolen, vorwitzigen Schnüfflerart beeindrucken. Sie halten sich aus meinen Angelegenheiten raus, sonst schleife ich Sie auf dem Arsch vor Gericht.»

Ich näherte mich ihm, als wollte ich ihn in die Zange nehmen, und sah ihn unverwandt an, während ich sagte: «Loftus, ich bin nicht wegen des Sicherheitsschlosses hergekommen. Ich wollte nur sehen, ob es Sie vielleicht nervös macht, wenn jemand anfängt herumzuschnüffeln. Ich glaube, ja.»

Wade Loftus hätte den Ball ins Aus gehen lassen sollen. Stattdessen dribbelte er weiter. «Ziehen Sie Leine, Rice. Ich habe

Freunde, die mir einen Gefallen schuldig sind. Leute, deren Bekanntschaft Sie nicht gerne machen werden.»

Darüber mußte ich lachen. «Danke, Wade. Sie haben gerade eine Theorie bewiesen. Ich habe keine Angst vor Ihren kleinen Freunden. Ich habe nicht einmal Angst, vor Gericht zu gehen. Ich möchte aber wetten, daß Sie derjenige sind, der nicht vor Gericht will, wenn ich herausfinde, was ich nicht herausfinden soll. Grüßen Sie Ihre Frau von mir.»

5

Ich verließ die Antwaltskanzlei von Rechtsverdreher & Co. mit dem Gefühl, gerade ethisch meinen Bankrott erklärt zu haben. Ich brauchte dringend moralische Stärkung. Und ich kannte den richtigen Ort dafür. Wann immer sich meine Vorstellung von Menschlichkeit aufzulösen beginnt oder ich meine Würde zurückgewinnen muß, gehe ich zum Strand. Dort finde ich meistens mein seelisches Gleichgewicht wieder.

Im Osten verschmolz ein dünner, leuchtender Wolkenvorhang mit dem Horizont. Reflexe der hochstehenden Sonne glitzerten auf dem türkisblauen Meer. Schönheitssalonlöwinnen führten ihre buntdekorierten Rundungen wie Weihnachtsbaumschmuck vor. Leute lachten. Kinder ließen Sand durch ihre Finger rieseln. In den Bars vollbrachten Geister in braunen, langhalsigen Flaschen ihre Wunder. Im Schatten flocht ein alternder Strandhippie Körbe aus Palmwedeln, während seine Freundin in einer zwischen den Kokospalmen aufgehängten Hängematte schaukelte. Die Silhouette einer Möwe schwebte über den tiefblauen Hintergrund des Himmels. Die grünen Nadeln hoher australischer Kiefern zeigten himmelwärts und wackelten im leichten Wind wie Mambotänzer. Der frische Duft salzhaltiger Luft nagte an den zermürbten Resten meiner Verantwortung, während mein Pflichtgefühl von der Brandung fortgespült wurde.

Ich kann immer noch am Strand klösterliche Einsamkeit finden, um mein erschüttertes Gemüt neu zu eichen. Dabei ist es egal, was um mich herum geschieht. Ich kann es ausblenden. Ich kann mit kindlicher Freude staunend beobachten, wie der Himmel im Lauf des Tages die Farben wechselt in allen Schattierungen von Blau- und Rosatönen, Weiß und Purpur, Rot und Orange, die in Kunstgalerien nicht zu finden sind, sondern nur in der Palette und auf der strahlenden Leinwand Gottes. Dann erlischt das Licht, und ich wandere im Dunkel der Nacht am Saum des Wassers entlang und rede mit Geistern, die mich, wie ich weiß, gar nicht hören können.

«Wir verlegten uns auf japanische Kameras, um unsere Ehe zu retten, obwohl ich als einzige überhaupt wußte, daß sie Rettungsmaßnahmen brauchte», sagte eine aus der Gemeinde von Father Shifty. Sie war ein schlanker Rotschopf und trug einen von Satan Dior gestylten Minibikini.

Shifty konnte sich den ganzen Tag die rührenden Stories seiner Schäfchen anhören, solange die gebräuchliche Kollekte einging – ein Schnaps zum Anwärmen und einer zum Nachspülen.

Wie Father Shifty mir einmal sagte: «Wo sonst kann ein selbsternannter Sünder einen eigenen Priester für weniger als zehn Prozent Vorschuß haben?»

«Expriester», verbesserte ich ihn.

Er winkte mit einer flüchtigen Geste ab. «Immer noch besser als ein fundamentalistischer Prediger. Außerdem, was ist schlimmer? Daß sie in die Kirche gehen und Gott etwas vorlügen, oder daß sie hierherkommen und mit mir Lügen austauschen?»

«Wissen Sie, was besser wäre? Wenn Sie mit Tammy Faye zusammen sonntags Brathähnchen und aufgebackene Religion auftischen würden.»

«Ach, Harry», seufzte Father Shifty, «Sie verspotten mich, mein Sohn. Wenn Sie so weitermachen, werde ich Ihnen die Zunge herausreißen.»

Ich glaube, er hätte es gemacht.

Carla rieb den Tresen mit einem Handtuch ab. Carla benutzt keine Lappen.

«Wir haben ein ganzes Monatsgehalt an die Kamera verschwendet», sagte der Rotschopf. «Ein feiner Apparat.»

Father Shifty nickte verständnisvoll und setzte ein tolerantes Lächeln auf. Das ist sein Job. Mit dem Rotschopf würde er noch eine Weile beschäftigt sein.

Ich ging hinter die Bar und öffnete die Kasse. Mit dem Wechselgeld würde Carla den Nachmittag über auskommen. Ich fragte sie, ob sie noch etwas brauche.

«Eine Gehaltserhöhung», sagte sie. «Sechs Wochen bezahlten Urlaub. Eine Ruhestandsregelung. Einen Zuschuß für Zahnbehandlungen. Eine Cafeteria für Angestellte. Mehr Pausen.»

Wir einigten uns auf einen Kompromiß: einen sicheren Arbeitsplatz für einen weiteren Tag.

Ich goß mir einen Maker's Mark ein. Die moralische Stärkung.

Dann fuhr ich zum Universitätscampus, um meine Klientin Eloise Loftus aufzusuchen.

Es gab mal eine Zeit, in der die Studenten in Klamotten aus Armeebeständen, Omakleidern, Cordhosen, Jeans mit Schlag, mit Perlen, silbernen Stiefeln und Ledersandalen herumliefen. Man redete von Revolution, Reform, Angela Davis, gemeinsamem Landbesitz, Liebe und Akzeptanz. Verbindungen wurden als elitär abgelehnt. Lehrbücher, die keiner mehr lesen wollte, wurden zum alten Eisen geworfen. Junge Akademiker trugen

Manifestprojektoren von einem bewußtseinserweiternden Ereignis zum nächsten.

Die Studenten, die ich sah und hörte, als ich über den Campus ging, waren herausgeputzt mit Designer-Overalls und 100-Dollar-Joggingschuhen. Junge Studenten mit Hauptfach Marketing machten jungen Studentinnen mit Hauptfach Einkauf den Hof. Die größte Sorge der Nation war der steigende Preis für Designer-Jeans. Nicht die Kriminalität, auch nicht die Ökologie oder die Umweltverschmutzung. Unter den Arm geklemmt, trugen sie die neuesten Bestseller von Psycho- und Selbsthilferatgebern.

Ich fragte eine Studentin, die gerade aus der College-Buchhandlung kam, nach dem Weg zu den Geisteswissenschaften. Ein zartes Lächeln blühte vor meinen Augen auf.

Sie wies auf ein Gebäude auf der gegenüberliegenden Seite des Platzes. «Die Flügeltür dort unter den Säulen», sagte sie.

Ich überlegte gerade, wie ich ihr meine Anerkennung zeigen könnte, ohne gleich festgenommen zu werden, als ein junger Fleischklops mit Frittengarnierung, Bügelfaltenjeans und italienischem Pullover aus dem Buchladen kam. Er packte meine Wegweiserin am Arm. Während er sie mit sich zog, sah er mich verachtungsvoll an, wie sein Vater wahrscheinlich einen Mann ohne Kreditkarte ansehen würde.

Eine Glocke schrillte, und schlaftrunkene Studenten strömten aus allen Höhlen hervor. Ich bahnte mir einen Weg durch das Gedränge zur geisteswissenschaftlichen Abteilung.

Zwei Campuspolizisten kamen aus der Tür mit den pickeligen Milchglasscheiben. GEISTESWISSENSCHAFTL. FAKULTÄT stand in schwarzer Schablonenschrift auf den Scheiben. Keine Empfangsdame am Empfang. Die Namen und Zimmernummern der Dozenten waren einer schwarzweißen Hinweistafel an der Wand zu entnehmen.

Ich fand das Büro, das ich suchte, am Ende eines Ganges. Es

war ein kleiner Raum, vielleicht drei mal vier Meter groß, der kaum den Duft der Jasminzweige fassen konnte, die aus einem Glasgefäß auf einem Aktenschrank herausragten. Ein Hauch von Weiblichkeit inmitten von Ruinen. Alles andere war streng akademisch. Das Zimmer war übersät mit Büchern, die in jeder Ritze steckten, in Regale gestopft waren und haufenweise jede ebene Fläche bedeckten. Bücher stapelten sich auf dem Fußboden und füllten Pappkartons. Auf dem Schreibtisch herrschte ein wildes Durcheinander von Papieren und aufgefächerten Studentenakten.

Eloise Loftus saß so regungslos wie eine Schaufensterpuppe hinter ihrem Schreibtisch. Sie starrte sinnend auf ihren Schoß. Sie hatte ein schlichtes weißes Kleid mit grünen Paspeln an und wirkte sehr verletzlich, wie eine Maid in Erwartung eines fahrenden Ritters.

«Brauchen Sie einen Drachentöter?» fragte ich.

Ihr Kopf zuckte, als sei sie aus tiefen Gedanken gerissen worden. Sie richtete die dunklen Augen auf mich. Sie sagte weder ja noch nein, aber ihr Mund öffnete sich gerade genug, daß ich mich heldenhaft fühlen konnte.

«Aller guten Dinge sind drei, Mr. Rice», sagte sie nach einer entwaffnend langen Pause. Sie neigte den Kopf nach hinten und reckte den Hals. Dann fragte sie mit geschlossenen Augen: «Wie ist es denn draußen?»

«Ein echter Messetag.»

Sie öffnete die Augen und drehte sich langsam in meine Richtung. «Gut. Machen wir einen Spaziergang?»

«Sicher.»

Sie ging mir voraus über den Rasen, an der Bibliothek vorbei. Sonnengedörrte Studenten lagen auf der Rasenfläche, lehnten an Bäumen oder wanderten ziellos herum wie Staubpartikel. Ein paar räkelten sich an den Mauern der Bibliothek, als könnten sie deren Inhalt durch Osmose in sich aufnehmen.

Wir schlenderten eine Promenade entlang, die einen rechteckigen Teich einrahmte.

Eloise Loftus sagte: «Die Studenten sagen, es lebt ein Kaiman in dem Teich.»

«Hat ihn denn jemand gesehen, oder ist das die Ungeheuer-von-Loch-Ness-Version dieses Colleges?»

«Einige behaupten, sie hätten das Maul aus dem Wasser auftauchen sehen. Niemand hat je das ganze Tier gesehen.» Sie blieb stehen. «Sie sind doch Detektiv; sagen Sie mir – wie beweisen oder widerlegen Sie die Gegenwart einer unsichtbaren Gefahr?»

«Nun ja», sagte der Detektiv auf gut Glück, «ich würde einen Testballon losschicken.»

Sie lächelte. «Darum glaube ich auch, daß wirklich ein Kaiman in dem Wasser lebt.»

«Zu hoch für mich.»

«Sie mit Ihren Testballons. Schauen Sie sich um. Was fehlt hier?» Sie ließ mich darüber nachdenken, während wir uns wieder in Bewegung setzten. Mir fiel nichts ein. «Enten», sagte sie. «Wo sind die Enten hin? Hier waren immer Enten.» Wir wechselten Blicke. «Warum sind Sie hier, Mr. Rice?»

«Müssen wir so förmlich sein?»

Sie dachte länger darüber nach, als meines Erachtens nötig war. Vielleicht verwischten sich bei ihr die Grenzen zwischen Förmlichkeit und Ungezwungenheit nicht so wie bei mir.

«Sie arbeiten nie mit Vertrag, oder?»

«Nein.»

«Hatten Sie jemals Probleme, Ihr Honorar zu kassieren?»

«Nein.»

«Wirklich nicht?» Sie klang überrascht.

«Nein. Ich glaube auch nicht, daß Verträge dabei helfen würden. Wenn jemand nicht zahlen will, bringt es nichts, wenn er seine Unterschrift über eine gepunktete Linie gesetzt hat. Und ich schicke niemandem einen Zahlungsbefehl. Ich verlasse mich vollkommen auf meinen Instinkt. Die paar Male, wo ich gelinkt worden bin, habe ich damit gerechnet.»

«Warum haben Sie dann die betreffenden Aufträge angenommen?»

«Wegen etwas, das mein Onkel mal gesagt hat. Als ich aus der Armee raus war, mußte ich mit dem GI-Wechsel hinkommen und mich auf dem College durchschlagen. Mein Onkel half mir aus, indem er den Scheck für die Studiengebühren ausstellte. Ich versprach ihm, das Geld eines Tages zurückzuzahlen. Er sagte, er wolle mein Geld nicht. Er sagte: ‹Vergiß bloß nie, daß es im Laufe deines Lebens immer Leute gab und geben wird, die dir helfen. Das gilt dein ganzes Leben lang, Harry›, sagte er, ‹und für uns alle. Das Alter ändert nichts daran. Bisweilen braucht jeder von uns Hilfe. Vergiß nicht, während du auf deinem Lebensweg fortschreitest, die Hand auszustrecken, wenn jemand in Not ist. Tu das›, sagte er, ‹und du hast mir das Geld erstattet.›»

«Alles bezahlt?»

«Ich bin immer noch bei den Zinsen. Ich frage mich, ob ich je das Kapital zurückzahlen kann. Zu viele Menschen haben mir im Lauf der Jahre geholfen.»

«Die Antwort gefällt mir, Harry.»

«Danke, Eloise.»

Wir sahen uns an.

«Jetzt sind wir ungezwungen», sagte sie. «Und was kommt als nächstes? Schicken Sie mir Blumen?»

Ich hatte nicht gleich ein passendes Bonmot parat. Immer wenn meine Schlagfertigkeit versagt, was öfter vorkommt, als mir zugegebenermaßen lieb ist, greife ich auf einen alten Trick zurück, der immer funktioniert. Ich wechsle das Thema.

«Wie war das mit den dreien?» fragte ich.

«Bitte?»

«In Ihrem Büro haben Sie was von drei Dingen gesagt.»

«Habe ich das? Na, so was! Haben Sie zufällig die Campuspolizisten gesehen, als Sie hergekommen sind?»

«Ja.»

«Sie kamen aus meinem Zimmer. Dort ist letzte Nacht eingebrochen worden. Ich kann förmlich hören, wie sich jetzt die Rädchen in Ihrem Detektivkopf drehen. Es scheinen aber keine Studenten gewesen zu sein, die nach Prüfungsergebnissen suchten oder so was. Meine Unterlagen sind nicht angerührt worden. Einige meiner persönlichen Besitztümer und Erinnerungsstücke sind verschwunden. Bilder, Krimskrams, Dinge, die nur für mich einen Wert haben.»

«Macht zwei. Ihre Wohnung und jetzt Ihr Büro. Erwarten Sie noch mehr?»

«Es sind schon drei. Vor einigen Wochen, an meinem Hochzeitstag, um genau zu sein, wurde mein Auto in dem Badeort gestohlen, in dem ich mich gerade aufhielt.»

«Meinen Sie, daß ein Zusammenhang zwischen den drei Vorfällen besteht?»

«Nein, natürlich nicht. Ich wollte nur sagen, daß anscheinend auch aller schlechten Dinge drei sind.» Dann wechselte sie das Thema. «Wade hat mich angerufen.»

«Um Ihnen zu erzählen, daß ich heute vormittag bei ihm in der Kanzlei war?»

«Ja. War das denn nötig?»

«Ich glaube schon.» Dabei ließ ich es vorerst bewenden. Ich hatte meine Zweifel, was ihn betraf, aber nichts, was ich hätte konkretisieren können.

«Na schön. Und sonst? Bekomme ich jetzt einen Lagebericht?»

Ich lachte. «Wird eher ein Fragebericht. Darf ich Ihnen ein paar Fragen stellen?»

«Schießen Sie los.»

«Laut Polizeiakte waren Sie in der Woche, als die Wohnung ausgeräumt wurde, in Gainesville.»

«Stimmt.»

«Wer wußte, daß Sie verreist waren?»

«Warum? Denken Sie, es war jemand, den wir kennen?»

«Eloise, bis jetzt weiß ich noch nicht genug, um überhaupt etwas zu denken.»

«Klar. Sie gehen gründlich vor. Es wundert Sie, daß nichts auf einen Einbruch hindeutet, nicht wahr? Das finde ich auch merkwürdig. Mal überlegen. Wade wußte natürlich von meiner Abreise. Ich hatte Sommerferien, am College wußte also niemand davon. Mrs. Robinette, die Witwe von gegenüber, wußte, daß ich weg war. Vielleicht habe ich es auch Ted Kanecki erzählt, aber ich kann mich nicht daran erinnern. Das ist der Hausverwalter. Ich rufe ihn normalerweise an und gebe ihm Bescheid, wenn ich wegfahre. Das war's wohl schon. Es ging alles sehr schnell. Meine Cousine mußte wegen einer Blinddarmoperation ins Krankenhaus.»

«Könnte Wade es jemandem erzählt haben?»

«Da müssen Sie ihn schon selbst fragen, aber mir wäre es lieber, wenn Sie ihn möglichst in Ruhe ließen. Ihm scheint das alles auf der Seele zu liegen.» Sie sah auf die Uhr. «Tut mir leid, Harry, aber ich habe in ein paar Minuten einen Termin mit einem Studenten. Begleiten Sie mich doch zum Büro zurück.»

Während wir zum Büro zurückgingen, bat ich sie, Ted Kanecki, den Hausverwalter, für mich anzurufen. «Sagen Sie ihm, daß ich vorbeikomme, um ihm ein paar Fragen zu stellen. Geben Sie ihm bitte die Erlaubnis, mich in Ihre Wohnung einzulassen. Ich möchte mir das Schloß ansehen. Wenn er auf Ihre Bitte in irgendeiner Weise anders als gewöhnlich reagiert, etwa zu beflissen oder zu widerstrebend, lassen Sie es mich wissen. Und lassen Sie durchblicken, daß ich auch einige der Nachbarn befragen werde.»

«Gut. Sonst noch etwas?»

«Kann sein. Aber fürs erste wär's das.»

Wir blieben vor der Abteilung für Geisteswissenschaften stehen.

«Rufen Sie mich an», sagte sie.

«Mach ich.»

Bevor ich den Campus verließ, kam mir in den Sinn nachzuschauen, ob meine Freundin Mali in ihrem Büro war. Ich ging über den Rasen zur Abteilung für Anglistik hinüber. Es war schon ein paar Wochen her, seit ich Mali zuletzt gesprochen hatte. Zu lange. Ich konnte mich nicht erinnern, daß wir schon einmal eine so lange Redepause eingelegt hatten. Und wenn wir uns auch nur telefonisch meldeten und einer den anderen fragte, wie es so ging. Aber die Zeit läuft einem manchmal davon. Daß ich nicht mit ihr Kontakt aufgenommen hatte, hieß nicht, daß ich sie vergessen hatte. Die Wahrheit war, daß ich unmöglich nicht an sie denken konnte; sie ging mir nicht aus dem Sinn. Es gab zwar gelegentliche Ablenkungen, Jobs zum Beispiel, aber sie hatte einen Einfluß auf mich, dem ich mich nicht entziehen konnte. Ein paar gemeinsame Erinnerungen konnte ich einfach nicht ins Unbewußte verbannen.

Ich erwähne dies nur, weil ich Mali an jenem Tag wirklich wiedersah. Wir sprachen allerdings nicht miteinander. Sie bemerkte mich gar nicht, um genau zu sein. Mir fiel nichts mehr zu reden ein, bevor wir überhaupt angefangen hatten, als ich sie Hand in Hand mit einem anderen Mann um den Teich wandern sah.

Warum machte es mir etwas aus? Hatte ich gehofft, sie würde sich nach und nach Chuckies entledigen, so daß wir da wieder anknüpfen konnten, wo wir einmal gewesen waren?

Es wunderte mich, aber nicht halb soviel, wie es mich schmerzte.

6

Als ich vom Campus fuhr, kam eine Taubheit über mich, die ich vor Jahren schon einmal erlebt hatte.

Sie hatte Theresa geheißen. Ich hatte sie ungefähr ein Jahr nach meiner Scheidung kennengelernt. Wir verliebten uns. Es war eine dieser sentimentalen «Wir-sind-füreinander-gemacht»-Liebesaffären, die angeblich nie enden. Die Art von Liebe, die Teenager alle vier bis fünf Wochen empfinden, die «große Liebe». Ich hatte gar nicht gewußt, daß es so gut und wahr sein konnte. Nichts vermochte uns zu trennen. Bis Theresa sich, wie jedes Jahr, einer Vorsorgeuntersuchung unterzog.

Zwei Tage später rief ihr Arzt an, um ihr das Ergebnis mitzuteilen. Ich habe noch immer das Telefonklingeln von damals im Ohr. Er sagte ihr, sie solle sich sofort ins Krankenhaus begeben. Sie kam nie wieder heraus. Sie war binnen eines Monats tot. Krebs.

Rückblickend kann ich mich nicht erinnern, in jener Zeit auch nur einmal ihr Krankenbett verlassen zu haben, obwohl ich weiß, daß ich's wohl getan haben muß. Theresa und ich sprachen über vieles. Außer über das, worüber wir vielleicht hätten reden sollen. Habe ich ihr je gesagt, wie wichtig sie mir war? Wie sehr ich sie liebte? Konnte ich überhaupt in Worte fassen, was ich für sie empfand? Vielleicht wußte sie es, aber das reichte nicht aus. Ich ließ zuviel ungesagt. So geht's mir heute noch. Statt dessen saß ich bei ihr, und sie tröstete mich. Sie lag im Sterben und machte sich um mich Sorgen. Ich versicherte ihr, ich sei stark, und es würde schon gehen. Sie kannte mich besser als ich mich selbst.

Ich betete. Ich bot Gott einen Handel an. Nimm mich anstelle von Theresa. Nichts zu machen. Als sie starb, war ich wie betäubt. Tote leiden keinen Schmerz.

Versprich nichts, was du nicht halten kannst. Ich mußte Theresa versprechen, mich nicht vor der Welt zu verschließen.

«Keine Mauern», sagte sie.

«Keine Mauern», versprach ich.

Was ich für Trauer hielt, war in Wirklichkeit eine Abkehr vom Leben. Ich redete mir ein, es sei alles in Ordnung mit mir. Ich sei ein tätiges Mitglied der Gesellschaft. Ich arbeitete. Ich grüßte. Und ich rannte weg, wenn jemand fragte: «Wie geht's?» Das war mir schon zu vertraulich. So lief es, bis ich Mali kennenlernte. Wir wurden Freunde. Ich weiß nicht, warum ausgerechnet Mali. Das gehört zu jenen unerklärlichen Phänomenen, die in einem Menschenleben nur selten auftreten. Man lernt jemanden kennen und weiß einfach: Das ist eine verwandte Seele. Vertrauen bildete sich, eine sofortige Freundschaft, und ich hörte, wie ich Mali Dinge erzählte, die ich noch nie jemandem gesagt hatte, nicht einmal mir selbst. Davon, daß ich ein Herz mit mir herumschleppte, das voller Tränen war, ein Herz, das immer schwerer wurde. Wo war das Ventil, um Druck abzulassen?

Erst als Mali mir half, die Steine abzutragen, wurde mir klar, daß ich eine Mauer errichtet hatte. Ich hatte mir eingeredet, Theresa würde verstehen, daß ich für einige Zeit einen Schutzwall brauchte. Als die Mauer gefallen war, entdeckte ich, daß ich mich wieder verlieben konnte. Eine Zeitlang ging es gut. Mit uns dreien. Mit mir und Mali und Chuckies Schatten. Als es vorüber war, konnte ich damit umgehen, denn Mali bewahrte mir ihre Freundschaft. Aber jetzt, nachdem ich sie mit einem anderen Mann zusammen gesehen hatte, überfiel mich Panik. Ich dachte: Heiliger Himmel, ich werde doch nicht auch noch Mali verlieren!

Die Taubheit.

Ich neige zu Überreaktionen. Sagt man mir nach. Ich machte mir klar, daß ich aus einer Mücke keinen Elefanten machen sollte. Denk nicht mehr daran. Geh wieder an die Arbeit.

Sam Maturanos Laden Old Stuff lag im Antiquitätenviertel von Dania, einer kleinen Stadt an der Goldküste Floridas, wo sich Männer nach wie vor zum Haareschneiden beim Friseur einfanden und ein Grundschulabsolvent zum Bürgermeister gewählt werden konnte. Anders als sonst oft in kleinen Städten gab es an Danias Abschnitt des U.S.-Highways 1 keine leerstehenden Kirchen, Kinos, Katen oder Ladenlokale. Bis auf das griechische Restaurant und die orangegestrichene Apotheke, die mehr Plastikflamingos als Aspirin verkaufte, quoll die ganze Reihe der umfunktionierten Wohngebäude, Geschäfte und Gotteshäuser über von teuren Klamotten und verwaistem Plunder.

Dania war ein Städtchen im Süden ohne Südstaatenmentalität. Statt «Christus» hatte die Stadt längst «Geld» auf ihre Fahnen geschrieben, und jedermann sang nur noch dessen Lob. Es parkten fast ebenso viele alte DeSotos und Packards quer auf den Seitenstraßen wie neue Mercurys und Buicks. Ich stellte meinen Wagen in der gepflasterten Seitenstraße hinter Sams ab.

Eine an die Tür genagelte Messingglocke ertönte, als ich hineinging. Der Laden bot ein ganzes Inventar von Düften – nach altem Leder, gewachstem Holz, fettigen Hutbändern, vergilbtem Zeitungspapier –, die zusammengenommen einen einzigen Muffgeruch ergaben. Ich sah mir die alten Bilder, die hochgeschlossenen Spitzenblusen, das Porzellan, das verblichene Leinen, den Schmuck, die Kameen und die handgemachten Möbel an. Old Stuff war das metaphorische Zeugnis früherer Generationen, ein Leichenschauhaus toter Träumereien.

Sam stand an der Kasse und hielt eine Art-déco-Lampe in der

Hand. Er sprach mit einer alten Dame mit hochgezogenen Schultern. «Das ist weniger, als Sie je irgendwo zahlen werden. Gehen Sie nur und schauen Sie sich anderswo um, wenn Sie mir nicht glauben.»

Nach dem Gesichtsausdruck der Frau zu urteilen, glaubte sie ihm kein Wort.

«Aber wenn Sie das tun», sagte Sam warnend, «tun Sie es auf eigenes Risiko. Ich kann nicht dafür garantieren, daß die Lampe bei Ihrer Rückkehr noch hier ist. Wissen Sie, warum?»

Die Frau schüttelte den Kopf.

«Ich verkaufe zum Einkaufspreis», erklärte Sam. «Ich brauche das nicht zum Gelderwerb. Ich habe längst genug für zwei Leben. Ich handle einfach gern mit Antiquitäten. Ich find's gut, wenn die Leute bekommen, was sie wollen, ohne ausgenommen zu werden. Das macht mich glücklich. Darum tue ich's.»

Ich hatte das zwingende Gefühl, daß ich Sam mit Father Shifty bekannt machen sollte. Dann konnten sie sich gegenseitig heiligsprechen.

Die skeptische Kundin nahm Sam die Lampe ab und betrachtete sie noch einmal. «Ich weiß nicht», sagte sie. «Sieht meiner Meinung nach wie eine Reproduktion aus.»

Wie aus der Pistole geschossen sagte Sam: «Natürlich ist das eine Reproduktion. Sie glauben doch nicht etwa, ich könnte sie zu dem Preis anbieten, wenn sie echt wäre!»

Die alte Dame stellte die Lampe wieder auf die Theke. «Ich glaube, ich sehe mich noch ein wenig um.»

«Bitte», sagte Sam aufgebracht. «Sehen Sie sich nur um. Geben Sie ruhig zuviel aus, und wenn Sie schließlich mittellos sind, können Sie sich ja beim Kongreß beklagen, der dann meine Steuern anhebt, damit Sie mehr Sozialhilfe bekommen. Was soll's. Ich bin bloß der Mittelsmann. Ich will Ihnen mal was sagen. Es ist billiger für mich, wenn ich jetzt Verlust mache, als wenn ich höhere Steuern zahlen muß. Ich lasse Ihnen zehn

Dollar vom Preis nach. Lieber schluck ich's gleich, als später das Finanzamt damit zu füttern.»

Die Frau zupfte ein paar Scheine aus ihrer perlenbestickten Börse, bevor Sam es sich anders überlegen konnte. Die Lampe in der Hand, watschelte sie mit listigem Grinsen zur Tür hinaus. Wenn es wirklich Sams Geschäftsprinzip war, Leute glücklich zu machen, war er erfolgreich.

Sam wandte sich zu mir und sagte: «Du, Harry Rice? Oder siehst du nur so aus?»

«So lange ist es doch noch nicht her, Sam.»

«Du klingst wie meine Frau», sagte er trocken. «Bei mir dauert's immer ein Jahr, bis ich merke, daß sie mir fehlt.»

Er kam mit ausgestreckter Hand vor die Theke. Es mußte etwa drei Jahre her sein, daß ich Sam zuletzt gesehen hatte. Er sah aus wie immer. Er trug ein zerknittertes T-Shirt, wie gewöhnlich, und seine Khakihosen hingen so tief, daß man sich fragte, was sie eigentlich oben hielt. Er hatte keinen Arsch, aber einen dicken Bauch. Seinen Kopf bedeckte ein Wirrwarr von roten Haaren, die ihm über die blauen Augen fielen wie einem Hund die struppige Mähne. Er strich sich mit den Fingern eine Haarsträhne aus der Stirn.

«Als letztes habe ich von dir gehört, daß du dein Detektivbüro verkauft und eine Bar erstanden hast», sagte Sam. «Komm mit nach hinten.»

Ich folgte ihm durch einen Bambusvorhang ins Hinterzimmer.

«Ja, habe ich», sagte ich. «Aber ich bin schon wieder im Ermittlungsgeschäft.»

«Ist die Bar eingegangen?»

«Nein. Ich mach beides.»

«Setz dich.» Er sank in einen mit Quasten verzierten Ledersessel. Ich setzte mich auf einen harten Stuhl mit Leiterrücken. «Hast du wieder geheiratet?»

«Nein», sagte ich. «Ich habe den Fuß noch nicht gefunden, der in das Glaspantöffelchen paßt.»

«Schaust du dich um?»

«Weiß nicht recht.»

«Jemand Spezielles?»

«Weiß nicht recht.» Die Fragenstellerei war mir allmählich unbehaglich. Ich war derjenige, der Fragen hatte. «Wie läuft's denn bei dir, Sam?»

«Bei mir? Großartig. Was sollte auch schiefgehen? Mein Leben hat keine losen Enden.»

Ich mußte lachen. «Und deine Frau?»

«Sie hält sich für eine Ticketbude.»

«Keine Freifahrten?»

«Genau. Ich habe eine Tochter, die das College aufgeben und *Solid-Gold*-Tänzerin werden will. Ich habe einen Jungen, der keine Autoversicherung kriegt. Der einzige Freund, den ich hatte, mein Hund Sam junior, ist gestorben. Das war unglaublich traurig, sage ich dir.»

«Kenne ich, das Gefühl. Pooh-Pooh ist seit ein paar Wochen tot.»

«Deine Katze?»

Ich nickte.

«Verdammt. Ich dachte, sie wäre schon vor Jahren gestorben. Wie alt war sie denn?»

«Sechzehn. Sie war nach der Scheidung bei meiner Tochter. Kennst du irgendwelche herumstreunenden Katzen, die ein Zuhause suchen?»

«Nein. Die halte ich nicht auf Lager. Ist nicht meine Branche.»

«Was ist denn deine Branche, Sam? Bist du immer noch Waffenexperte?»

«Ah! Dahin läuft der Hase. Ich Dummkopf. Und ich dachte, du machst einen Freundschaftsbesuch. Du hast einen Fall.»

Ohne Namen zu nennen, erzählte ich Sam von der verschwundenen Waffensammlung. Ich zeigte ihm eine Kopie der Liste, die Eloise Loftus mir gegeben hatte.

«Mein Klient sagt, hunderttausend.»

Sam warf mir einen nichtssagenden Blick zu. Er setzte sich eine dicke Brille mit schwarzem Gestell auf, die vielleicht einmal Buddy Holly oder Woody Allen gehört hatte. Er überflog die Liste und wackelte dabei zu einem lautlosen Rhythmus mit dem Kopf. Schließlich nahm er die Brille wieder ab und legte sie auf seinen Schoß.

«Versteh mich richtig, Harry, bei allen Sammlungen ist der Faktor Numero eins immer der Zustand. Der Zustand eines Gegenstands kann den Wert leicht um fünfzig Prozent senken oder steigern.»

«Heißt das, die Waffen müßten alle tadellos erhalten sein, um zusammen den Preis von hundert Riesen zu erzielen?»

«Offen gestanden sehe ich hier nichts von hundert Riesen, selbst wenn wir davon ausgehen würden, daß alle Waffen im Bestzustand sind. Das ist mein erster Eindruck. Ich kann natürlich falschliegen. Vergiß nicht, daß ich schon einige Jahre nicht mehr mit Waffen gehandelt habe. Trotzdem, die meisten dieser Waffen würden als modern eingestuft werden. Eine Menge europäischer Kriegswaffen aus den Zwanzigern oder Dreißigern. Diese Waffen sind in den letzten acht oder neun Jahren im Wert gefallen.»

«Gefallen? Ich dachte, der Wert würde mit zunehmendem Alter steigen.»

«Das gilt für die meisten Sachen, aber nicht für Nutten und Waffen.»

«Erklär mir das mal.»

«Irgendwann '84 oder '85 haben die Vereinigten Staaten die Einfuhrbeschränkungen für Feuerwaffen gelockert. Daraufhin gab es natürlich eine Schwemme von Waffen, die vorher schwer zu bekommen waren. Insbesondere von militärischen Waffen, die seitdem nur so hereinströmen. Angebot und Nachfrage. Als das Angebot die Nachfrage überstieg, fielen die Preise. Die Preise auf deiner Liste haben vielleicht vor zehn Jahren noch gestimmt, aber heute nicht mehr.»

«Ist die Sammlung denn wertlos?»

«Nein, wertlos ist sie nicht. Es sind ein paar Antiquitäten und einige wenige Raritäten darunter, aber im großen und ganzen handelt es sich doch um eine Sammlung von modernen Waffen und Erinnerungsstücken. Der Markt für Erinnerungsstücke ist auch nicht mehr so gut. Die meisten dieser Waffen erzielen zwar immer noch einen höheren als den Originalpreis, aber meist nicht mehr in so schwindelnder Höhe wie früher einmal. Und in manchen Fällen gilt das auch für Raritäten.»

«Was ist denn eine Rarität? Und was eine Antiquität?»

«Antiquität ist leicht. Alles vor 1900. Eher sogar 1898. Eine Rarität ist schon schwerer einzustufen. Die Behörden haben diese Klassifizierung offiziell eingeführt. Eine Rarität muß mindestens fünfzig Jahre alt und ungewöhnlich, also selten sein. Im Grunde erleichtert diese Regelung lediglich Sammlern den Transport von Waffen über Bundesstaatsgrenzen hinweg. Sammler müssen dafür eine Genehmigung haben.»

Ich überflog die Liste. «Sind Raritäten dabei?»

Sam setzte die Brille wieder auf und sah die Liste noch einmal durch. «Aus dem Stegreif würde ich sagen, die Yato 32. Das ist eine japanische halbautomatische Faustfeuerwaffe. Dieses Jahrhundert. Vermutlich als militärische Rarität eingestuft. Das gleiche gilt für einige der Luger.»

«Und die andere Kategorie?»

«Erinnerungsstücke? Ja. Die Magna-Port 5 gehört dazu. Ich hatte selbst mal eine. Das ist ein Spannschloßrevolver im Western-Stil. Amerikanisch. Eine Ruger, Kaliber .44. Aber seit dem Zweihundertjahrfieber, als alle, selbst die Großmütter, Gedenkstücke zu fabrizieren begannen, hat auch dieser Markt seinen Tiefstand erreicht.»

Ich dachte eine Weile über das nach, was Sam gesagt hatte. Dann fragte ich: «Ist etwas wirklich Wertvolles dabei?»

«Harry, ich sag's noch einmal, ich bin nicht mehr so firm in der Sache.»

«Verstehe.»

«Na schön. Ich würde sagen, daß die Mauser M 78 Zickzack sechs-, siebentausend Dollar bringen könnte, wenn sie in tadellosem Zustand ist. Die Turret-Pistole ist eindeutig eine Antiquität und könnte bis zu zehntausend Dollar bringen, je nach Zustand. Kannst du mir nicht etwas Zeit lassen, um deine Aufstellung mit einschlägigen Preislisten und Händlern, die ich kenne, abzuklären? Ich strecke meine Fühler aus, und vielleicht finde ich, während ich antike Videorecorder verkaufe, eine Spur für dich.»

«Das wäre schön. Willst du eine Kopie der Liste?»

Sam stand auf und ging zum Stützpfosten mitten im Zimmer. Er nahm ein Clipboard von einem Haken und blätterte durch die angeklammerten Papiere.

«Letzten Juni, die Loftus-Sammlung?» Mein Blick brachte ihn zum Lachen. «Jeder Händler und Exhändler dieser Gegend hat eine Kopie. Die Polizei denkt, wir hätten nichts Besseres zu tun, als nach Diebesgut Ausschau zu halten.»

Da das Geschäftliche geregelt und ein Kunde im Laden war, brachte Sam mich zur Tür.

«Ich bin dir für alles dankbar, was du herausfinden kannst, Sam.»

«Bist du? So dankbar, daß du mir einen Finderlohn gibst, wenn ich Erfolg habe?»

«Ich würde dich bestimmt nicht so beleidigen, Sam. Du hast doch für zwei Leben genug. Ich lasse dich nur mitmachen, weil es dich glücklich macht.»

7

Jetzt wäre es Zeit gewesen, auszusteigen. Wenn Sam recht hatte und die Waffen überbewertet wurden, konnte mein Anteil an der wiederbeschafften Sammlung nur gering und den Aufwand nicht wert sein. Ja, da hätte ich aufhören sollen, das hätte mein gesunder Menschenverstand mir sagen müssen. Aber wenn eine Situation gesunden Menschenverstand verlangt, habe ich manchmal einen Hang zur Logik von Idioten. Ich redete mir ein, kein Söldner zu sein: Ich war nicht bloß hinter dem Geld her, es ging um mehr als um die finanzielle Entlohnung. Und was hatte ich dabei im Auge? Nun, drücken wir es mal so aus – wäre ich bei dem Auftrag geblieben, wenn Eloise Loftus ausgesehen hätte wie Larry Csonka?

Ich bezweifle es.

Knapp eine Stunde nach meinem Besuch im Old Stuff bei Sam war ich auf dem Weg nach Hallandale, um die Eigentumswohnung der Loftus' in Augenschein zu nehmen.

Die Wohnanlage war zwei Häuserblocks nördlich der Zugbrücke an der Strandpromenade von Hallandale zwischen der A1A und dem Binnenschiffahrtsweg. Ich hielt auf einem Besucherparkplatz und folgte einem eingewachsenen Pfad zu einem laubenartigen Vorplatz, eingefaßt von Briefkästen und einem Schwarzen Brett mit der Ankündigung einer längst verstrichenen Eigentümerversammlung und dem eindringlichen Hinweis, nach jeder Maschinenwäsche unbedingt das Fusselsieb zu reinigen.

Das Büro der Hausverwaltung war im Parterre neben dem Aufzugstrakt. Ich drückte auf die Klingel.

«Die Tür ist offen. Kommen Sie einfach rein», rief jemand von fern.

Das schmucklose Büro war mit einem grauen Schreibtisch aus alten Regierungsbeständen und einem dazu passenden Drehsessel ausgestattet. An einer Wand stand ein Büchertisch, vollgestapelt mit Taschenbüchern, und dazwischen ein Schild mit der Aufschrift: EINS MITNEHMEN – EINS DALASSEN. Keine Pflanzen. Keine Machen-Sie-es-sich-bequem-Stühle. Kommen Sie zur Sache und gehen Sie. Selbst die getäfelten Wände waren bis auf einen einsamen Bankkalender, der die Leere auflockern sollte, vollkommen kahl. Mir fiel ein Gespräch ein, das ich vor ein paar Jahren mit einem Nachbarjungen hatte. Ich war gerade hinten im Garten dabei, einen Feigenbaum zu stutzen, trug abgeschnittene Hosen und war oben herum nackt. Der Junge kam auf einen Sprung herüber. Er unterhielt sich gerne mit mir über Baseball, da wir beide Oriole-Fans waren. Irgendwann trat mitten zwischen Feldspielstrategien und Lauffehlern eine Gesprächspause ein. Und in diese etwas unangenehme Stille hinein sagte der Junge plötzlich: «Ich frage mich, warum Gott den Männern Busen gegeben hat.» Er begriff offenbar, daß Frauen sie zum Stillen von Babys und Trösten von Männern brauchen, aber warum hatten Männer welche? Zu welchem Zweck? Ich wußte keine Antwort darauf, aber er. Er sagte: «Weißt du, ich glaube, aus dem gleichen Grund, aus dem man Bilder an die Wand hängt.»

Hinter dem Schreibtisch war ein Flur, der, wie ich vermutete, zur Wohnung des Verwalters führte. Es klang, als brutzelte etwas in einer Bratpfanne und als wühlte jemand in einer Besteckschublade.

«Was kann ich für Sie tun?» rief die Stimme von hinten.

«Harry Rice ist mein Name.»

«Der, für den Mrs. Loftus angerufen hat?»

«Ja.»

«Wo haben Sie geparkt?»

«Auf dem Besucherparkplatz.»

«Sie sind doch nicht rückwärts reingefahren, oder?»

«Nein.»

Ted Kanecki kam angeschlendert und trocknete sich die Hände an einem Geschirrtuch ab. Er hatte hängende Schultern, war drahtig und wirkte größer, als er war. Er trug ein weißes Polohemd mit dem Logo der Wohnanlage und anständig gesäumte beigefarbene Shorts. Sein Gesicht war ausdruckslos, die Stimme monoton. «Hier ist der Schlüssel», sagte er. «Wohnung vier-null-neun. Schließen Sie wieder ab, wenn Sie gehen, und geben Sie mir den Schlüssel zurück.» Er wandte sich zum Gehen, blieb aber noch einmal stehen. «Brauchen Sie mich irgendwofür?»

Ich stellte ihm ein paar Fragen. Er sagte mir, die Reservewohnungsschlüssel würden in einem stabilen Safe mit Kombinationsschloß aufbewahrt. Niemand außer ihm kenne die Kombination. Für den Fall des Ablebens von Ted Kanecki war die Safekombination in einem Schließfach bei einer örtlichen Bank hinterlegt und würde dann dem Verwaltungsrat der Wohnanlage übertragen. Ted Kanecki erzählte mir mit dem ersten Anflug einer Gemütsregung, daß er in der Woche, als der Einbruch stattfand, in Alabama bei der Beerdigung eines alten Kriegskameraden war, der Selbstmord begangen hatte.

«Die Armee hat ihn umgebracht. Alles fing in Vietnam an. Er hat eine Menge Ärger bekommen, weil er bei buddhistischen Mönchen herumhing und Parolen von Frieden und Freiheit verbreitete. Sie haben ihn aus dem Dienst entlassen, Mann. Und zwar alles andere als ehrenhaft. Er konnte nicht mehr arbeiten. Der Vietcong hat es nicht geschafft, aber die verfluchte Armee hat ihn umgebracht.»

Ich hatte schon ähnliche Geschichten gehört und glaubte jedes Wort.

Der Fußboden war aus altweißen Keramikfliesen. Ein Sammelsurium moderner Möbel sproß daraus hervor wie die hämisch blickenden Skulpturen, die meist vor öffentlichen Gebäuden anzutreffen sind, und es wirkte genauso gemütlich. Eine Wand war ein Elektronikdschungel aus Audio- und Videoelementen. Wohnung 409 stank nach Blumenseifenkugeln.

Ich überprüfte alle Türen und Fenster. Eine Glasschiebetür führte zu einem Balkon hinaus, von dem aus man in dieser Höhe – vierter Stock – die A1A überblickte. Die Tür war gut mit Lasche und Stahlzapfen gesichert. Das Sicherheitsschloß an der Eingangstür entsprach höchsten Anforderungen und konnte innen wie außen nur mit einem Schlüssel geöffnet werden. Insgesamt waren die Sicherheitseinrichtungen überdurchschnittlich gut und durchaus geeignet, Amateure und Jugendliche fernzuhalten. Die Fenster bestanden aus stabilem Flachglas, das nur unten etwa fünfzig Zentimeter hohe Unterteilungen hatte, die sich öffnen ließen. Zu eng, um ein Sofa durchzuquetschen.

Theoretisch konnte das Mobiliar über die Balkonbrüstung gehievt und mit einer Seilwinde auf den Parkplatz hinabgelassen worden sein, aber das wäre zu beschwerlich und augenfällig gewesen. Nein, die einzige Möglichkeit war die, alles durch die Wohnungstür und über den Flur zum Lastenaufzug am Ende des Ganges zu schleppen. Das war allerdings nicht möglich, ohne Aufsehen zu erregen. Ich schaute mir noch ein letztes Mal das Wohnzimmer an. Weder spukende Schatten noch unheimliche Geräusche.

Als ich die Wohnung verließ, schloß sich die Tür gegenüber schnell. Die verräterische Zeichen für eine herumschnüffelnde Nachbarin. Die Art von Nachbarin, mit der ich gern redete. Ich schloß 409 ab, ging über den Gang und klopfte.

Sofort ertönte eine Stimme, kaum um Türesdicke von mir entfernt. «Was wollen Sie?»

Ich setzte vor dem Türspäher mein engelhaftestes Lächeln auf. «Ich würde Sie gern für fünf Minuten sprechen.»

«Sind Sie Vertreter?» Eine heisere Stimme.

«Nein. Ich arbeite für Mrs. Loftus. Ich bin Privatdetektiv.»

«Wie heißen Sie?» Eine Spur von Neuenglandakzent.

«Harry Rice.»

«Na schön, Harry Rice. Ich rufe jetzt Eloise im College an. Wenn Sie ihr nicht bekannt sind, rufe ich die Polizei.»

Ich stand dumm im Hausflur, fühlte mich wie ein Wolf im Schafspelz und fragte mich, ob mein engelhaftes Lächeln wohl wie ein teuflisches Grinsen wirkte.

Schließlich ging die Tür auf.

Sie war auf keinen Fall auch nur einen Tag jünger als achtzig oder auch nur einen Zentimeter größer als ein Meter dreißig. Sie versteckte ihr Alter nicht hinter Make-up und Schminke, womit ich aber nicht sagen will, daß sie ungepflegt ausgesehen hätte. Sie trug ein schlichtes Baumwollkleid. Ihre Miene war wachsam und gespannt. Sie schaute mit ihren blauen Augen zu mir hoch. «Sie sehen ziemlich harmlos aus», sagte sie. «Kommen Sie herein.»

«Keine Polizei?»

«Das kann ich mir noch überlegen.» Ich folgte ihr ins Wohnzimmer. Sie wies auf einen Beistelltisch, auf dem ein Telefon stand; der Hörer lag daneben. «Eloise möchte mit Ihnen sprechen.»

Ich setzte mich auf die Kante eines kleinen Korbsofas und nahm den Telefonhörer. «Hallo.»

«Hi, Harry. Wie ich höre, haben Sie inzwischen Mrs. Robinette kennengelernt.»

«Sozusagen.»

«Unterschätzen Sie sie nicht und reden Sie nicht mit ihr, als wäre sie eine verblödete alte Frau. Sie hat einen rasiermesserscharfen Verstand. Dozentin im Ruhestand. Frauenrechtlerin.»

«Klingt so, als wollten Sie mich warnen.»

«Ja, was? Sie war schon Feministin, als es noch gar kein Wort dafür gab. Ich kenne fast alle ihre Sprüche auswendig: Männer sind leicht zu durchschauen. Sie versuchen auf jede nur erdenkliche Weise, Kontrolle über die Frauen zu gewinnen. Mit allen Mitteln. Sie probieren es mit Verhätscheln. Sie probieren es mit Weinen. Sie greifen zu Sarkasmus und Selbstmitleid, Spott und Schuldgefühlen, Sex und Haß.»

«Wie ich mich schäme!»

Eloise lachte. «Kopf senken, wenn Sie das sagen, Mister. Verstehen Sie mich aber bitte nicht falsch. Sie ist eigentlich eine wunderbare Frau. Nur sagen Sie nichts, was irgendwie als sexistisch ausgelegt werden könnte.»

«Ich werde zur Göttin beten, daß sie mir die Weisheit verleiht, mich politisch korrekt zu verhalten.»

«Sie lernen rasch. Hängen Sie nicht ein, Harry, denn ich wollte Ihnen noch etwas erzählen. Vielleicht ist es nur eine zufällige Koinzidenz, ich weiß es nicht. Jedenfalls hatte Wade gestern Geburtstag. Wir haben nicht gefeiert, weil er abends hier unterrichten mußte.»

Der Art und Weise, wie sie innehielt, entnahm ich, daß das Gesagte offenbar eine Bedeutung haben sollte. «Ich komme nicht ganz mit», sagte ich.

«Na ja, denken Sie mal daran, daß an unserem Hochzeitstag mein Auto gestohlen wurde, und diesmal ist an Wades Geburtstag in mein Büro eingebrochen worden.»

Ah! Die Theorie von den bedeutsamen Daten. Einem alten Hasen wie mir entgeht doch nichts. «Kapiert», sagte ich. «Und der 28. Juni?»

«Nur der Einbruch.»

«Sind Sie sicher? Kein Goldfischgeburtstag oder so was?»

«Blödmann. Ich hoffe, daß Mrs. Robinette Sie in Stücke reißt.» Immerhin lachte sie, als sie das sagte. Wir legten auf.

Ich lehnte mich zurück. Mrs. Robinette saß kerzengerade auf einem Wiener Schaukelstuhl. Ihre Hände ruhten auf ihrem Schoß. Das Altersbildnis einer Suffragette. Sie hatte aufmerksam meinen Teil des Telefongesprächs verfolgt.

Sie runzelte die Stirn. «Was hat sie von mir erzählt?»

«Sie hat mir gesagt, ich sollte Sie nicht wie eine verblödete alte Frau behandeln. Sie sagte, Sie würden mich mit Angst, Sex und schlechter Küche zu manipulieren versuchen. Sie sagte, ich solle auf der Hut sein vor Ihnen.»

Ihre Augen funkelten vor selbstgefälliger Genugtuung. «Haben Sie Mut, in den Abgrund zu schauen, Harry Rice?»

«In den Abgrund zu schauen», wiederholte ich. «Erik Estrada?»

Sie lächelte zum erstenmal. «Nietzsche.»

«Ray Nietzsche? Von den Green Bay Packers?»

«Wohl kaum. Was wollen Sie wissen?»

«Ich möchte etwas über den 28. Juni hören.»

«Den Tag, an dem die Polizei kam.»

«Ja.»

«Sind Sie sicher, daß Sie etwas über diesen Tag hören wollen?»

Ich erkenne eine hintersinnige Frage gleich, wenn ich sie höre. «Gibt es noch einen anderen Tag, über den ich etwas wissen sollte?»

«Fragen Sie mich nach dem Tag zwei Tage vor Erscheinen der Polizei.»

«Dem 26.? Was ist denn zwei Tage vor Erscheinen der Polizei passiert?»

«Das war der Tag, an dem ich sah, wie die Möbelpacker alles aus der Wohnung trugen.»

«Am 26.?»

«Ja.»

«Im Polizeibericht steht –»

«Ich weiß, was ich gesehen habe, und wann. Es war der 26. Und jetzt fragen Sie mich nach dem 24.»

«Sie machen sich gut in meinem Job. Wie wär's, wenn ich keine Fragen mehr stelle und Sie mir erzählen, was Sie wissen?»

Sie holte tief Luft wie ein Vortragsredner vor seinem Auftritt. «Ich weiß, daß Mr. Loftus an dem Abend, als Eloise nach Gainesville abgefahren war, eine junge Frau mit nach Hause brachte. Sie war viel jünger als Mr. Loftus. Sie hätte seine Tochter sein können. Am nächsten Abend war sie wieder da. Am 25. Am Tag danach kamen die Möbelpacker. Zwei Männer – Jünglinge, um genau zu sein. Vielleicht zwanzig Jahre alt. Sie sahen lateinamerikanisch aus. Das Mädchen war nicht dabei. An dem Abend kam Mr. Loftus von der Arbeit nach Hause und ging in die Wohnung. Er kam wieder heraus und blickte im Flur hin und her. Er ging wieder hinein. Ein paar Minuten später hörte ich ihn erneut herauskommen und die Tür abschließen. Zwei Tage später, am 28., kam er zur gewohnten Zeit von der Arbeit nach Hause. Etwa eine Stunde später kam dann die Polizei.»

«Warum haben Sie das denn nicht der Polizei erzählt?»

«Die wollte nur wissen, ob ich an dem betreffenden Tag, dem 28., etwas bemerkt hätte. Ich sagte nein. Ich fing an, vom 26. zu erzählen, aber sie haben mir das Wort abgeschnitten, als wäre ich ein seniles altes Klatschweib. Sie waren zu beschäftigt und nahmen sich zu wichtig, um sich mit mir abzugeben.»

Ich nickte. «Die dienstliche Weiß-ich-alles-Mentalität. Kenne ich gut. Haben Sie mit den Möbelpackern gesprochen?»

«Nein.»

«Haben Sie die Polizei gerufen, als sie die Packer sahen?»

«Dazu bestand kein Grund. Sie wirkten autorisiert. Sie trugen Overalls, so eine Art Uniform. Sie machten ihre Arbeit in aller Öffentlichkeit. Sie müssen mit einem Schlüssel in die Wohnung gelangt sein. Ich habe nichts gehört, was nach Einbruch geklungen hätte.»

«Und wie ist Ihr Gehör?»

«Nicht mehr so gut wie früher», gestand sie, ohne von der Frage verletzt zu sein. «Ich habe aber beim Hausverwalter angerufen, um mich über die Möbelpacker zu informieren.»

«Und der war verreist.»

«Richtig.» Einen Augenblick lang versank sie ins Sinnen. Und dann sagte sie: «Ich glaube, es war Wunschdenken.»

«Wieso?»

«Ich dachte, Eloise würde ihn vielleicht verlassen.»

Ich beugte mich vor und sagte: «Wie steht's mit der Frau, die Mr. Loftus mit nach Hause gebracht hat? Was können Sie mir von ihr erzählen?»

«Sie war jung. Platinblond.»

«Groß? Schlank? Augenfarbe?»

«So nah bin ich ihr nicht gekommen. Im Türspion sehen die Leute immer aus wie im Zerrspiegelkabinett.»

«Sonst noch irgend etwas, das ich wissen sollte?»

«Nur meine private Meinung.»

Ich lächelte ihr zu. «Sie haben es doch niemand anderem erzählt, oder?»

«Ich kümmere mich nur um meinen eigenen Kram», sagte sie schnell.

Ich konnte mir das Lachen nicht verkneifen, was sie unhöflich fand.

«Was ist denn so komisch daran?» Sie klang beleidigt.

«Sehen Sie nicht, was für ein Widerspruch das ist? Eine neugierige Nachbarin, die von sich sagt, sie kümmere sich nur um ihren eigenen Kram?»

«Sie haben gefragt, ob ich es sonst niemandem erzählt habe.» Ihre Stimme hatte einen scharfen Beiklang. «Ich habe nein gesagt. Sie verwechseln Neugier mit Klatschsucht.»

Ich nickte. «Das mache ich oft. Entschuldigen Sie.»

Sie nahm die Entschuldigung an.

«Warum haben Sie es mir erzählt?» fragte ich.

Sie zuckte die Schultern. «Eloise hat Sie eingestellt. Das heißt, sie will wissen, was passiert ist. Und ich glaube, es wird Zeit, daß sie es erfährt.»

Als ich mich von Mrs. Robinette verabschiedete, war der Tag schon fast herum. Ein ergiebiger Tag. Ich hatte erfahren, daß Wade Loftus sich mit einer Lolita vergnügt hatte, als seine Frau verreist war, was zum Teil seinen Widerstand gegen meine Einstellung erklärte. Ich hatte erfahren, daß das Einbruchsdatum der 26. Juni war und nicht der 28. Vielleicht war auch der 26. ein bedeutsamer Tag im Leben und Wirken des Loftus-Clans. Ich hatte erfahren, daß die Waffen nicht so wertvoll waren, wie ich es mir gewünscht hätte. Und ich hatte erfahren, daß Mali keineswegs in einem Kloster die Böden schrubbte und sich nach einem Mann verzehrte, der sich davongemacht hatte.

Ein ergiebiger Tag. Aber kein Glückstag.

8

Den nächsten Tag verbrachte ich damit, diverse Heuhaufen nach einer unsichtbaren Nadel mit einem Verbindungsfaden zu der verschwundenen Wohnungseinrichtung der Loftus' zu durchsuchen. Ich durchkämmte Dutzende von Leihhäusern, Lagern und Gebrauchtmöbelläden, ob etwas der Beschreibung auf der Inventarliste entsprach, die Eloise Loftus für ihre Versicherung zusammengestellt hatte. Nach zehn öden Stunden war das Nettoergebnis meiner Bemühungen gleich Null. Selbst das Mittagessen war ein Reinfall. Ich hatte einen Teller Obst bestellt, das so schmeckte und auch ungefähr so frisch war wie ein Gemälde von Cézanne. Solche Tage sind typisch im Detektivgeschäft. Ich pflege in diesem Fall an den Strand zu gehen und mir meine Wunden zu lecken.

Im Dämmerlicht sieht das Sträßchen hinter der Sand-Bar wie ein langer dunkler Flur mit Wänden aus salzluftzerfressenen Zimmer-frei-Schildern und wettergebleichten Pensionen und Motels aus. Und dazwischen überall grellbunt angestrichene Müllcontainer und Abfalltonnen. Der Strandmüll wird besser versorgt als die Obdachlosen, die diese privaten Speisezimmer nach Resten durchwühlen. Ein überwältigender Geruch nach gebratenem Fisch und getrocknetem Urin hing über dem Schotterweg, der parallel zum Broadwalk verläuft.

Ich parkte in der für mich reservierten Lücke hinter der Sand-Bar. Als ich aus dem Auto stieg, fiel mir ein paradiesapfelroter Corvette auf der gegenüberliegenden Seite ins Auge. Eins jener klassischen Modelle von Anfang der sechziger Jahre. Die Tür des Corvette schwang auf. Ein langes, nacktes Bein schob sich verführerisch heraus wie das Bein einer Stripteasetänzerin aus dem Spalt eines paillettenbesetzten Rockes. Ein zweites Bein erschien. Zwillinge. Ich hatte es nicht eilig. Ich blieb stehen und fragte mich, ob der Rest der Erscheinung das Warten wohl lohnte.

Tat es. Sie hätte Tänzerin im Elvis-Fernsehcomeback-Special von 1968 sein können. Sie trug schwarze Hot pants, ein Oberteil, das knapper war als die meisten Hosenträger, und einen schwarzen Ledergürtel, um den Elvis sie beneidet hätte. Eine Menge Haut zur Ansicht. Ihr Gesicht war durch einen wilden Wust dicker schwarzer Haare teilweise unkenntlich. Sie sah, daß ich sie bewunderte. Sie starrte mich im matten Licht der scheidenden Sonne an. Ihre grünen Augen glühten wie die einer Katze, die heiß ist. Eine Hexe des 20. Jahrhunderts als Verführerin.

Sie näherte sich mir langsam, fast vorsichtig. Mit jedem Schritt sah ich mehr von ihr. Ich begutachtete die Rundungen ihrer Hüften mit dem anerkennenden Blick eines Kunststudenten. Ihre Brüste waren leicht, aber sie trug sie wie teure Anhänger. Sie war die in 3-D wiedererstandene Venus von Botticelli. Sie war sinnlich und vergeistigt zugleich, und ich war ein alter Idiot.

Sie blieb vor mir stehen. Ihre vampirroten Lippen teilten sich. Wir waren uns so nahe, daß ich den Kuß ihres warmen Atems auf meiner Wange spüren konnte. Diese Frau meinte es ernst. Ich hatte die Wahl: mich der Wollust zu überlassen oder einen kühlen Kopf zu behalten, worin ich nicht sehr geübt bin.

Sie lächelte. Mein Puls ging doppelt so schnell.

«Harry», sagte sie weich, «bist du's, Schatz?»

Ich fürchtete, sie vollzusabbern, wenn ich jetzt sprach.

«Du bist's», sagte sie. Mit einer Andeutung von Spanisch in ihrer Sprechweise.

Wie gut, daß ich's war. Sie umarmte mich. Ihre Hüften preßten sich an meine Lenden. Meine Dankbarkeit wuchs.

«Es ist sooo lange her», flüsterte sie mir ins Ohr.

Mir ging nur noch ein Gedanke im Kopf herum: Wer ist das? Nicht, daß es eine Rolle gespielt hätte. Unsere Zungen tanzten, während meine Finger über die seidige Haut ihres Rückens glitten, in Vorfreude auf den nächsten Gang. Sie umklammerte meine Hinterbacken mit beiden Händen. Ich ließ mich nicht lange bitten. Es war ein klarer Fall von lüsterner Unterwerfung. Ich war der lebende Beweis dafür, daß bei einem Mann, dessen Keimdrüsen angeregt werden, Herz und Verstand willig folgen.

Sie riß sich von mir los und strich sich mit einer Hand durch das wirre Haar.

Ein Aufblitzen von blankem Stahl war das erste. Dann die kalte Schneide einer Klinge. Es ging so plötzlich und so gekonnt vonstatten wie der Zaubertrick eines Magiers von Las Vegas. Genauso schnell war es auch vorbei. Sie stieß mir das Messer in den Mund und zog die Klinge sofort wieder heraus, nachdem sie die Innenseite meiner Oberlippe aufgeschlitzt hatte. Keine überflüssige Bewegung. Professionell.

Ich schmeckte Kupfer und spürte warmes Blut aus meinem Mund sprudeln, bevor jäh der brennende Schmerz einsetzte. Meine Zunge ertastete eine Wunde, die sich so groß anfühlte wie eine Riesenbadewanne voll blubbernder Bloody Marys. Es trifft einen immer mehr, wenn es sich um das eigene Blut handelt.

Das Messer fest in der Hand, preßte sie mir die Spitze an den Halsansatz. Ich konnte die Schärfe bis in die Beine hinunter fühlen.

Sie sah mich lange an. «Vergiß die Waffensammlung», sagte sie. Sie war so ernst wie ein Arzt, der eine lebensrettende Diät verschreibt. Sie zog das Messer hoch und brachte mir einen Kratzer am Hals bei. «*Comprende?*»

«Verstanden», gurgelte ich und schluckte einen Schwall Blut.

Jacqueline the Ripper küßte ihren Abzugsfinger und berührte dann meine blutigen Lippen damit.

«Das will ich hoffen.» Es klang sehr überzeugend.

Noch immer das Messer in der ausgestreckten Hand, trat sie zurück. Sie ging rückwärts in den Schatten hinein, bis sie nur noch eine Geistererscheinung war.

In einer Ecke der Ambulanz saß eine Schar von Asozialen und verglich Narben miteinander. Ein Mann mit einem Toupet, in Schweiß, Fett und Jeans gekleidet, lehnte an einer Wand, das Gesicht vor Qualen grotesk verzerrt. Er hielt eine mit einem blutgetränkten Handtuch umwickelte Hand hoch. Eine dicke Frau glotzte auf das Fernsehgerät, in dem eine Comedy-Serie lief, taub für das Wimmern des Babys, das sie im Arm hielt. Beim Zeitschriftentisch hielt sich eine zarte Frau einen Eisbeutel an die geschwollene Nase. Neben ihr saß ein böser, großer Mann mit einem Blick, der jeden warnte, auch nur ein Wort darüber fallenzulassen, daß sie es nicht verdient hätte.

Eine heulende Sirene verkündete die Ankunft eines weiteren Rettungswagens mit einer frischen Ladung. Energische Sanitäter schoben eine fahrbare Krankenliege mit einer schmerzverkrümmten alten Frau herein. Eine ernste, tüchtige Krankenschwester fuhr die Patientin schnell in ein Extrazimmer. Krankenschwestern und Sanitäter waren die einzigen Akteure in diesem Pandämonium. Ich stellte mir vor, daß sich die Ärzte alle in ein Hinterzimmer verkrochen hatten und Dartspfeile auf Diagnosekarten warfen. Krankenhäuser würden wahrscheinlich besser laufen, wenn sie den Krankenschwestern übergeben würden. Man wird mich nie schlecht über den Schwesternberuf reden hören. Ich habe für Krankenschwestern die gleiche Bewunderung und Schwäche wie für Bardamen. Krankenschwestern und Bardamen lindern beide meine Schmerzen. Sie sind meine Dämonenkiller.

Ich hatte etwa zehn Minuten darauf gewartet dranzukommen, als ich würgen und husten mußte. Ich sah mich nach einem Gefäß um. Nicht einmal ein Aschenbecher. Ich spuckte einen Blutklacks von der Größe einer Eiertomate auf den Fußboden. Eine Schwester mit ernstem Gesicht kam gerannt, packte mich am Arm und führte mich zu einem leeren Platz hinter einem Vorhang. Sie setzte mich auf einen OP-Tisch aus Aluminium und stellte mir eine Nierenschale auf den Schoß.

«Keine Angst», sagte sie und tätschelte mir beruhigend die Hand, «der Doktor kommt gleich.»

«Viel los?» nuschelte ich.

«Nein. Ein ruhiger Tag heute.»

Sie ging. Die Nierenschale erwies sich als nützlich. Ich saß über eine Stunde da und wartete. Schließlich zog ein magerer Mann mit Fu-Manchu-Schnurrbart den Vorhang auf. Er trug ein schwarzes T-Shirt und ausgeblichene Jeans. Er hatte Fixeraugen und sah aus wie ein der Gruppe entsprungener Asozialer.

Er sah mich an und schien nicht zu mögen, was er sah. Er warf einen Blick auf ein Blatt Papier, das er in der Hand hielt. Wieder sah er mich an. «Sie sind keine Schwarze, nicht wahr?»

Ich schüttelte den Kopf, und damit löste sich meine Identitätskrise.

Er schien fasziniert zu sein von dem geronnenen Blut an meinem Mund. Ohne zu fragen, zog er meine Lippe hoch wie ein Tierarzt, der die Zähne eines Pferdes prüft.

«Sieht schlimmer aus, als es ist.» Er betrachtete meine Lippe von allen Seiten. «Haben Sie Flaschen zerkaut?»

Es ist schwer zu antworten, wenn einem gerade die Lippe über die Nase gestülpt wird.

«Säubern, verbinden, vielleicht noch ein paar Stiche. Sie werden wieder. Sie dürfen allerdings eine Zeitlang nur mit einer Lippe lächeln. Bestimmt gibt es ein Zen-Anleitungsbuch dafür.» Das alles sagte er, während er medizinische Geräte, Nadeln und Glasfläschchen aus einer Schublade holte.

Der Arzt. Ich habe Kredithaie gekannt, bei denen es erheblich weniger schmerzhaft abging.

9

Die lächerliche Person im Spiegel sah aus wie Mortimer Snerd. Meine Oberlippe sprang in einem Maße vor, daß ich sie als Sonnenschirm hätte vermieten können.

Es war noch dunkel, als ich aufstand. Ich hatte eine schlaflose Nacht hinter mir. Ich hatte soviel Blut und Stolz hinuntergeschluckt, daß sich mein Inneres anfühlte wie ein öffentliches Klo. Beim Zähneputzen überlief es mich eiskalt, so entsetzlich war das Gefühl. Die Borsten stachen mir in die Naht. In meiner Lippe brannte ein Feuer wie in einem Pitbull-Terrier, der gerade ohne Narkose kastriert worden ist.

Nach einem Frühstück aus drei Aspirin und einer Diätpepsi zog ich eine Badehose an, warf ein paar frische Kleidungsstücke in eine Sporttasche und fuhr ans Meer.

Unter einem rosaroten Himmel ging ich schwimmen. Das ruhige Wasser war erstaunlich warm so früh am Morgen. Ich tauchte unter mit der irrationalen Hoffnung, das könnte mich von all dem undefinierbaren Seelenmüll befreien, der mich bedrückte. Ich war deprimiert und wußte nicht genau, warum. Es konnte an allem möglichen liegen. Ich war verletzt. Mein geschundenes Ego schmollte, weil ich so dumm gewesen war, alle Vorsicht außer acht zu lassen. Jemand hatte versucht, mich abzuschrecken. Ich bin leicht zu erschrecken, aber ich lasse mich nicht abschrecken. Ich weiß nicht, wer es gesagt hat, vielleicht war ich es sogar, aber man darf sich im Leben nicht von Angst beherrschen lassen. Richtig leben heißt Risiken eingehen, davon bin ich überzeugt. Bis es mich persönlich trifft. Dann gehe ich auf Nummer Sicher.

Ich tauchte wieder auf und begann, vom Strand wegzuschwimmen. Hundert Meter. Zweihundert Meter. Vielleicht war ich so aus dem Gleichgewicht geworfen, weil ich Mali mit einem anderen Mann zusammen gesehen hatte und fürchtete, unsere Freundschaft sei in Gefahr. Bei jeder Schwimmbewegung hätte ich einen anderen möglichen Grund anführen können. Aber ich wußte, es war nutzlos.

Ich schwamm, bis mir die Arme schwer und die Beine kraftlos wurden. Den Punkt, nach dem keine Rückkehr mehr möglich ist, hatte ich schon zweimal hinter mir gelassen. Es war die weiteste Strecke, die ich je geschwommen war. Und kein Wassertaxi in Sicht. Während ich unter dem wolkenlosen Himmel weiterpaddelte, fragte ich mich allmählich, was das eigentlich sollte. Wollte ich mich etwa mit gespielter Gleichgültigkeit ersäufen? Nein, das nicht. Offensichtlich forderte ich mich selbst heraus. Aber wozu? Ich mußte schnell eine Antwort darauf finden. Ich war erschöpft und würde nicht mehr lange weiterschwimmen können. Ich mußte mir eingestehen, daß ich die Antwort schon wußte. Ich wollte meine Selbstachtung wiedergewinnen. Ich empfand die gleiche Demütigung wie alle Opfer von Gewalttätigkeiten. Das war die Pille, die ich schlucken mußte, so bitter sie auch schmeckte. Ich mußte mich damit abfinden. Zumindest hatte ich dadurch etwas, auf das ich mich konzentrieren konnte. Sobald ich etwas verstanden habe, kann ich auch damit umgehen. Blieb nur noch das Kunststück, wieder zum Strand zurückzugelangen. Ich drehte mich auf den Rücken und ließ mich mit der Strömung an Land treiben.

Ich duschte ausgiebig in einer Badeanstalt und unterhielt die dortigen Stammkunden mit einem Potpourri gebrummter Hits von den Righteous Brothers. Ich zog mir frische Jeans an und mein offizielles kurzärmeliges Privatdetektiv-Baumwollhemd mit angeknöpften Kragenspitzen. Die Füße steckte ich in ein Paar Bootsschuhe. Ich schaute mir in dem dampfblinden Spiegel den blöden Hund mit der dicken Lippe an. Wenn die Lippe noch mehr anschwoll, würde ich ihr einen Namen geben müssen. Für ihre Ausbildung sparen.

Ich ging in die Sand-Bar und machte mir einen Kaffee. Nur allzuoft ertappe ich mich bei der Frage, wieso es immer alle außer mir wissen. Warum zum Beispiel ist *mir* nicht in den Sinn gekommen, daß heißer Kaffee nicht unbedingt das Beste für eine frischvernähte Wunde im Mund ist?

Ich rief Nick Triandos an. Er nahm gleich ab.

«Nick, ich bin's», sagte ich. «Kannst du zur Sand-Bar kommen?»

Es blieb still in der Leitung.

«Heute morgen noch», sagte ich.

Ein Knirschen ertönte.

«Sieht so aus, als würden wir beide gebraucht für diese Waffengeschichte.»

Es klang, als zerkaue Nick angebrannten Toast.

«Ein neuer Mitspieler ist aufgetaucht. Eine Dame mit einem sehr scharfen Messer wollte mich dazu überreden, die Waffensammlung zu vergessen. Und sie hat ihren Stempel hinterlassen.»

In der Leitung war es wieder still.

«Nick?»

«In zwanzig Minuten», sagte er und legte auf.

Als ich gerade das Telefon einhing, kam Carla ins Büro. Sie starrte mit aufgerissenen Augen meine Monsterlippe an. Eine Monsterlippe, bei deren Anblick Kenneth Tobey und Richard Carlson sofort die Flucht aus dem Vorfilmgeschäft ergriffen hätten. Noch ehe Carla aus aufrichtiger Anteilnahme heraus Fragen stellen konnte, brachte ich sie durch meinen gereizten Ton zum Schweigen.

«Spar dir deine Scheißkommentare.»

Sie sah mich mit dem Blick an, den Frauen haben, wenn ihnen gesagt wird, sie sollen sich ihre Scheißkommentare sparen. Carlas einziges Verbrechen war, daß sie mich mochte und sich Sorgen um mich machte. Wenn das keine Tränen waren, die in ihren Augen aufstiegen, dann war es auf jeden Fall Gekränktheit. Sie ging.

Das hatte sie nicht verdient. Ich hatte meinen Frust unabsichtlich an einer völlig Unbeteiligten ausgelassen. Ich wußte nicht, was ich ihr erzählen sollte. Also setzte ich mich an meinen Schreibtisch, erging mich in Selbstmitleid und genoß es, bis ein Schatten über mich fiel. Ein Daumen und ein Zeigefinger von Riesenbockwurstgröße legten sich schwer auf meine geschwollene Lippe.

«Auuua!» Er hatte die Stelle getroffen, wo es am wehsten tat. Ambrosia für einen Gewichtheber.

Nick lockerte seinen Griff. «So fühlt Carla sich jetzt wegen dir.»

Ich hielt die Hand vor meinen heftig schmerzenden Mund und nickte.

Nick setzte sich. «Fang mit der Lippe an.»

Ich erzählte Nick von der langbeinigen Acid-Rock-Queen-Killerin. Ich erzählte ihm von Eloise Loftus und den drei Einbrüchen. Ich erzählte ihm von Wade Loftus und seinem Playmate. Ich erzählte ihm, was Sam von den Waffen gesagt hatte und daß sie womöglich überbewertet wurden.

Nick sagte: «Wer hat denn das Messer angeheuert?»

Ich zuckte die Schultern. «Wade Loftus hat mir mit seinen Freunden gedroht.»

«Dann fangen wir mit ihm an.»

Ich nickte. «Ich wollte auch seine Frau nach dem 26. Juni fragen. Mal hören, ob an dem Datum etwas bedeutsam ist.»

«Etwas ist mir unklar. Warum hat Wade Loftus zwei Tage gewartet, bis er die Polizei rief?»

«Fragen wir ihn doch selbst!»

Die Empfangsdame des Anwaltsbüros starrte mich an. Ich kam ihr bekannt vor, aber sie konnte die Lippe nicht richtig einordnen.

«Was ist denn –» Sie riß sich zusammen. «Was kann ich für Sie tun?» Sie bemühte sich, nicht so hinzustarren.

«Harry Rice nebst gedungenem Schläger; wir wollen Wade Loftus in ein psychologisches Horrorkabinett schicken», sagte ich mit einem etwas irren Funkeln in den Augen. Ein Beweis für meinen seltsamen Sinn für Humor.

Die Empfangsdame lächelte zögernd, sie wußte nicht recht, was sie mit dem riesigen Nick anfangen sollte. «Haben Sie einen Termin?» Die automatische Reaktion, aber immerhin mit einem Anflug von Belustigung. Ich war mir nicht sicher, ob deshalb, weil ich wie eine MTV-Witzfigur aussah oder weil ihr der Gedanke gefiel, daß Wade Loftus durch den Wolf gedreht werden sollte.

Nick beugte sich über den Schreibtisch. «Wo ist sein Terminplan?»

Die Empfangsdame schob ihm einen Terminkalender zu. Nick warf einen Blick auf die Wanduhr, dann trug er etwas ein.

Er sagte: «Jetzt haben wir einen Termin.»

Die Empfangsdame las den Eintrag. «Ozzie und Harriet?»

Nick nickte. «Ich bin Ozzie.»

Sie zuckte die Schultern. «Wenn Sie bitte Platz nehmen wollen. Mr. Loftus ist im Augenblick noch beschäftigt. Es dauert aber sicher nicht lange. Einer der anderen Anwälte ist bei ihm», erklärte sie. «Sie ertragen sich immer nur höchstens ein paar Minuten lang.»

Nick und ich setzten uns in den Wartebereich. Ich nahm mir die Morgenzeitung vom Kaffeetisch und vertiefte mich in den Leitartikel. Nick verschränkte die Arme und setzte sein Pokerface auf. Ich hatte gerade genug Zeit, mir den politischen Cartoon von Don Wright anzuschauen, als die Tür von Loftus' Büro aufging. Ein kleiner Mann mit beginnender Glatze, verärgertem Gesicht und einem maßgeschneiderten grauen Nadelstreifenanzug stürmte heraus.

«Sie unternehmen besser was gegen Tigertail.» Er brüllte. Dann drehte er sich um und zeigte mit ausgestrecktem Finger zur offenen Tür. «Ich werde mir das nicht mehr lange mit ansehen. Es ist Ihre Schuld. Sie haben uns da reingeritten, nun ziehen Sie uns auch wieder raus.»

Er kam durch den Eingangsraum marschiert und blieb am Empfangspult stehen. «Haben Sie irgendwas für mich, Dottie?»

«Ihre Frau hat angerufen, Ira.»

Ira warf einen Blick auf Nick. Seine Augen funkelten, als er mich sah. Die Schönheit liegt im Auge des Betrachters. Ira betrachtete mich schon als möglichen Kunstfehler.

Er sagte leise etwas zu der Empfangsdame.

Sie sagte: «Sie wollen zu Wade.»

Das Blutsaugerfunkeln verwandelte sich in Trübsinn, dann verschwand er in seinem Büro.

Die Empfangsdame lächelte. Ihr Beruf machte ihr offensichtlich Spaß. Sie nahm den Telefonhörer ab und wählte eine Nummer. «Wade, Ihr Zehn-Uhr-neunundvierzig-Termin wartet hier. Ja, bestimmt. Ozzie und Harriet.» Sie legte mit einer kleinen Verbeugung auf. Dann sah sie Ozzie an und sagte: «David und Ricky können heute nicht mitspielen. Aber Wade kommt gleich.»

«Was zum Teufel machen Sie denn hier?» Wade Loftus stand in seiner Tür und schien sich überhaupt nicht zu freuen, mich zu sehen.

«Ist er das?» fragte mich Nick.

Ich nickte. «Das ist er.»

Es war, als hätte ich «Licht, Kamera, Action» gesagt. Nick war gleich auf den Beinen und baute sich vor Wade Loftus auf. Das war unweigerlich furchteinflößend. Der Anwalt stand so regungslos da wie ein Standbild in einem Video. Nick legte Loftus seine Mammuthand auf die Brust und stieß den fassungslosen Anwalt ins Büro zurück. Ich blieb noch stehen, dann folgte ich ihnen langsam durch den Empfangsraum.

«Vorerst keine Telefonate», sagte ich zu der Empfangsdame.

Sie klimperte mit den Augenlidern. «Ganz wie Sie wollen, Harriet.»

Ich schloß die Tür hinter mir. Nick hatte die Situation im Griff. Wade Loftus saß in seinem Drehsessel. Nick stand über den Sessel gebeugt, die Hände auf den Armlehnen. Er lehnte sich mit seinem Gewicht immer weiter vor, bis Loftus ganz tief in den Sessel gedrückt war und zur Decke hinaufblickte.

Loftus sah mich an, als ich sein Gesichtsfeld betrat.

«Weiß er, daß ich Rechtsanwalt bin?» fragte er mich.

«Er ist auf Anwälte trainiert», sagte ich. «Sie wundern sich wahrscheinlich, warum ich diese kleine vertrauliche Plauderei anberaumt habe.»

«Nein, ich wundere mich überhaupt nicht», sagte er, «und es ist mir eigentlich auch vollkommen egal. Ich habe jetzt keine Zeit für Sie. Ich muß gleich weg. Und nun sagen Sie Ihrem Freund, er soll mich aufstehen lassen.»

Er sah Nick weder an, noch sprach er mit ihm.

«Ich wollte, ich könnte Ihnen helfen, Wade», sagte ich. «Aber er ist größer als ich und hört im allgemeinen nicht auf mich. Vielleicht hört er auf Sie. Sie sind ja Anwalt.»

Loftus maß Nick mit seinem Blick für gegnerische Zeugen. «Nehmen Sie Ihre Neandertalerhände von meinem Sessel», sagte er mit zusammengebissenen Zähnen. «Wenn Sie nicht sofort loslassen, brumme ich Ihnen beiden eine Klage wegen Geiselnahme auf. Loslassen!»

Nick lächelte. Er lockerte seinen Griff um die Armlehnen und trat gleichzeitig gegen die Rollen unter dem Sessel, so daß Wade Loftus auf den Boden purzelte. Der Sessel tat es ihm gleich und landete auf ihm. Nick hob den Sessel hoch und stieß ihn zur Seite. Er ging neben Loftus in die Hocke.

Nick flüsterte: «Schau dir mal seine Lippe an.»

«Was?» sagte Loftus leise; mit seiner Haltung war es nicht mehr weit her.

«Schau seine Lippe an.»

Loftus schaute hin. Er sah sie zum erstenmal.

Nick sagte: «Kein schöner Anblick.»

Er sah Loftus unverwandt in die Augen, damit es kein Mißverständnis gab. Loftus verstand. Er war sichtlich erschüttert.

Das Bild, das er von sich aufrechtzuerhalten versucht hatte, war zusammengestürzt. Er war ein gebildeter Mann und nun jemandem ausgeliefert, der nicht zwischen Hirn und Muskeln unterscheiden konnte. Loftus sah zu mir herüber.

«Schau mich an», sagte Nick. Loftus schaute Nick an. «Wodurch ist seine Lippe so geworden, Wade?»

Loftus sah mich an und sagte: «Was soll das? Woher soll ich das wissen? Waren Sie nicht dabei?»

Sein Sarkasmus hatte ihn noch nicht ganz verlassen.

«Sprich gefälligst mit mir.» Nicks Stimme grollte wie ein kalifornisches Erdbeben.

«Ich weiß nicht, wie es passiert ist. Lassen Sie mich aufstehen.»

«Wer hat das gemacht?» Nicks Stimme wurde jetzt bestimmt auf der Richterskala registriert. Sie machte mich ganz nervös, dabei war er auf meiner Seite. Gott weiß, was sie bei Wade Loftus auslöste.

«Ich weiß nicht, wer es gemacht hat.» Es klang, als bitte Loftus um Gnade. «Hören Sie, Sie können mich ruhig demütigen. Sie können mich auch verletzen. Aber das ändert nichts daran.»

«Wen hast du angeheuert?» fragte Nick.

«Niemanden.»

«Du hast Harry mit deinen Freunden gedroht.»

«Heiliger Himmel! Geht es darum? Lassen Sie mich aufstehen.» Loftus versuchte verzweifelt, sich aufzusetzen. Nick vereitelte den Versuch. «Es war nur Gerede. Dummes Gerede. Sonst nichts. Ich bin schließlich Anwalt. Das tun Anwälte nun mal.»

Nick sah mich an.

«Laß ihn aufstehen», sagte ich.

Er sah mich fragend an.

«Ich will ihn einem kleinen Test unterziehen, mal sehen, ob er die Wahrheit sagt.»

Kaum auf den Beinen, war Wade Loftus gleich wieder obenauf. Er nahm den Hörer vom Telefon auf seinem Schreibtisch. «Raus aus meinem Büro, oder ich rufe die Polizei.»

Ich setzte mich. Nick setzte sich. Loftus begann zu wählen.

«Sagen Sie, Wade, was ist eigentlich mit Ihrer kleinen Blonden?» sagte ich beiläufig.

Wade hörte auf zu wählen. «Ich weiß nicht, wovon Sie reden.»

«Gut. Sie wissen also nichts von einer kleinen blonden Maus, die im Haus herumgetanzt ist, als Ihre Frau verreist war. Und Sie wissen nichts über meine Lippe.»

«Das stimmt. Damit hatte ich nichts zu tun.»

«Aber mit der Blonden?»

Er legte den Hörer wieder auf.

Wade Loftus brauchte etwa dreißig Minuten, um seine Geschichte zu erzählen. Bei Abzug der unnötigen Details hätten fünf gereicht. Aber da er nicht wußte, wieviel ich wußte, wollte Loftus nichts auslassen. Nur so konnte er seine Behauptung stützen, er sage die Wahrheit und wisse nicht, wer mir den Schnitt verpaßt hatte.

Loftus sagte, es hätte gleich angefangen, nachdem er seine Frau für ihre Reise nach Gainesville am Bahnhof abgesetzt hatte. Er hatte am Fort Bush angehalten, einer Nacktbar in Fort Lauderdale. Er sagte, er habe aus Jux dort gehalten, er gehe normalerweise nie in solche Lokale, außer ab und zu mal zu einer Junggesellenparty. Wahrscheinlich jagte er auch Rettungswagen nur hinterher, um Blut zu spenden, und nicht, um Unfallopfer als Klienten zu gewinnen.

Er sagte, er habe im Fort Bush gesessen und sich ein paar Drinks genehmigt. Vielleicht hatte er gar nicht gemerkt, daß lauter nackte Frauen herumschwärmten. Er sagte, er sei ungefähr zwanzig Minuten da gewesen, als sich eine spärlich bekleidete Blondine neben ihn gesetzt hätte.

«Haben Sie ihr einen ausgegeben?» fragte ich.

«Natürlich nicht. Ich weiß, wie das läuft.»

«Dann sagen Sie doch mal, wie das läuft, Wade.»

«Der Barmann gibt dem Mädchen ein Glas Seven-Up, angeblich Champagner, und dafür muß man sieben Dollar berappen. Dann rät das Mädchen einem, dem Barmann drei Dollar Trinkgeld zu geben.»

Nick sagte: «Ich arbeite wohl in der falschen Bar.»

Loftus erzählte weiter, die Blondine hätte sich als Lola vorgestellt. «Ich glaube nicht, daß sie wirklich so hieß», sagte er.

«Für Ihr Alter sind Sie ganz schön gewitzt», sagte ich.

Loftus ignorierte mich. Er sagte, er hätte Lola seinen Namen genannt, und daraufhin hätte sie ihm gesagt, er sei anders als die meisten Kerle, die in die Fort-Bush-Bar kämen.

«Lola bestellte sich etwas zu trinken», sagte Loftus. «Die Barfrau sah mich an, ob das in Ordnung sei. Lola sagte: ‹Nein, Sherry, ich bezahle selbst für meine Drinks.› Sie sagte, sie wolle nur einfach dasitzen und sich mit einem anständigen Mann unterhalten. Sie sagte: ‹Ich bin die Tiere satt, die hierherkommen. Sie glauben, sie können einen begrapschen und Gefühl rauskitzeln, nur weil sie einem einen Dollar ins Strumpfband gesteckt haben. Sie werden mich in Ruhe lassen, weil sie meinen, ich sei mit Ihnen zusammen . . .›»

Loftus sagte, so sei es weitergegangen, bis das Lokal geschlossen wurde. Nach jedem Tanz sei Lola zurückgekommen, habe sich neben ihn gesetzt und sich einen Drink bestellt und bezahlt. Als geschlossen wurde, sei sie mit ihm nach Hause gegangen.

Am nächsten Morgen, so Loftus, habe er Lola eingeladen, den Tag mit ihm zusammen zu verbringen. Er habe im Büro angerufen, gehört, daß keine dringenden Termine vorlagen, und sich den Tag freigenommen. Zufällig habe Lola auch gerade ihren freien Tag gehabt. Auch den nächsten Tag hatte sie noch frei, aber Loftus nicht. Er mußte zu einem Fachseminar. Wie er sagte, hatte er ihr trotzdem angeboten, auch den zweiten Tag in seiner Wohnung zu bleiben, und sie hatte angenommen. Sie hatte Loftus gefragt, ob sie ihn zur Arbeit fahren dürfe. Dann könnte sie mit seinem Wagen einkaufen fahren und ihm etwas zu essen machen. Sie hatte sich sogar erboten, ihn von der Arbeit wieder abzuholen. Loftus hatte Lola die Schlüssel vom Wagen seiner Frau gegeben statt seine eigenen.

Als er am Abend von der Arbeit nach Hause gekommen sei, erzählte er weiter, sei kein Essen dagewesen. Auch keine Lola. Nur eine ausgeräumte Wohnung. Eloises Wagen habe in der Garage gestanden, der Schlüssel habe im Zündschloß gesteckt.

«Warum haben Sie da nicht gleich die Polizei angerufen?» fragte ich.

Er sah mich an, als stamme ich vom Affen ab. «Konnte ich doch nicht. Wenn ich die Polizei gerufen und erzählt hätte, was vorgefallen war, hätte Eloise die Sache mit Lola herausgefunden. Darum überlegte ich mir, Eloise lieber zu erzählen, ich hätte alles verkauft und die Wohnung renovieren lassen, um sie bei ihrer Rückkehr damit zu überraschen. Aber das ging auch nicht.»

«Warum nicht?»

«Die Waffen», sagte Nick.

Loftus nickte. «Ich konnte nicht genug Bargeld zusammenbekommen, um es als Erlös für den angeblichen Waffenverkauf vorzuweisen, geschweige denn für alles übrige. Wenn ich das gesamte neue Mobiliar auf Kredit gekauft hätte, hätte sie wissen wollen, was mit dem Geld vom Verkauf der Waffen passiert sei. Ich konnte die Wahrheit nicht sagen, und ich konnte nicht lügen. Also beschloß ich, Lola zu suchen.»

«Und?»

«Nichts.»

«Im Fort Bush?»

«Dort haben sie mich rausgeworfen.»

«Werden Sie klagen?»

«Lieber nicht.»

«Was haben Sie dann gemacht?»

«Ich habe die Stripteasebars von Broward- und Dade-County abgeklappert, in der Hoffnung, daß sie dort irgendwo auftauchen würde. Ich weiß, daß es abwegig war, aber mir fiel nichts anderes ein. Ich habe mit vielen Tänzerinnen gesprochen, aber die halten zusammen wie Pech und Schwefel. Niemand kannte sie. Niemand kannte überhaupt jemanden. Die einzige Möglichkeit für mich, das Gesicht zu wahren, war folglich die, die Polizei einzuschalten, einen Einbruch zu melden und die Versicherungssumme zu kassieren.»

«Und Lola rauszuhalten.»

«Und Lola rauszuhalten», plapperte er mir nach.

«Wie sieht Lola denn aus?»

«Wollen Sie sie suchen?»

«Vielleicht.»

«Sie ist etwa einsfünfzig groß. Blondgefärbte Haare.»

«Platinblond?»

«Ja. Ein bißchen wie Marilyn Monroe. Nur knackiger. Sie hat vollere Lippen, einen Schmollmund.»

«Sonst noch was?»

Ihm fiel etwas ein, bei dem er lächeln mußte. «Eine Tätowierung. Sie hat die Tätowierung einer blauen Eule auf der Innenseite des Schenkels, dicht unter dem Schritt.»

«Zeigte Lola besonderes Interesse an Ihrer Waffensammlung?»

«Nein. Im Gegenteil. Sie sagte, Waffen machten ihr angst.»

«Sie hat nicht nach dem Wert gefragt, und Sie haben auch nicht mit dem Wert geprahlt?»

«Nein.»

Ich sah Nick an. Er nickte.

«Na schön, Wade. Wir glauben Ihnen. Ich weiß nicht, ob ich

Sie nehmen würde, wenn ich bei einem Prozeß mit Androhung der Todesstrafe einen Verteidiger bräuchte, aber ich glaube Ihnen.»

Er war sichtlich erleichtert. «Werden Sie's Eloise erzählen?»

«Versprechen kann ich nichts, aber ich weiß nicht, ob das nötig ist. Sie will einfach nur die Waffen zurück. Ich glaube, das andere Zeug interessiert sie gar nicht.»

«Sonst noch was?» fragte Loftus.

«Im Augenblick nicht. Vielleicht später. Adios.»

10

Wir traten aus den klimatisierten Anwaltsräumen ins grelle Licht der Mittagssonne hinaus.

«Glaubst du ihm wirklich?» fragte Nick.

«Du hast ihn eingeschüchtert. Ich glaube, er hatte zuviel Angst zum Lügen.»

Nick dachte kurz darüber nach. «Ich nehme an, er deckt jemanden, vor dem er noch mehr Angst hat.»

«Wen denn? Die Killerlady?»

«Habe nur laut gedacht.»

Nick schloß die Türen seines Bronco auf. Er klemmte sich hinter das Lenkrad. Ich stieg auf der Beifahrerseite ein und sagte: «Fahr zum Ende des Blocks und halte da.»

«Nein danke», sagte Nick, ohne eine Miene zu verziehen. «Du bist nicht mein Typ.»

«Ein Glück.»

Nick rollte vom Parkplatz. Er fuhr etwa dreißig Meter bis zum Ende der Straße und parkte im Schatten einer Eiche, die so alt war, daß vielleicht Fred Feuerstein als Kind darauf herumgeklettert war.

«Habe ich genug Zeit, um mir Koteletten wachsen zu lassen?» sagte Nick und stellte die Zündung ab.

«Du hast eine tolle Laune», sagte ich. «Hat dich einer reingelegt diese Woche?»

Nick grunzte etwas.

«Elvis hat das Haus verlassen.»

«Was?»

«Sieh selbst», sagte ich. Ich hatte die Anwaltspraxis die ganze Zeit über im Rückspiegel im Auge behalten. Wade Loftus kam heraus mit einem Paket so groß wie drei New Yorker Telefonbücher. «Hinterher.»

Loftus fuhr mit einem weißen Volvo vom Parkplatz. Er bog in die entgegengesetzte Richtung, und Nick machte schnell eine Kehrtwende.

Der Volvo schwenkte auf die U.S. 1 nach Norden ein. Nick ließ ein paar Autos zwischen uns und Loftus. Wir kurvten um Young Circle herum und nahmen den Hollywood Boulevard in westlicher Richtung, wo die Wiederbelebung der Innenstadt offensichtlich erfolgreich gewesen war – mit Ziegeln gepflasterte Bürgersteige, angepflanzte Palmen, frisch gestrichene pastellfarbene Häuser mit Kunstgalerien, modische Nationalitätenrestaurants, Einzelhandelsgeschäfte, in denen von Spitzenwäsche über italienische Figurinen bis hin zu fabrikneuen Möbeln und gebrauchten Schallplatten alles verkauft wurde. Es gab sogar eine Blues-Bar. Die Stadt hatte gute Arbeit geleistet. Für die schon halbverfallene Straße bestand jetzt zumindest die Hoffnung, ihre frühere Pracht wiederzuerlangen. Alles war da, nur keine Leute. Keine Kunden. Was kann eine Stadt dagegen tun? Wenn Hollywood, Florida, auch eine kleine, langsam sterbende Stadt war, dann würde sie wenigstens gut aussehen bei ihrem Tod.

Ich sagte etwas über die jämmerlichen Stoßdämpfer des Bronco, als wir über die Eisenbahnschienen zwischen den

Nord- und Südfahrbahnen des Old Dixie Highways ratterten. Nick ignorierte mich.

Nick schlängelte sich geschickt durch den Verkehr, immer im richtigen Abstand zu dem Volvo. Nicht so nah dran, daß Loftus uns erkennen konnte, und nicht so weit entfernt, daß Nick nicht noch schnell eine gelbe Ampel überfahren konnte. Im Kreisverkehr um das Rathaus herum kamen wir dem Volvo unabsichtlich zu nahe, weil uns beinahe ein Biertransporter gerammt hätte, der plötzlich die Fahrspur wechselte. Nick mußte Gas geben, um einen Zusammenstoß zu vermeiden, und dadurch kamen wir dem Volvo so nahe, daß wir Loftus' Nobel-Nummernschild lesen konnten – LAWYOUR. Nick konnte aber noch hinter einem Schulbus verschwinden, ehe Loftus uns entdeckte.

An der Kreuzung von Hollywood Boulevard und Interstate 95 bog Loftus auf die Einbiegespur in nördlicher Richtung ab. Der Verkehr staute sich vor dem Interstate und verlangsamte sich auf Kriechtempo. Nick schaltete das Autoradio ein, das auf einen Country-and-Western-Sender eingestellt war. Eine näselnde Stimme jammerte etwas von der Suche nach einer Frau, die den Herzenskummer lindern sollte, den eine andere Frau verursacht hatte. Dem Typen war nicht zu helfen.

Fast dreißig Minuten lang schlichen wir so Stoßstange an Stoßstange in dem stockenden Verkehrsstrom weiter. Dann war der Engpaß endlich vorüber, den zwei aneinandergeratene Wagen verursacht hatten.

Das Wade-Mobil blieb auf der rechten Fahrbahn und wurde wieder langsamer, als die Abbiegespur zur 595 in Sicht kam. Nick nahm den Fuß vom Gaspedal. Der Volvo hielt sich nach Osten, als er die Abfahrt erklomm. Wir bogen ebenfalls nach Osten auf die Hochstraße ein, die über die Umgehungsstraße des Fort-Lauderdale-Hollywood-International-Airports hinwegführt. Von da aus hat man einen guten Überblick auf den

Flughafen. Alles liegt im Blickfeld – Startbahnen, Terminals, Luftfrachthallen, allgemeine Luftfahrtanlagen und der Tower.

Am Highway 595 nach Osten liegt auch Port Everglades, und das merkt man am Verkehr. Endlos lange, schwere Lkws rauschten vorbei und spuckten schwarzen Rauch aus, ohne sich um die ökologischen Folgen zu kümmern.

Loftus folgte den Lastern nach Port Everglades hinein. Nick ging hinter einem langsam fahrenden Lieferwagen in Deckung. Wir fuhren an einem Holzlager und einem Containerhof vorbei, dann bog Loftus in eine Seitenstraße ein.

Wir fielen noch weiter zurück. Der Volvo schwenkte auf den mit Muschelschrot bedeckten Parkplatz der Hafenkantine ein. Nick fuhr rückwärts auf den Parkplatz eines Agenten des Zollamtes, das der Kantine schräg gegenüberlag. Von dort aus hatten wir einen ungehinderten Blick auf den Loftus-Wagen. Umgekehrt hätte auch er uns gesehen, wenn er sich umgeschaut hätte.

Loftus stieg aus dem Auto. Er sah auf die Uhr. Er prüfte sein Spiegelbild im Wagenfenster und spielte mit seiner dunklen Brille. Er richtete sich das Haar und stieg wieder ein.

Nick sagte: «Nick und Nora auf Beschattungstour.»

«Was ist denn mit Ozzie und Harriet?»

«Ich sehe nicht wie ein Ozzie aus.»

«Aber ich wie ein –»

«Stell keine Fragen, wenn du die Antworten nicht hören magst», fiel mir Nick ins Wort.

Ein verbeulter Dodge ohne Nummernschild fuhr vorbei und bog auf den Kantinenparkplatz ein. Der Fahrer stieg aus. Er war dunkelhäutig und trug ein schmieriges T-Shirt und Arbeitshosen voller Ölflecken. Die Beifahrertür schwang auf, und ein bläßlicher Mann kletterte heraus. Er war genauso gekleidet wie der Fahrer.

Die beiden gingen nach hinten und öffneten den Kofferraum des Dodge. Gleichzeitig stieg Wade Loftus aus seinem Wagen, das Paket in der Hand, mit dem er die Anwaltskanzlei verlassen hatte. Er ging zur Rückseite des Dodge, sagte etwas zu den Männern und ließ das Paket in den offenen Kofferraum fallen.

Der Blasse beugte sich über den Kofferraum. Von unserem Platz aus sah es so aus, als prüfte er den Inhalt des Pakets, das Loftus dort deponiert hatte. Dann richtete sich der Prüfer wieder auf und klappte den Kofferraumdeckel zu. Er nickte dem Fahrer zu. Der Fahrer zog einen Umschlag aus seiner Gesäßtasche und reichte ihn Loftus, der hineinsah. Er schien nicht erfreut zu sein. Loftus sagte etwas zu dem Fahrer. Der Fahrer sagte etwas zu Loftus. Beide redeten gleichzeitig aufeinander ein. In den Fahrer kam jetzt Bewegung, er fuchtelte mit den Armen herum und redete dabei unablässig weiter.

Loftus schlug dem Fahrer mit dem Handrücken ins Gesicht, und es wurde still. Niemand sprach. Schließlich wies Loftus mit dem Finger auf das Gesicht des Fahrers und sagte etwas, dann drehte er sich um und starrte den anderen Mann an, der bloß grinste und die Schultern zuckte. Loftus stieg in seinen Wagen und fuhr davon.

Die beiden Männer schauten Loftus nach. Der Fahrer sagte etwas, worüber sein Gefährte lachen mußte. Sie gingen in die Kantine.

«Seltsam», sagte ich.

«Was zum Teufel war da eigentlich los?»

«Das wüßte ich auch gerne. Was könnte Loftus Seeleuten verkauft haben? Drogen sicher nicht. Die würden die Seeleute selber verkaufen.»

«Willst du hinterher?»

«Nein. Fahren wir zur Sand-Bar zurück. Ich bin Carla noch eine Entschuldigung schuldig.»

11

Ein Gedicht für Carla

von Ralph Waldo Rice

Der schwarzen Lagune Lippe
ist eine vorlaute Quasselstrippe.
Statt Herzen glücklich zu machen,
sagt sie nur lauter dumme Sachen.
Gesprochenes macht man nicht ungeschehen,
doch hoff ich sehr, du wirst es mir nachsehen.
Sonst bin ich zum Weiterdichten bereit,
dabei will ich nur sagen: «Carla, tut mir leid.»

Carla faltete das Blatt zusammen und sah mich an.

Ich sagte: «Alles wieder in Ordnung mit uns?»

Ihr Mund verzog sich zur Andeutung eines Lächelns. «Vielleicht.» Sie stand auf. «Ich muß wieder an die Arbeit.»

«Nick hat doch die Bar im Griff.»

«Ich bin aber dran.» Sie steckte das Blatt Papier in die Hosentasche.

«Warte. Du kannst das nicht mitnehmen. Ich will nicht, daß es sonst noch jemand sieht.»

«Dann paß auf, was du sagst, denn dann brauchst du dir keine Sorgen zu machen. Aber wenn du noch einmal so mit mir redest, kopiere ich es und verteile es am Strand.»

«Carla, das ist unfair. Die Strafe für mein Vergehen ist unverhältnismäßig hoch.»

«Das ist nicht mein Problem, Kumpel.»

Sie marschierte aus dem Büro.

Und die Moral von der Geschichte: Entschuldige dich nie schriftlich bei einer Frau.

Ich folgte ihr in die Bar.

Nick servierte ein paar alten Männern in verschossenen dunklen Anzügen mit Nelken im Revers ihre Drinks. Zwei Sargträger auf Abruf, die auf Beschäftigung warteten und sich die Zeit mit Geschichten darüber vertrieben, wen sie schon überlebt hatten. Ich ging hinter die Bar und holte mir eine Dose Sprite aus dem Kühler.

«Der Typ am Tisch neben dem Fenster hat nach dir gefragt», sagte Nick über meine Schulter.

Ich sah zu dem Tisch hinüber. Ich wurde von jemandem angestarrt, der zu alt war, um CDs von den New Kids on the Block zu haben, und zu jung für die Midlife-Krise. Er hatte schütteres blondes Haar und würde spätestens mit vierzig kahlköpfig sein. Er trug eins jener T-Shirts mit Krokodil. Irgend etwas an ihm kam mir bekannt vor.

Ich ging zu ihm und sagte: «Ich kenne Sie doch, oder?»

«Setzen Sie sich bitte.» Er hatte eine dunkle, tiefe Stimme, wie man sie bei einem doppelt so großen Mann erwartet hätte. Ich wußte, daß ich sie schon einmal gehört hatte. Ich nahm ihm gegenüber Platz. Er verdrehte die Augen. «So was von Lippe.»

«Oh, wie nett von Ihnen, daß Sie es bemerken.»

Ein mechanisches Lächeln. Er hielt mir die Hand hin. «Milton Brantferger. Ich habe einen Sommer lang für Sie gearbeitet. Vor sieben Jahren. Gleich nach dem College.»

Wir schüttelten uns die Hände. «Ja, ich erinnere mich.»

«Ich hatte einen Bart. Und mehr Haar.»

«Ich weiß schon. Habe ich Sie bezahlt?»

«Mindestlohn. Und unschätzbare Erfahrungen. Hat gereicht, um die staatliche Lizenz als Privatdetektiv zu erwerben.»

«Gut», sagte ich.

Eine unverhüllt peinliche Stille trat ein.

Ich sagte: «Suchen Sie Arbeit?»

«Nein, nein. Ich habe zu tun. Ich bin sogar beruflich hier, um genau zu sein.»

«Wie? Etwas, wobei ich Ihnen behilflich sein kann?»

«Möglicherweise. Lassen Sie mich kurz erzählen, woran ich arbeite.» Er schlug einen kleinen Spiralblock auf, der auf dem Tisch lag, ohne daß ich es bemerkt hatte. Er las aus seinen Notizen vor: «Heute morgen bei Sonnenaufgang sind Sie im Meer schwimmen gewesen. Danach haben Sie geduscht und sind hierher zur Sand-Bar gefahren. Um zehn Uhr zwanzig sind Sie mit dem großen Kerl dort von hier abgefahren. Sie sind zu einer Gemeinschaftspraxis von Anwälten auf der Washington Street gefahren. Mittags sind Sie wieder herausgekommen, sind bis zum Ende des Häuserblocks gefahren und haben gewartet. Kaum eine Minute später kam jemand aus dem Gebäude und fuhr mit einem weißen Volvo davon, dem sie gefolgt sind.»

«Haben Sie das Autokennzeichen mitbekommen?»

«Ja. Wollen Sie es wissen?»

«Nein.»

«Soll ich Ihnen erzählen, was in Port Everglades passiert ist?»

«Was soll das? Beschatten Sie mich?»

Milton Brantferger sagte ja.

Ich sagte: «Und warum erzählen Sie mir das?»

«Aus Berufsethos.»

«Was bleibt mir als zweite Wahl?»

Er griff in seine Tasche und zog ein paar Scheine hervor. Er legte das Geld auf den Tisch. «Fünfhundert Dollar. Ich habe keine Zeit, Ihnen auf den Fersen zu bleiben. Ich habe noch andere Fälle. Aber ich lehne nie einen Auftrag ab. Was ich nicht selbst schaffe, gebe ich weiter.»

«Sie wollen mich anheuern, mich selbst zu beschatten?»

«Im Grunde ja. Ich bin beauftragt worden, Ihnen fünf Tage lang zu folgen. Heute ist der halbe Tag schon rum. Es würde mir die Sache sehr erleichtern und wäre für Sie einträglicher, wenn Sie mich einfach am Tagesende anrufen und mir berichten würden, wo Sie waren. Ich brauche nicht zu wissen, mit wem Sie gesprochen haben oder worüber. Ich bin nur beauftragt worden festzustellen, wohin Sie gehen oder fahren. Sie sagen es mir, ich sage es meinem Klienten weiter, und niemand stellt dumme Fragen.»

«Ich bin beeindruckt, Milton. Habe ich Ihnen das beigebracht?»

«Nein.»

«Nehmen wir mal an, ich würde irgendwohin wollen, wovon Sie nichts wissen sollen. Darf ich Sie abhängen?»

Er schüttelte den Kopf. «Ich werde hervorragend bezahlt, weil ich gut bin. Außerdem wissen Sie ja gar nicht, daß Sie beschattet werden.»

«Na ja, bisher nicht, das stimmt.»

«Hatten Sie vor, irgendwohin zu gehen, wovon ich nichts wissen soll?»

Ich dachte darüber nach, aber mir fiel nichts ein.

Milton sagte: «Hier ist meine Telefonnummer. Hinterlassen Sie Ihre Informationen einfach auf dem Anrufbeantworter, wenn ich nicht da bin.»

«Fünf Tage, ja?»

«Fünf Anrufe. Fünfhundert Dollar.»

«Die Art, wie Sie Geschäfte machen, imponiert mir, Milton.»

Er stand auf. «Sie haben gar nicht gefragt, wer mein Auftraggeber ist.»

Ich stand ebenfalls auf. «Ich habe auch nicht gefragt, wieviel Sie für meine Beschattung kassieren.»

Wieder das mechanische Lächeln. «Sie wollen es gar nicht wissen.»

Er ging.

Mein erster Gedanke war, daß jemand sichergehen wollte,

daß ich die professionelle Warnung gestern abend ernstgenommen hatte. Und mein zweiter Gedanke: Was nun?

«Harry, Telefon für dich.» Carla hielt den Hörer hoch.

Ich strich das Geld auf dem Tisch ein und ging zur Bar.

Carla deckte die Sprechmuschel mit der Hand ab. «Habe ich ganz vergessen, dir zu erzählen. Als du mit Nick weg warst, hat Mali angerufen. Ich sollte dir sagen, daß sie ein paar Tage verreist und dich anruft, sobald sie zurück ist.»

Ich nickte, langte über die Theke und nahm den Hörer. «Hallo.»

«Hi, Harry. Eloise Loftus hier. Sind Sie sehr beschäftigt?»

Ich zögerte. «Es geht so.»

«Können wir uns irgendwo treffen?»

«Ich denke schon. Sicher.»

«Ich meine jetzt. Irgendwo, wo ich etwas trinken kann.»

«Sie wollen hierherkommen?»

«Nein. Irgendwo anders.»

«Na schön. Was gibt's denn?»

«Wade hat mich gerade angerufen. Er hat mir erzählt, daß Sie ihm heute morgen einen Besuch abgestattet haben. Er hat mir erzählt ... Er hat mir alles erzählt, Harry.»

«Was heißt alles?»

Eine lange Pause trat ein, dann sagte sie mit gepreßter Stimme: «Von Lola.»

12

Sara's Bar ist eine alte Eckkneipe, die knapp über soziale Bedenken erhaben ist. Im Dämmerlicht ihrer spärlichen Beleuchtung erinnert sie mit ihrer Einrichtung an eine der in Schwarzweiß gedrehten Fremdenlegionärsserien aus den vierziger Jahren.

Gerade dämmrig genug, daß eine Lippe, die wie eine Achterbahn aussieht, nicht auffällt. Spezialität des Hauses: Bier. Flaschen, Dosen und fast alles außer Hundespucke aus dem Faß. Keine Schaumweine, keine Sektkühler. Keine rosa Getränke mit Papierschirmchen. Keine kristallklaren Malt-Whiskys, die wie Ovomaltine schmecken. Ein Ort, an dem Leute, deren Typ nicht mehr gefragt ist, ihre Erniedrigung vergessen und eine zärtliche Motelromanze mit einer Campingplatzhure beginnen können. Sara's steht in keinem Stadtführer.

Am hinteren Ende der Bar waren noch ein paar Plätze frei. Ich ging an einer Auswahlkollektion von Visionären und Träumern vorbei, die sich bei jedem über ihre Ambitionen und Ziele ausließen, ob er zuhörte oder nicht. Ich ließ mich auf den letzten Hocker fallen.

Die Barkeeperin trug einen braunen Badeanzug aus Frottee. Sie stakste hinter dem Tresen hin und her wie die Schiedsrichterin in einem Moralwettbewerb zwischen Heiligen und Sündern. Was mich betraf, war sie eine Heilige.

Sie hieß Ellen Matonis. Eine sechzigjährige ehemalige Drogenabhängige. Sie hatte ein Herz aus Blei und ließ sich nichts gefallen. Als Theresa gestorben war, hätte ich mich zu Tode gesoffen, wenn Ellen Matonis nicht gewesen wäre. Eine lange Geschichte, aber das ist ihr Ende.

Ellen sah gleichmütig meinen Mund an. «Wenn du damit jemanden verliebt anschaust, wirst du als unbefriedigter alter Bock sterben, Harry.»

«Dann sterbe ich so, wie ich gelebt habe.»

Ellen schnaubte, das ist ihre Art zu lachen.

Ich bestellte eine Flasche Bier und eine Tüte Kartoffelchips. Außer den drei Aspirin am Morgen hatte ich den ganzen Tag noch nichts Vernünftiges in den Magen bekommen.

Als Eloise Loftus schließlich eintraf, hatte ich die Flasche zur Hälfte geleert und die Chips nach der ersten Berührung meiner

Lippe mit dem Salz gleich wieder verworfen. Wie sie da mit ihrem Lehrerkostüm in der offenen Tür stand, wirkte sie ebenso deplaziert bei Sara's wie das Shuffleboardspiel der Bar in einem Operationssaal. Eloise erblickte mich gleich, als ich zu winken begann. Während sie die Bar entlangkam, nahm ich mein Bier und hielt galant auf einen der Kabelrollentische zu. Es war mir plötzlich aufgegangen, daß sie nicht der Typ Frau war, der an der Bar sitzt. Ich habe ein Gespür für solche Sachen. Manchmal ein bißchen spät, aber immerhin.

Sie nahm noch immer das Ambiente in sich auf, als sie sich setzte. «Das ist das letzte Mal, daß ich Sie den Ort auswählen lasse.»

«Ich dachte mir, Sie würden sich dort am wohlsten fühlen, wo man Sie nicht kennt.»

«Es gibt viele Orte, wo man mich nicht –» Sie sah die Lippe. «Harry!» Ihre Stimme wurde weich. Sie legte mir die flache Hand auf die Wange. «Was ist passiert?»

«Ich habe Ghettokids Hebräischunterricht gegeben, und auf einmal haben fünf von ihnen Messer gezogen. Es war meine eigene Schuld. Ich hätte ihnen nicht sagen sollen, daß ich bei den Zensuren keine Milde walten lasse.»

Eloise sah mich seltsam entrückt an. «Ich kann im Augenblick keine Witze gebrauchen, Harry.»

Nein, wahrhaftig nicht. Sie war schwer angeschlagen – von der Entdeckung, daß ihr Ehemann bei einem Spiel in der Jungmädchenliga den Greifer gespielt hatte. Sie hatte gerade gelernt, daß Treue nur ein anderes Wort für «sitzengeblieben» ist.

Ich sagte: «Am Telefon sagten Sie, Sie wollten etwas trinken.»

Sie nickte. «Will ich auch. Eine Schande, daß das Trinken nicht alle Wunden heilt.»

«Hier komme ich ins Spiel. Was Drinks nicht hinunterspülen, übernehme ich.»

Sie kniff die Augen zusammen. «Ich hoffe, daß das stimmt.»

«Was trinken Sie denn?»

«Ein Bier wäre mir recht.»

Ich ging zur Bar.

Beim Bier erzählte mir Eloise, daß Loftus ihr zweiter Mann sei. Ihre erste Ehe hatte vierzehn Jahre gehalten. Sie hatte vor neun Jahren mit einer Scheidung geendet. Es gab eine Tochter, die bei ihrem Vater lebte. Eloise hatte ihren Exmann seit der Scheidung nicht mehr gesehen. Und auch ihre Tochter hatte sie nicht mehr gesehen, seit sie Wade vor fünf Jahren geheiratet hatte. Das alles erzählte sie mir ohne irgendeine Gefühlsregung.

Als die Happy Hour nahte, füllte sich Sara's allmählich. Das gedämpfte Stimmengemurmel im Hintergrund wurde lauter. Ausgelassenes Gelächter an der Bar machte eine Unterhaltung unmöglich.

«Können wir nicht zu Ihnen gehen?» fragte Eloise.

Ich sah sie fragend an. Ich wußte, daß sie nicht die Sand-Bar meinte.

«Ich könnte uns etwas zu essen machen», sagte sie.

«Es ist nichts da.»

«Egal.»

«Lassen Sie mich zahlen.»

Ellen beobachtete, wie Eloise hinausging, während ich die Rechnung beglich.

«Eine Neue?» fragte sie.

«Eine Klientin.»

«Paß auf bei der, Harry.»

«Danke, Fräulein ‹Einsame Herzen›.»

Wir ließen meinen Wagen an Sara's Bar stehen. Ich gab Eloise eine Wegbeschreibung zu meinem Haus, und dann fuhren wir, meistens schweigend. Der Schlafmangel und die Biere auf leeren Magen zeigten langsam Wirkung. Ich war hundemüde.

Eloise parkte in meiner Einfahrt. Sie stellte den Motor aus und wandte sich zu mir. «Wade hat mir erzählt, daß er den Einbruch erst zwei Tage später gemeldet hat. In Wahrheit war es also der 26. Juni. Der Geburtstag meiner Tochter.»

Ich sah sie an. «Na schön. Wenn wir Klartext reden wollen, würde ich sagen, daß sich eindeutig ein Muster abzeichnet. Lola oder jemand, der sie benutzt, haben Wade reingelegt. An Ihrem Hochzeitstag, seinem Geburtstag und am Geburtstag Ihrer Tochter. Ich glaube nicht an solche Zufälle.»

«Glauben Sie, daß jemand hinter ihm her ist?»

«So sieht es aus.»

«Warum aber dann mein Auto und mein Büro?»

«Gelegenheit. Als Wade Lola Ihren Wagen überließ –»

«Das hat er mir gar nicht gesagt.»

«– er hat ihr Ihren Schlüsselbund gegeben. Ich nehme mal an, daß alles daran war, Haus-, Büro- und Wagenschlüssel.»

«Ja. Dann hat sie wohl Schlüssel nachmachen lassen.»

«Wenn sie Wades Wagen genommen hätte, wäre der wahrscheinlich gestohlen und Wades Büro ausgeraubt worden.»

«Wie konnten sie denn einplanen, daß Wade dieser Bar einen Besuch abstattet?»

«Ich weiß nicht, ob sie das konnten. Vielleicht ist der Plan spontan entstanden. In diesem Punkt bin ich mir nicht ganz sicher.»

«Aber warum die Fortsetzung? Wohinter sind sie her? Sie haben alles gestohlen, was in der Wohnung war. Warum sollten sie weitermachen?»

«Ich weiß es nicht.»

«Meinen Sie, Lola weiß es?»

«Eine mögliche Spur», sagte ich. «Ich glaube nicht, daß sie es allein gemacht hat. Sie hätte Ihre Wohnung nicht ohne Hilfe ausräumen können. Übrigens sollten Sie noch etwas wissen. Meine Lippe wurde gestern abend von einer messerschwingenden Frau aufgeschlitzt. Sie hat mir gesagt, ich solle die Waffensammlung vergessen.»

Der entsetzte Ausdruck auf Eloises Gesicht war echt. «Wer? Warum?»

«Das frage ich Sie.»

«Sie meinen, ich hätte etwas damit zu tun?»

«Nein. Aber gibt es irgend etwas an der Waffensammlung, was Sie mir nicht erzählt haben?»

«Ich schwöre bei Gott, daß ich mir nichts vorstellen kann, was ... Harry, ich weiß nichts davon. Glauben Sie, Wade weiß etwas?»

«Deshalb habe ich ihn heute morgen aufgesucht.»

«Und?»

«Er behauptet, nichts zu wissen.»

Sie nickte. «Das ist nicht sein Stil. Er wüßte gar nicht, wie man so etwas arrangiert.» Sie wandte sich ab und starrte aus dem Fenster. Als sie mich wieder ansah, waren ihre Augen ernst. «Können wir nicht reingehen?»

Ich antwortete nicht sofort, weil ich das Szenario nur allzugut kannte. Sie suchte, was ihr Mann ihr entzogen hatte: die Bestätigung, daß sie noch immer eine begehrenswerte Frau war. Und ich würde sie dazu benutzen, um die Erinnerung an frühere Gefühle wiederaufleben zu lassen. Auf einen Außenstehenden würden wir so wirken wie zwei trostlose Pappmachéfiguren, die am Straßenrand sitzen und auf eine Straßenbahn ohne Namen und Ziel warten. Sie wäre zaghaft. Ich wäre tolpatschig. Es würde lange Pausen peinlichen Schweigens geben. Sie würde ihr frustriertes Verlangen anbieten, und ich würde zurückhaltend darauf eingehen. Schließlich würde sie mich fragen, ob wir uns nicht lieben wollten. Natürlich wollte ich das, aber es ging nur bei einer Frau, die ich wirklich liebte. Und was sollte ich machen, wenn sie mich fragte, ob wir nicht einfach ins Bett gehen wollten?

Bei dieser Voraussicht des Ablaufes wurde mir auf einmal klar, daß mir etwas anderes lieber war. So wollte ich es jedenfalls nicht. Verdammt blöd war allerdings, daß ich Eloise Loftus sehr begehrenswert fand. Wo lag also mein Problem? War es Wade Loftus? Hatte ich etwa Gewissensbisse, weil ich ihn in seinem Büro drangsaliert hatte, und würde ich mich nur noch abscheulicher finden, wenn ich seine Frau bumste? Wohl kaum.

Ich kann die meisten meiner Handlungen rational verteidigen. Ja doch, wer mich moralisieren hört, würde fast damit rechnen, mich demnächst als Fernsehprediger «Saint Harry» über Anstand und Tugend schwadronieren zu sehen. Nichts als Ausweichmanöver.

Im Grunde war die Attacke gegen Wade Loftus keineswegs mit Wahrheitssuche, Rechtsfindung oder dem American Way zu rechtfertigen. Sie war der schäbige Akt eines Rivalen. Ich bin kein Ausbund an Tugend, aber ich habe doch meine eigenen Moralvorstellungen. Und ich wünschte, ich würde mich daran halten.

Ich ließ sie eintreten.

Sie folgte mir die Stufen zur Veranda hinauf und stand hinter mir, als ich die Tür aufschloß. Drinnen fragte sie mich nach dem Bad. Ich wies auf die Tür im Flur, ohne ihr in die Augen zu schauen. Sie ging dorthin, ich in die Küche. Ich holte ein Bier aus dem Kühlschrank.

Im Wohnzimmer ließ ich mich in einen dick gepolsterten Sessel plumpsen.

Eloise kam ins Zimmer. Sie war frisch zurechtgemacht. Es wirkte so, als hätte sie sich nur soviel Zeit genommen, um mit den Fingern durch ihr kurzes dunkles Haar zu fahren. Mehr Zeit und Aufwand hätten die Wirkung verdorben. Mit nervösem Lächeln bat sie mich, das Telefon benutzen zu dürfen. Ich wies in die Küche.

Ich wartete still und trank mein Bier.

Sie brachte ein Bier mit, als sie aus der Küche zurückkam. Für mich. Ich hatte gerade genug getrunken, um den Durst zu stillen, aber nicht genug, um aufhören zu können. Sie setzte sich auf den Fußboden und legte einen Arm und den Kopf auf meinen Schoß, was die Spannung in meinen Lenden beträchtlich steigerte. Ich streichelte ihr mit den Fingerspitzen die Stirn. Sie blickte zu mir auf. Ich stellte das Bier auf den Boden. Sie drückte mein Bein und erhob sich langsam, bis sie auf meinem Schoß saß. Sie beugte sich vor und hauchte mir einen Kuß auf die wunde Lippe. Ich wand mich. Sie drängte sich gegen mein sich aufrichtendes Glied. Bald schon berührten wir einander auf eine Weise, die die Beziehung zwischen einem Mann und einer Frau für immer verändert. Keine Fremden mehr. Es passierte, ehe ich mir überhaupt bewußt wurde, daß ich eine Hand auf dem bloßen Fleisch ihrer Brust liegen hatte.

Ich zog sie zurück. Ich starrte ihre harten Brustwarzen an. Ich wollte sie in den Mund nehmen. Statt dessen begann ich, wenn auch widerstrebend, ihre Bluse wieder zuzuknöpfen.

In ihren feuchten Augen stand die Frage.

Ich sagte: «Ich kann nicht. Ich würde dich nur benutzen. Das möchte ich nicht.»

«Was glaubst du denn, was ich mit dir anstelle? Zwei Erwachsene, die einverstanden sind. Sonst nichts. Keine Erwartungen.»

«Ich bin nicht einverstanden.» Was sollte ich ihr bloß sagen? Ich kenne meine Gefühle, ich weiß nur nicht, wie ich sie ausdrücken soll? Ich mag die Vorstellung nicht, ein anderes Lebewesen als Samenablage zu benutzen? Ich habe bessere Zeiten erlebt, ich weiß, wie es ist, wenn man von jemandem umarmt wird, den man liebt?

«Es gibt schlimmere Möglichkeiten, benutzt zu werden.»

«Benutzen ist benutzen», sagte ich. «Darin finde ich keine Befriedigung.»

Sie preßte ihre Hüfte an meine Erektion.

«Ich habe nicht gesagt, daß es nicht weh tut.»

Das Telefon klingelte. Wer immer da anrief, ich war ihm zu Dank verpflichtet.

«Ich gehe besser mal ran.»

Sie studierte ohne jede Eile mein Gesicht.

Das Telefon klingelte.

Zufrieden mit dem, was sie sah, erhob sie sich.

Das Telefon klingelte.

«Hallo.»

«Mr. Colt?»

Die Stimme war mir fremd. Mein Hirn wartete noch darauf, daß mein Unterleib ihm ein bißchen Blut zurückpumpte.

«Harry? Bist du's?»

«Ja.»

«Suchst du immer noch nach den Waffen?»

«Sam. Tut mir leid. Ich habe deine Stimme gar nicht erkannt.»

«Du klingst auch ganz abwesend. Habe ich dich geweckt oder so was?»

«Oder so was.»

«Hört sich so an. Vielleicht kannst du eine gute Nachricht gebrauchen.»

«Ich weiß nicht, ob ich eine gute Nachricht als solche erkennen würde, wenn ich sie höre. Was hast du denn für mich?»

«Eine Spur. Ich habe eine der Luger aus der Loftus-Sammlung aufgespürt.»

«Tatsächlich?»

«Die Seriennummer stimmt überein.»

«Wie hast du sie gefunden?»

«Vertrauliche Information, mein Freund.»

«Spielt auch keine Rolle. Wo ist das Teil?»

«In einem Pfandleihhaus in Medley.»

«Reden sie mit mir?»

«Sag ihnen, Sam hat dich geschickt.»

«Hast du die Adresse?»

«Hast du einen Stift?»

Ich notierte, was er sagte, und dankte ihm. Er fügte noch hinzu, er hätte weitere Hinweise, denen er nachgehen wolle, und würde es mich wissen lassen, sobald sich etwas ergäbe.

Ich legte auf. Eloise stand in der Tür, wieder ordentlich angezogen.

Ich sagte: «Ich habe einen Hinweis auf eine der Waffen bekommen. Soll ich die Sache überhaupt weiterverfolgen?»

«Ja», flüsterte sie.

«Hör mal, Eloise, ich habe eine schlaflose Nacht hinter mir –»

Sie hielt eine Hand hoch. «Ist ja schon gut. Ich fahre dich zu deinem Wagen zurück.»

Als wir über den Vorplatz zu ihrem Wagen gingen, hängte sie sich bei mir ein und drückte meinen Arm. Sie schloß mir die Beifahrertür auf und küßte mich auf die Wange, bevor sie meinen Arm losließ. Eine Show für die neugierige Nachbarschaft.

Eloise setzte mich an Sara's Bar ab. Ich ging hinein und genehmigte mir noch ein paar Bierchen, die ich weder brauchte noch wirklich wollte. Als ich endlich wieder zu Hause war, rief ich Milton Brantferger an. Der Anrufbeantworter sprang an. Ich ratterte meinen abendlichen Reisebericht herunter und hängte ein. Ich haute mich auf die Couch und schlief bei einem Film von 1938 mit Loretta Young ein. Als ich aufwachte, lief eine alte Burns-and-Allen-Show. Es war nach Mitternacht. Ich sah mir den Rest des Programms mit George Burns und Gracie Allen an, ohne mich recht darauf zu konzentrieren. In Gedanken blätterte ich immer wieder die Seiten der vergangenen paar Tage um. Nicht unbedingt die richtige Schlummerlektüre. Sag gute Nacht, Gracie.

13

Am Morgen wachte ich auf mit dem Gesicht eines Stars in einer Freak-Show: Monster International präsentiert Quasimodo Superlippe zusammen mit Klumpfuß Frank sowie dem unglaublichen Schlangenschwanz Dick – Traum aller Frauen –, Daunendackel, dem gefiederten Hund, und der weltberühmten Prinzessin Riesenbrust.

So schlimm die Lippe auch aussah, meinem Magen ging es noch schlechter. Es war, als hätte er nichts mehr zu essen bekommen seit der Zeit, als DC-Comics noch zehn Cent kosteten. Kein Wunder nach einem Tag, an dem ihm bis auf einen halben Kartoffelchip und ein gesundes Maß Bier die Nahrung vorenthalten worden war.

Ich ging zu Fuß in die Stadt zu Minnie's Good-Guys-Imbiß, wo mich die Kellnerin mit leerem Lächeln im angemalten Gesicht begrüßte. Wir bewunderten zuerst unsere jeweiligen Masken, dann bestellte ich Frühstück. Ich schüttete einen halben Liter Orangensaft und einen Kübel Kaffee hinunter, ehe ich einen Berg Rührei und einen Haufen Kartoffeln mit Zwiebeln in mich hineinschaufelte. Allmählich fühlte ich mich besser, als ich aussah.

Medley ist ein Industriegebiet im Westen von Dade County. Das Pfandleihhaus, von dem Sam gesprochen hatte, war am South River Drive, einer Zufahrtsstraße, die parallel zur U.S 27 verläuft, auch Okeechobee Road genannt. Die Straßen werden durch einen Kanal getrennt, man könnte auch sagen Fluß, je nachdem, wie großzügig man es auslegt. Auf dem South River Drive herrscht daher Ortsverkehr vor. Route 27 hingegen ist gerammelt voll mit Kleinlastern, die Flachboote ziehen, Müllastern, die hektarweise Staub aufwirbeln, Sattelschleppern, die die Geschwindigkeitsbegrenzung ignorieren, Rettungswagen mit Fischvergifteten und Minibussen mit Touristen, die die besseren Straßen nicht kennen.

Das Pfandleihhaus war in einem von Gebüsch eingerahmten, umgebauten zweigeschossigen Fachwerkhaus. Ich parkte auf einem Teppich aus Kiefernnadeln. Das Schaufenster war angefüllt mit den Träumen gepfändeter Musiker – Posaunen, Trompeten, Saxophonen, Gitarren, Keyboards, Schlagzeugen, Mundharmonikas – und dem normalen Angebot an Uhren und Instamatic-Kameras.

Die Eingangstür war nicht abgeschlossen, was untypisch für die Leihhäuser von Dade County ist. Meistens sind die Türen dicht verschlossen und die Fenster vergittert. Um hineinzugelangen, muß ein Kunde auf eine Klingel drücken und warten, bis er eingelassen wird.

Der Laden roch so faul wie die Versprechungen eines Versicherungsvertreters. Im vorderen Raum war niemand. Ein scharrendes Geräusch war hinter dem Kassentisch zu hören. Dann watschelte der Sicherheitsdienst in mein Gesichtsfeld, ein übergewichtiger Rottweiler mit einem Kopf von der Größe eines Volkswagens. Das schüchterte mich noch mehr ein, als es der Anblick eines schwerbewaffneten Amokläufers getan hätte. Der Hund kam gemächlich auf mich zu, Geiferfäden am geöffneten Rachen.

Ich trat einen Schritt zurück. Halt, laß einen Hund nie merken, daß du Angst hast.

«Keine Angst vor Oprah. Die einzige Sorge, die Sie sich machen müssen, ist die, von ihr zu Tode geleckt zu werden.» Das keuchte ein gewaltiger Trumm von Mann mit mißgünstigem Lächeln. Wenn Fettleibigkeit eine olympische Disziplin wäre, hätte dieser Typ eine Goldmedaille verdient. Die Ärmel seines

Hemdes waren so weit wie Tennisröckchen. Er war durch eine Glastür hereingekommen, die in einen Raum führte, der früher das Wohnzimmer gewesen sein mochte. Vom Gehen war er vollkommen außer Atem. «Sitz, Oprah.»

Oprah setzte sich. Brav, Oprah.

Der Dicke musterte mich neugierig, als trüge ich Halloween-Lippen aus Wachs.

«Kaufen oder verkaufen?» japste er.

«Weder noch. Sam schickt mich.»

Er nickte. «Harry Rice?»

«Was von ihm übrig ist.»

Sein Kopf nickte immer weiter. «Sie kaufen. Sie haben keine Uhr. Gebe Ihnen ein schönes Ührchen. Fünfzig Bucks.»

«Ich habe keine Uhr, weil ich keine Uhr haben will.»

Er dachte darüber nach. Der Preis war offenbar Verhandlungssache.

«Haben Sie eine Posaune?»

«Nein.»

«Habe eine, die Sie für vierzig Dollar haben können. Mit eigenem Koffer.»

«Ich weiß, wo ich eine für fünfundzwanzig Dollar kriegen kann.»

«Ja», ereiferte er sich, «und sie klingt auch wie eine Fünfundzwanzig-Dollar-Posaune. Für fünfundzwanzig Dollar können Sie nicht allzu sicher sein, was Sie bekommen. Billige Blechblasinstrumente klingen nämlich nicht immer sauber.»

«Wie klingen denn Fünfunddreißig-Dollar-Posaunen?»

Das gelbe Grinsen wurde so breit, daß die Heinzelmännchen darauf tanzen konnten. «Für fünfunddreißig Dollar können Sie sicher sein, was Sie bekommen.»

Ich war stolzer Besitzer einer Posaune aus dem Jahre 1958. Ich brauchte keine Stunden zu nehmen. Ich bezahlte. Er sagte mir, ich solle mir die Posaune in dem Koffer, der mit Bindfaden zusammengeschnürt war, aus dem Schaufenster holen. Ich nahm sie aus Prinzip und als Geschenk für Nick.

Ich wurde nach hinten gebeten. Oprah blickte zu mir auf und wedelte mit ihrem Stummelschwanz, als ich an ihr vorbeiging. Ich folgte dem Dicken ins Hinterzimmer, wo er es sich in einem Liegesessel bequem machte. Er stellte die Lehne nach hinten und legte die Beine hoch. «Muß die Beine schonen», sagte er. «Schlechte Durchblutung.»

Ich setzte mich auf einen Rattansessel.

Der Dicke holte tief Luft und sagte: «Welches Interesse haben Sie an der Waffe?»

«Sie gehört zu einer gestohlenen Sammlung. Ich soll die Waffen wiederbeschaffen.»

«Das machen Sie? Nach Zeug suchen, das Leuten angeblich gestohlen wurde?»

«Manchmal.»

«Vergebene Liebesmüh», war sein Kommentar.

Ich zuckte die Schultern. «Ab und zu. War es auch schon, ja.»

Wir sahen uns einen Augenblick unverwandt an.

«Wollen Sie die Waffe sehen?» fragte er plötzlich.

Ich sagte ja.

«In der Tischschublade hinter Ihnen.»

An der Wand stand ein Büchertisch. Ich nahm die Waffe aus der Schublade. Es handelte sich um eine 9-mm-Double-Action-Luger, die in einem Plastikbeutel verpackt war. Ich prüfte in Eloises Liste, ob die Seriennummer stimmte. Volltreffer.

Ich sagte: «Ist die Posaune, die ich gekauft habe, auch gestohlen?»

«Sie reden dummes Zeug», giftete er verärgert.

«Dieser Revolver wurde gestohlen.»

«Dieser Revolver ist als gestohlen gemeldet worden. Das ist ein großer Unterschied.»

Ich sah ihn an. Die heftige Gemütsbewegung hatte ihn wieder völlig außer Atem gebracht. Er deutete auf ein Regal. «Geben Sie mir mal das Hauptbuch. Erstes Quartal, Januar-März. Zweites Brett von oben.»

Ich reichte ihm das gallegrüne Buch, und er blätterte darin. Er brauchte etwa dreißig Sekunden, bis er fand, was er suchte.

«Wann soll die Waffe gestohlen worden sein?» flüsterte er.

Ich sagte: «Ende Juni.»

Er wies auf einen Eintrag. «Sehen Sie selbst. Ich habe die Waffe am 18. März gekauft. Drei Monate, bevor sie als gestohlen gemeldet wurde.»

Ich schaute hin. Am 18. März hatte der Dicke 400 Dollar in bar an einen Mr. W. Landau bezahlt. Keine Adresse.

«Was ist die Waffe denn wert?» fragte ich.

«Achthundert. Vielleicht kriege ich von einem frischgebakkenen Sammler, der sich noch nicht auskennt, tausend.»

«Können Sie sich an den Typen erinnern, von dem Sie sie gekauft haben?»

Er nickte. «Groß. Etwa Ihr Alter. Dauerwelle. Ich weiß nicht, was mit den Männern heutzutage los ist. War gekleidet, als hätte er's nicht nötig. Einer von diesen Yuckies.»

«Er hat nicht gesagt, warum er sie verkaufen wollte?»

«Hat er nicht gesagt. Habe auch nicht gefragt.»

«Haben Sie seine Personalien überprüft?»

«Wozu das? Wissen Sie, wie einfach es in Florida ist, einen Ausweis mit irgendeinem Namen drauf zu bekommen? Hat keinen Sinn, so was anzuschauen. Ich habe die Seriennummer geprüft, um zu sehen, ob die Ware heiß ist. War sie nicht. Wir haben uns auf den Preis geeinigt, und basta.»

«Sie sagten, groß.»

«Wie ein Basketballspieler.»

«Und gekleidet wie ein ...»

«... Besserverdienender. Jackett und Schlips. Wie ein Banker oder Börsenmakler.»

«Oder Anwalt?»

«Oder das.»

Groß wie ein Basketballspieler. Gestylte Frisur. Gekleidet wie ein Anwalt. W. Landau. W. L. Ich fragte mich, ob Wade Loftus wohl so jemanden kannte. «Spieglein, Spieglein an der Wand …»

14

Ich war an diesem Tag der einzige Mensch am Strand, der eine Posaune mitschleppte.

Keine Teenybopper im Bikini drängten sich hinter mir her. Anscheinend haben Posaunisten im Gegensatz zu Rockstars und Bademeistern keine Groupies. Das war mir neu.

Zwei junge Männer, die Topmodels eines Blattes mit dem Titel *Hormonzucht für Hengste* hätten sein können, saßen an der Bar und flirteten mit Carla. Sie trugen hautenge kurze Hosen und Tops, die genau unterhalb der Rippen abgeschnitten waren, so daß man ihre Waschbrettbäuche sehen konnte. Sie waren mager, knackig, gebräunt und hübsch, und sie machten sich an Carla mit dem Selbstvertrauen von Männern ran, denen die Streckfolter der Ablehnung bisher erspart geblieben ist. Ich kannte diesen Typ. Ihre Keimdrüsen liefen immer auf Hochtouren. Wenn sie masturbierten, dann weniger zur Selbstbefriedigung als vielmehr aus Selbsthingabe. Jede Wette, daß sie noch nie ein Buch gelesen hatten, mindestens zwei Footballteams der NFL nennen konnten, Bars für Singles besuchten und Androgen on the Rocks tranken, daß sie nicht wußten, was philosophische Unterschiede waren, daß sie Beirut für eine neue Joghurtgeschmacksrichtung hielten, mehr von Foulspiel als von Vorspiel verstanden und trotzdem jede Frau haben konnten, die sie haben wollten. Kurz: Sie waren genau so, wie ich immer sein wollte.

Al, Irma und Father Shifty saßen an einem der Tische.

Als Al mich sah, packte er die Gelegenheit beim Schopf. «Du bist mir noch eine Runde schuldig, Harry», rief er.

Ich hob den Posaunenkoffer hoch und sagte: «Darf's auch ein bißchen Jack Teagarden sein?»

«Harry, komm her!» keifte Irma los und überraschte damit Al, Shifty und mich. Sie sprach normalerweise leise.

Al sah mich an. «Klingt, als solltest du lieber deinen Arsch hierherbewegen.»

«Was?» sagte ich. «Sie mag Teagarden nicht?»

Als ich nahe genug an den Tisch herangekommen war, packte Irma mich am Handgelenk und zog mich auf einen Stuhl zwischen sich und Father Shifty. Mit einer Hand drückte sie meinen Kopf nach hinten. Mit der anderen hob sie sanft meine Lippe hoch. Sie betrachtete die Naht prüfend. Nicht einmal ich selbst hatte bisher den Nerv dazu gehabt.

«Du Ärmster», sagte sie kummervoll, «was hast du bloß wieder angestellt?» Sie schüttelte den Kopf. «Wahrhaftig. Du brauchst mehr Zuwendung als meine Jungs, als sie klein waren.»

Al sagte: «Wie soll er dir denn erzählen, was passiert ist, wenn du seine Lippe festhältst?»

«Die Runde, die er uns schuldet, kann er so auch nicht bestellen», sagte Shifty.

Irma ließ los. «Schmerzt es sehr?»

Al seufzte. «Himmel, Irma. Schreibst du ein Buch?»

Sie sah ihren Mann an. «Ja», sagte sie trotzig.

«Dann laß das Kapitel einfach aus. ‹Schmerzt es sehr?› Teufel auch, was für eine Frage!»

«Alkohol ist gut gegen Schmerzen», verordnete Dr. Father Shifty.

«Um Gottes willen», murmelte Irma.

Zeit, dem Gespräch eine andere Richtung zu geben, bevor ich ins Kreuzfeuer ehelicher Zwistigkeiten und religiösen Eiferns geriet.

«Will denn niemand die Posaune sehen?» fragte ich.

Zu meiner Enttäuschung hob niemand die Hand. Dabei wollte ich gern sehen, was ich gekauft hatte. Womöglich hatte ich ja einen leeren Posaunenkoffer mit mir herumgeschleppt. Oder es lag das Instrument darin, das Al Capone seinerzeit in der Schulband gespielt hatte. Warten. Talk-Anwalt Geraldo anrufen.

«Harry, kannst du mal einen Moment herkommen?» fragte Carla von ihrem Platz hinter dem Tresen aus. Geraldo mußte sich wohl noch ein wenig länger mit Lehrern herumschlagen, die keine Unterhosen trugen.

Als ich mich mit einer Entschuldigung vom Tisch erhob, ergriff Irma meine Hand.

«Sei vorsichtig», befahl sie mir.

Ich beugte mich zu ihr und gab ihr ein Küßchen auf den Mund. Sie drückte meine Hand und ließ sie dann los. Den Posaunenkoffer unter den Arm geklemmt, schlängelte ich mich zur Bar.

«Carla, eine Runde Bier an Als Tisch bitte», sagte ich. «Auf meine Rechnung.»

«Mit den üblichen vierzig Prozent Bedienung?»

«Tja, Carla, wieviel sind denn vierzig Prozent von gratis?»

Sie rechnete schnell. «Dreiundzwanzig Dollar. Neue Mathematik», erklärte sie. «Du bist schon zu alt, um das noch in der Schule gelernt zu haben, Harry.»

«Gut, dann haben wir hier also die Alte-Mathe-Bar. Was wolltest du eigentlich von mir?»

Carla stülpte die Unterlippe vor und zog eine spöttische Schnute – oder machte sie sich etwa über meine Lippenmutation lustig? Sie machte mit dem Kopf ein Zeichen. «Der Typ da drüben in dem blauen Hemd will etwas von dir.»

In der angezeigten Richtung sah ich einen Mann in einem blauen *guayabera*-Hemd. Er hatte ein langes Gesicht und trübe braune Augen. Sein Haar war lackschwarz und glatt zurückgekämmt wie bei einem Idol der Latino-Platzkonzerte. Gold schmückte seinen Hals, seine Handgelenke und fast alle seine Finger. Ich ertappte ihn dabei, wie er gerade zu uns herübersah, und dann kam er auf mich zu.

«Mr. Rice?» sagte er.

«Stimmt.»

«Mein Chef möchte sich gern mit Ihnen treffen, um mit Ihnen über eine Sache zu sprechen, die für Sie von Interesse sein dürfte.» Nur ein Hauch von spanischem Akzent. Er war wahrscheinlich schon als Kind von Havanna nach Miami gezogen.

«Ja? Was ist denn von Interesse für mich?»

«Soweit ich unterrichtet bin, eine gewisse Waffensammlung.»

«Aha. Dann sagen Sie Ihrem Chef, daß ich Interesse an einem Treffen habe. Sagen Sie ihm, er soll einfach vorbeikommen oder mich anrufen und einen Termin vereinbaren.»

«Eigentlich möchte er, daß ich Sie sofort zu ihm bringe», sagte er fast entschuldigend.

«So, möchte er das? Und wer ist Ihr Chef?»

«Mein Chef wird sich selbst vorstellen. Wenn es Ihnen recht ist, nehmen wir meinen Wagen, und –»

«Mir wird übel im Auto.»

«– und ich fahre Sie dorthin, und wenn mein Chef seine Geschäfte mit Ihnen abgeschlossen hat, fahre ich Sie wieder hierher zurück oder wo immer Sie hinwollen.»

«Verdammt nett von Ihnen. Und wenn mich nun die Umstände zwingen, die äußerst freundliche Einladung Ihres Chefs auszuschlagen?»

«Das wäre sehr fatal.» Seine Stimme klang ernst.

«Ihr Chef würde Ihnen sicher den Lohn kürzen.» Ich heuchelte Mitgefühl.

«Nein», korrigierte er mich mit boshaftem Grinsen, «ich habe nicht gemeint, daß es fatal für meinen Chef oder mich wäre.»

«O verdammt, dann bin ja nur noch ich übrig.»

«Ja.»

«Ich vermute mal, daß Sie versuchen werden, mich davon zu überzeugen, meine Pläne zu ändern und der Einladung Ihres Chefs nachzukommen.»

Er nickte ernst. «Ich kann sehr überzeugend sein.»

«Nur keine falsche Bescheidenheit.»

«Mein Wagen steht auf der Johnson Street.»

Ich lasse mich leicht überzeugen. Ich legte den Posaunenkoffer auf die Theke.

«Carla», sagte ich, «gib das Nick, wenn er kommt. Sag ihm, es ist ein Hinweis.»

Carla sagte: «Kapier ich nicht.»

«Macht nichts. Nick bestimmt auch nicht. Zurück bin ich …» Ich sah Blauhemd an. Er zuckte die Schultern. «… irgendwann.»

«Alles in Ordnung, Harry?» Sie klang besorgt.

«Alles in Butter. Ich werde mit den Hoffas zu Mittag speisen.» Ich drehte mich zu meiner Eskorte um und sagte: «Dann wollen wir mal losfahren.»

Wir fuhren stilvoll – mit einem weißen Cadillac von 1957, frisch wie aus dem Verkaufsraum. Es ging geradewegs die A1A durch Hallandale und Haulover Beach hinunter bis nach Bal Harbour zu einem Hochhaus am Meer.

Die Portiers waren besser gekleidet als die Ehrengarde der Queen. Und ganz gewiß besser als ich.

Der Aufzug zum Penthouse erinnerte mich an die Empfangshalle des Biltmore Hotels in Coral Gables. Blauhemd drückte die richtige Kombination auf der Schalttafel für eine Nonstopfahrt zur wohlsituierten Stratosphäre hinauf. Den wenigen Anhaltspunkten vor meinen Augen entnahm ich, daß Blauhemds Arbeitgeber Geld hatte.

Die Aufzugtüren öffneten sich zu einem Vorzimmer hin, das eines Bischofs würdig gewesen wäre. Eine lebensgroße Statue der Jungfrau Maria stand auf einem Sockel in der Mitte des runden Raums. An den Wänden waren Bilder, die die Stationen des Kreuzweges wiedergaben. Der Fußboden war aus italienischem Marmor. Eine Sicherheitskamera über dem Fahrstuhl nahm ständig den ganzen Raum auf. «Liebe deinen Nächsten» heißt nicht unbedingt, daß du dem Schweinehund trauen mußt. Irgendwo jenseits der zehn Fuß hohen Mahagonitüren mußte ein schwerreicher, paranoider Katholik sein.

Hinter den Doppeltüren war ein langer Korridor. Wir wandten uns an der ersten Tür nach rechts und betraten einen Saal bar aller Religiosität und Barmherzigkeit. Ein Fitneßcenter, gut bestückt mit Nautilus-Geräten und Hanteln aller Gewichtsklassen. Die vier Wände waren mit Spiegeln verkleidet. In einer Ecke trainierte ein kleiner, stämmiger Mann mit muskulösen Schultern und einem Nacken wie eine Bulldogge. Ich schätzte ihn auf sechzig bis siebzig Jahre. Er trug schlabberige Boxershorts, Frotteesocken und schwarze knöchelhohe Turnschuhe. Er stemmte eine mit Gewichten beschwerte Hantel auf den Schultern auf und ab. Wir nickten uns im Spiegel zu. Ich hörte, wie sich die Tür hinter mir schloß. Ich drehte mich um. Blauhemd war weg. Der alte Gewichtheber legte die Hantel nieder und nahm sich ein Handtuch.

Während er sich den Schweiß vom Gesicht wischte, sagte er: «Nett, daß Sie kommen.» Starker spanischer Akzent.

«Ich Dummkopf. Ich dachte, das Erscheinen war Pflicht.»

Er ließ das Handtuch sinken und musterte mich von oben bis unten wie ein Auktionator, der eine Rinderhälfte anpreist. Er kam mir bekannt vor, wie eine Seite aus der Zeitung von gestern.

«Pflicht ist vielleicht übertrieben», sagte mein Gastgeber. «Ich würde eher sagen, es war sehr zu empfehlen.»

Eine Bewegung hinten im Raum fesselte meinen Blick. Sie saß auf einer Bank, die Arme mit jeweils einer Hantel in jeder Hand auf dem Schoß. Sie machte Drehübungen mit den Handgelenken.

Der alte Mann sagte: «Ich glaube, Sie haben Carmen schon kennengelernt.»

Hatte ich. Nur trug sie dieses Mal kein schwarzes Leder und ließ auch keine Stahlklinge vor meinem Gesicht aufblitzen. Sie trug ein pinkfarbenes Trikot.

Carmen ließ die Hanteln auf die Gummimatte fallen. Sie strich sich ein Gewirr dunkler Locken aus dem Gesicht.

Sie lächelte. «Nett, dich wiederzusehen, Harry.»

«Ach ja?»

«Ich freue mich, daß es dir gutgeht.»

«Nichts Persönliches, richtig? Nur das, was wir zum täglichen Broterwerb so machen, nicht wahr?»

Sie zuckte die Schultern und sagte zu dem alten Mann: «Soll ich bleiben, Mundo?»

Mundo! Schlagzeilen von früher mal, na klar. Das war Mundo Cruz. Ein häufig angeklagter und gelegentlich überführter Karrierebösewicht. Neben Mundo Cruz wirkte Ming der Grausame wie ein Nikolaus der Heilsarmee.

«Geh nur, Carmen», sagte Mundo. «Harry und ich können diese Sache allein aushandeln. Einverstanden, Harry?»

Wenn überhaupt, sind nur wenige Leute noch lebendig, die anderer Meinung waren als Mundo Cruz. Ich wollte mich nicht mit ihm anlegen. Es heißt, daß Cruz mit vierzehn einem Mann das Bein wegschoß, der seinen Hund getreten hatte.

Ich sagte: «Welche Sache auch immer, wir werden sie sicher allein aushandeln können, Mr. Cruz.»

Carmen ging, ohne mich zu durchbohren.

Mundo Cruz wandte sich zu mir. «Sie wissen, wer ich bin.» Das war keine Frage.

«Ich weiß, wer Sie waren.»

«Sie dachten, ich wäre tot.»

«Tot ist vielleicht übertrieben.»

Er überhörte meinen angstvollen Fauxpas höflich. «Nicht tot. Nur im Ruhestand.»

«Ich hoffe auch, eines Tages in den Ruhestand zu treten.»

Das brachte ihn zum Lächeln. «Ja, sicher. Ich spüre, daß wir uns bereits verstehen. Das ist gut. Das erleichtert uns unser Geschäft, meinen Sie nicht auch?»

«Welches Geschäft denn?»

«Es wäre mir lieber, wenn ich die Fragen stelle.»

«Unbedingt. Ich bitte darum.»

Cruz nickte, daran gewöhnt, seinen Willen zu bekommen. «Sie suchen nach einer Waffensammlung.» Wieder keine Frage. «Aus welchem Interesse?»

«Geld.»

«Wieviel?»

«Möglicherweise zehntausend Dollar.»

Er sah mich ruhig an. «Sie wirken doch wie ein vernünftiger Mensch. Es wundert mich, daß Sie für sowenig Geld Ihr Leben aufs Spiel setzen.»

«Nein», korrigierte ich ihn, «ich setze mein Leben für kein Geld der Welt aufs Spiel.»

«Nein? Trotzdem haben Sie Carmens Warnung nicht ernstgenommen.»

«Ich dachte, es war Spaß», sagte ich wider besseres Wissen.

Cruz' Miene wurde grimmig. «Und ich? Glauben Sie vielleicht, daß auch ich ein Spaßvogel bin?»

«Nein.» Ich biß mir auf die Zunge. Beinahe hätte ich Cruz gesagt, ich hielte ihn für alles andere als einen Spaßvogel.

Cruz starrte mich an, vielleicht fragte er sich, welche Größe Zementschuhe ich trug. Er fing an, sich die Arme abzutrocknen. «Haben Sie einen Klienten?» fragte er.

«Keinen, dem ich verpflichtet wäre», antwortete ich. Damit er nun nicht dachte, ich machte wieder Spaß, fügte ich hinzu: «Lassen Sie mich das erklären. Ich stehe bei niemandem unter Vertrag. Vielmehr ist eine Art Belohnung auf die Waffen ausgesetzt worden. Ich kassiere nur, wenn ich die Sammlung wiederbeschaffe. Ich bin sicher, daß jeder eine solche Abmachung treffen könnte.»

«Mit Mrs. Loftus?»

«Das wissen Sie bestimmt besser als ich.»

Cruz begann sich die Beine mit dem Handtuch abzureiben. «Würden Sie für zweitausend Dollar Ihr Interesse an den Waffen verlieren?» fragte er.

«Zu einem bestimmten Zeitpunkt hätte ich mir das überlegt. Das war allerdings vor gewissen unerwarteten medizinischen Kosten.»

Cruz warf einen Blick auf meine Lippe. «Ist vielleicht meine Schuld», sagte er dann. «Manchmal vergesse ich, daß die alten Mittel und Wege nicht immer die besten sind.» Er machte eine Pause. «Ich zahle für meine Fehler. Fünftausend Dollar, und Sie nehmen meinen Rat an.»

In meinen Ohren klang das so, als hätte ich Verhandlungsspielraum. «Wenn ich Ihren Rat annehme, verliere ich mit Sicherheit fünftausend Dollar. Ich kann zehntausend verdienen, wenn ich die Waffensammlung finde.»

«Das stimmt», sagte Cruz. «Aber wenn Sie meinen Rat annehmen, wird auch nichts mehr aufgeschlitzt.»

«Ich nehme Ihren Rat gern an», sagte ich, «bloß: Was für ein Rat ist das?»

Mundo Cruz trocknete sich weiter ab, während er mich forschend betrachtete. Er streifte sich ein T-Shirt über und bestieg ein Trainingsrad. Er strampelte langsam und sah mich dabei weiter prüfend an. Es schien eine stillschweigende Übereinstimmung zwischen uns zu bestehen. Cruz redete, wann er wollte, und ich schwieg. Die Rollen waren klar definiert. Ein Bauchredner und seine Puppe. Wir kannten jeder unsere Rolle.

Cruz sah an mir vorbei. Er hörte auf zu strampeln. Jemand war in den Saal gekommen.

«Komm rein, Luis», sagte Cruz.

Luis mit dem *guayabera*-Hemd hatte einen dicken Umschlag in der Hand. Er reichte ihn Cruz.

Cruz nahm einen Packen 100-Dollar-Noten heraus. Er zählte fünfzig Scheine ab und steckte den Rest wieder in den Umschlag. Er hielt mir das Geld hin. Wir wechselten Blicke. Das war der Vertrag. Wenn ich das Geld nahm, akzeptierte ich seinen Rat, das Schmiergeld, um mir die Waffen aus dem Kopf zu schlagen. Für mich war es das erste Angebot zum Frontenwechsel, das ich je bekam.

Ich nahm es an.

15

Die freitäglichen Happy-Hour-Ströme ergossen sich über den Broadwalk. Tagesschicht-Kellnerinnen mit geschwollenen Füßen und Eisverkäuferinnen nach Feierabend, immer noch in Arbeitskluft, die knapper war als das, was die Cheerleaders der Miami Dolphins trugen, wetteiferten um die Barhocker, in der Hoffnung, einen Platz neben einem Mann zu ergattern, mit dem sie mehr gemeinsam hatten als nur ihre gegenseitige Verachtung.

Nick und Carla kümmerten sich um die Kunden an Bar und Tischen. Aus der Jukebox erklang Nilssons «Fred Neil».

Ich bahnte mir den Weg durch ein Trio dreier junger Frauen, die mehr Sonnenschutzöl als Kleidung trugen. Es war ein enges, aber denkwürdiges Gedränge. Als ich endlich mein Büro erreichte, roch ich nach Kakaobutter.

Auf meinem Schreibtisch lag die Nachricht, daß Sam Maturano angerufen hatte. Ich wählte seine Nummer.

«Old Stuff», meldete er sich.

«Nichts Neues?»

«Bis auf deinen Kalauer eine Menge.»

Sam erzählte mir, er hätte mit Hilfe verschiedener Kataloge den Wert der Waffensammlung geschätzt. Er fragte mich, ob ich noch wüßte, was er über deren Zustand gesagt hatte. Ich erwiderte, daß der Zustand der entscheidende Faktor sei. Er sagte mir, die beste Schätzung, die er abgeben könne, ohne die Waffen gesehen zu haben, und davon ausgehend, daß alle im Bestzustand seien, beliefe sich auf 30000 Dollar. Er fügte noch hinzu, daß es sich dabei um eine großzügige Schätzung handle. Ich sagte Sam, daß ich ihm sehr dankbar wäre für die Information und die Zeit, die er aufgewendet hatte. Ich erzählte ihm aber nicht, daß ich kein Interesse mehr an den Waffen hatte. Sam sagte, warte mal, da ist noch etwas.

«Ich habe noch zwei Waffen aus der Sammlung aufgespürt», sagte er. «Die 9-mm-JoLo-Ar und eine der Walther-Luger. Ein Sammler in Boca Raton hat sie. Das Merkwürdige ist, Harry –»

«Ich weiß. Die Waffen sind gekauft worden, bevor sie als gestohlen gemeldet wurden.»

«Zwei Wochen vorher. Woher weißt du das?»

«Ich bin Detektiv. Ein Job für Profis. Wie hoch war denn der Preis der Waffen?» Warum bloß fragte ich weiter nach den Waffen, die ich mir doch aus dem Kopf geschlagen hatte?

«Fünfhundert in bar für beide.»

«Ein fairer Marktpreis?»

«Etwa fünfundzwanzig Prozent unter Wert.»

«Und das heißt?»

«Jemand hatte es eilig. Sie gaben sich mit weniger zufrieden. Wenn man ruhig abwartet, kann man meist den Katalogpreis erzielen. Wie dem auch sei, in den nächsten Tagen kann ich dir wahrscheinlich noch mehr Informationen liefern. Ich habe weiterhin meine Fühler ausgestreckt.»

«Zieh sie wieder ein», sagte ich. «Ich habe schon mehr als genug gehört.» Und ich wollte nicht, daß Mundo Cruz zu Ohren kam, es würde noch immer nach den Waffen geforscht. Vielleicht wollte er dann sein Geld zurück, oder Carmen verlangte es nach einem Pfund Schabefleisch.

Nachdem ich das Gespräch mit Sam beendet hatte, rief ich Milton Brantferger an.

«Milton, Harry Rice hier. Raten Sie mal, mit wem ich mich heute getroffen habe.»

«Mit wem denn?» Es klang gelangweilt.

«Mit Ihrem Klienten. Ich bin gerade erst von dort zurückgekommen, um genau zu sein.»

«So, so.» Er klang unbeeindruckt.

«Ja. Er hat mir sogar einen Chauffeur geschickt. Schreiben Sie lieber mit. Ein Typ mit rotem Hemd und schwarzem Hudson fuhr mich nach Galt Ocean Mile. Haben Sie's, Milton?»

«Rotes Hemd. Schwarzer Hudson. Galt Ocean Mile.»

«Und jetzt zerreißen Sie das, Milton. Ich will nicht mit ansehen, daß Sie verletzt werden, Milton.»

«Was soll das, Harry? Sie haben doch Ihr Geld!»

«Sie wissen gar nicht, wer Sie beauftragt hat, oder?»

«Vielleicht nicht», gab er zu. «Ich glaube, sie ist nur die Vermittlerin.»

«Schwarze Locken, grüne Augen, roter Corvette und so sexy, daß es ihr aus allen Poren quillt?»

«Gut geraten.» Er klang beeindruckt.

«Sie heißt Carmen. Sie arbeitet für Mundo Cruz», sagte ich, als sei damit alles klar. Und das hätte es auch sein müssen.

Ich wartete auf eine Reaktion.

Milton sagte: «Soll ich den kennen?»

«Milton, wie alt sind Sie eigentlich?» Vielleicht hätte ich mein eigenes Alter anzweifeln sollen. «Egal», sagte ich, «hören Sie mir einfach mal zu. Wo dieser Kerl seine Finger drin hat, dürfen Sie sich keine Fehler leisten.» Ich erzählte Milton von Blauhemd, dem weißen Cadillac und dem Hochhaus in Bal Harbour. «Ich bin jetzt wieder in der Sand-Bar. Ich werde den ganzen Abend dasein. Sie folgen mir besser wieder, bis Sie Anweisung erhalten, es bleibenzulassen. Ich gehe nicht mehr aus. Wenn ich hier schließe, gehe ich nach Hause. Morgen früh komme ich wieder her und bleibe den ganzen Tag hier.»

«Moment mal.» Er war verärgert. «Ich habe keine Zeit –»

«Sie verstehen nicht, Milton. Sie nehmen sich besser Zeit: Mundo Cruz ist ganz der Typ, der jemand an Ihre Fersen geheftet hat, um sicherzustellen, daß er für sein Geld auch bekommt, was ihm zusteht. Verlassen Sie sich auf mich, Milton. Sie haben gut für diesen Rat bezahlt.»

«Verdammt, Harry. Wenn ich wieder hinter Ihnen her muß, will ich etwas von dem Geld zurückerstattet haben.»

«Ja, und ich würde gern die Nacht mit Laura Antonelli verbringen.»

«Was hat das denn zu bedeuten?»

«Es bedeutet, daß wir alle etwas haben wollen, Milton, es aber nicht immer bekommen.»

«Das Leben ist eine Folge von Enttäuschungen.» Das wurde spöttisch vorgebracht, traf jedoch zu, was das Geld anbelangte.

«Sehr gut, Milton. Sie bekommen eine Eins.»

Die Jukebox spielte einen Blues über hartherzige Frauen und schwachköpfige Männer. War ich derjenige, der dagegen protestiert hätte? Es gab nur Stehplätze. Die Tische waren alle besetzt, und an der Bar saßen dicht an dicht Männer, die das Blaue vom Himmel herunter versprachen, und Frauen, die in der Hoffnung auf bessere Angebote Interesse heuchelten. Ich zwängte mich durch die Menge.

Carla stand über die Theke gebeugt und machte einem schmierigen Kerl mit Zähnen von Maiskorngröße und -farbe klar, daß er keinen weiteren Drink mehr bekäme und besser ginge. Nach rechter Macho-Manier hätten Nick und ich jetzt einschreiten müssen, aber genau deshalb überließen wir so etwas lieber Carla. Einer, dem eine Frau Bescheid sagt, jammert zwar, fügt sich aber am Ende. Hingegen wird sich der gleiche besoffene Fliegengewichtler mit einem Drei-Zentner-Rausschmeißer anlegen, bis er tot ist. Wie zu erwarten, siegte Carla, und der Betrunkene zog ab.

Ich ging zu ihr und begann ihr die Schultern zu massieren.

«Ganze Arbeit», sagte ich. «Fertig für den Feierabend?»

«Immer. Ich bin schon wieder zu spät dran für meine ‹Selbsthilfegruppe für vollgequatschte Barfrauen›.»

Ich lachte. «Wo findest du nur all diese Frauengruppen?»

«Finde ich gar nicht. Stelle sie selbst auf die Beine.»

«Mach, daß du wegkommst.» Ich gab ihr zum Spaß einen Klaps auf den Po. Das war in Ordnung, wir sind solche Freunde. Nichts Sexuelles dabei, nur freundschaftliche Gefühle füreinander. «Bis morgen früh.»

«Machst du auf?»

«Ja. Du kannst dir Zeit lassen.»

«Danke. Ich werde mich bemühen, deinen Namen bei dem Treffen heute abend nicht zu nennen. Versprechen kann ich allerdings nichts.»

Gegen halb acht hatte die abendliche Geschäftshektik so

weit nachgelassen, daß ich Zeit hatte, an dem Safe hinter der Bar herumzufummeln. Ich brauche normalerweise drei Anläufe, bis ich die Kombination richtig habe. Ich legte das Geld von Mundo Cruz in den Safe und schloß ihn wieder.

Um 0 Uhr 30 waren nur noch Nick und ich übrig. Nick schloß ab. Im großen und ganzen war es ein einträglicher Freitag für die Sand-Bar gewesen. Eine gute Mischung aus Laufkunden und Stammgästen, einige vom Ort, andere nicht. Eine etwa zwölfköpfige Reisegruppe von Junggesellen schaute noch herein. Sie tranken ein paar Runden, bevor sie weiterzogen.

Nachdem Nick die Eingangstür abgeschlossen und das Licht ausgeschaltet hatte, sagte er: «Willst du mir nicht von dem Geld erzählen, das du in den Safe gelegt hast?»

«Schnapp dir einen Stuhl», sagte ich.

Ich füllte einen Pitcher mit Bier und nahm zwei kalte Gläser aus dem Kühler. Nick saß an einem Tisch. Ich setzte mich ihm gegenüber und goß das Bier ein. Wir hoben die Gläser.

«Auf das gute Abendgeschäft», sagte ich.

Wir tranken in langen Zügen. Es geht nichts über ein wohlverdientes kühles Bier.

«Fang mit dem Typen in dem blauen Hemd an, mit dem du heute nachmittag von hier losgefahren bist», sagte Nick zwischendurch.

«Er arbeitet für Mundo Cruz.»

Nick starrte mich einigermaßen ungläubig an, als hätte er nicht recht gehört. «Der alte Mundo Cruz?»

Ich nickte. «Genau der.»

«Ich dachte, er wäre längst tot. Ist das sein Geld da im Safe?»

Ich nickte und füllte unsere Gläser neu. «Fünftausend Dollar.»

«Was bekommt er denn für fünftausend Dollar?»

«Das ist das Komische. Er bekommt nichts dafür.»

Nick trank wieder einen Schluck Bier. «Weiß er das?»

«Wohl kaum. Er hat mir gesagt, ich solle die Loftus-Sammlung vergessen.»

«Und dafür hat er dir fünftausend Dollar bezahlt?»

«Ja, hat er. Die Sache ist die, daß ich mir die Waffen sowieso schon aus dem Kopf schlagen wollte. Es ist nämlich zu bezweifeln, ob sie überhaupt je gestohlen wurden. Gestern hat mir Sam Maturano einen Tip gegeben für eine der Waffen. Ein Pfandleihhaus in Medley. Ich war heute morgen dort. Der Geschäftsinhaber hat mir erzählt, er hätte die Waffe schon ein paar Monate, bevor sie als gestohlen gemeldet wurde, erstanden. Eine Eintragung in seinem Hauptbuch bestätigt seine Angabe. Aber darüber hinaus paßt seine Beschreibung von dem Typen, der sie ihm verkauft hat, genau auf Wade Loftus. Ich hatte also ohnehin schon das Gefühl, daß etwas an der Sache faul ist.»

«Heller Junge.»

«Erfahrung», sagte ich bescheiden. «Heute nachmittag hat Sam mir dann gesagt, daß er noch zwei Waffen aus der Sammlung aufgetrieben hat. Ein Sammler in Boca Raton hat sie. Und er hat sie ein paar Wochen vor dem angeblichen Diebstahl erworben. Wenn die Waffen also nie gestohlen wurden, gibt es auch nichts wiederzufinden, und ebensowenig steht dann ein Honorar oder ein Finderlohn zu erwarten.»

«Hast du Cruz das nicht erzählt?»

Ich spreizte die Hände. «Da wußte ich es nur von der einen Waffe sicher.»

Nick nahm einen Schluck Bier. «Warum will er eigentlich nicht, daß du nach den Waffen suchst? Was hat er davon?»

«Das hat er mir nicht gesagt. Weißt du, was auch seltsam ist? Die Verbindung zwischen Mundo Cruz und Wade Loftus.»

Nick sagte: «Vielleicht ist Cruz Waffensammler. Vielleicht hat Loftus ihm ein paar von den Waffen verkauft, die später als gestohlen gemeldet worden sind.»

«Na und? Würde das für Cruz etwas an der Sache ändern?»

Nick kaute einen Augenblick daran. «Vielleicht tut er nur seinem Händler einen Gefallen. Ich weiß nicht. Oder glaubst du etwa, Cruz hätte die Waffen geklaut?»

«Nein», sagte ich. «Der Gedanke ist mir auch schon durch den Kopf geschossen. Aber inzwischen weiß ich nicht einmal mehr, ob überhaupt irgendwelche Waffen gestohlen wurden. Außerdem wäre diese Waffensammlung, selbst wenn sie vollständig wäre, für jemanden wie Cruz nur Kleinkram. Noch dazu ist er nach eigenen Angaben im Ruhestand.»

«Was hat Mrs. Loftus denn gesagt, als du ihr von Mundos Angebot erzählt hast und daß du es nicht abgelehnt hast?»

«Ich hab's ihr noch gar nicht erzählt. Ich will sie morgen vormittag anrufen.»

«Wirst du ihr erzählen, daß ihr Mann die Waffen vor dem angeblichen Diebstahl verkauft hat?»

«Ich weiß noch nicht, was ich ihr sagen werde. Offen gestanden bin ich mir nicht so sicher, ob sie nicht wußte, was los war. Denk doch mal nach. Sie soll nicht gemerkt haben, daß die Sammlung allmählich abnahm?»

Nick zuckte die Schultern. «Vielleicht waren die Waffen gar nicht zu sehen. Vielleicht waren sie weggepackt.»

«Schon möglich», gab ich zu. «Aber nehmen wir mal an, sie hätte gemerkt, daß Waffen verschwanden. Und nehmen wir mal an, sie hätte mich deswegen angeheuert. Nicht um die Waffen wiederzufinden, sondern um nachzuweisen, daß sie gar nicht gestohlen wurden, und das in dem sicheren Wissen, mir keinen Dollar dafür zahlen zu müssen, weil ich keine Waffen zurückbringen kann, die längst verkauft worden sind.»

«Klingt plausibel. Sie erhält die gewünschten Informationen gratis», sagte Nick. «Ist sie so clever?»

«Die Frage lautet, ob ich so dämlich bin.»

«Soll ich darauf antworten?»

«Warte noch. Nehmen wir mal an, Wade Loftus hätte die verkauften Waffen durch billige Imitationen ersetzt. Dann hätte Eloise gar nicht gemerkt, daß die Waffen verhökert wurden.» Gutes altes Harry-Dummerchen, du traust Frauen einfach nichts Schlechtes zu.

Nick sagte: «Welches Motiv hätte er denn gehabt?»

«Geld, was sonst? Vielleicht brauchte er Geld, von dem seine Frau nichts wissen sollte. Also verkauft er die Waffen –»

«Und setzt den Einbruch in Szene, um zu vertuschen, daß er sie verkauft hat.»

«Auf diese Weise kann er doppelt kassieren», sagte ich und spann den Faden weiter. «Zuerst verkauft er die Waffen. Dann kassiert er ein zweites Mal von der Versicherung. Natürlich hätte er auch dann zweimal abkassiert, wenn er den Diebstahl nicht selbst inszeniert hat. Vielleicht war es ein Glück für ihn, daß alles gestohlen wurde. Dadurch war er gedeckt. Wie auch immer, jedenfalls hat er etwas dagegen, daß ich herumstochere. Deshalb war er so sauer, als ihm seine Frau erzählt hat, sie hätte mich engagiert. Er will nicht, daß die Versicherung herausfindet, daß er für Waffen kassiert hat, die er längst nicht mehr besaß. Selbst die Anwaltskammer von Florida mag es vermutlich nicht, wenn Anwälte einen Versicherungsbetrug begehen.»

«Nur, wenn sie sich erwischen lassen.» Der Zyniker. Nick nippte an seinem Bier. «Das erklärt aber immer noch nicht, wie Mundo Cruz in die Sache verwickelt ist. Oder wer dir deine Lippe aufgeschlitzt hat.»

«Die Killerlady arbeitet für Cruz.»

«Ach was, Quotenfrauen bei Mundo Cruz? Wer hätte das gedacht!»

«Ich sage dir, Nick, je mehr ich darüber nachdenke, um so mehr bin ich davon überzeugt, daß Cruz von Wade Loftus ins Spiel gebracht wurde. Cruz hat Mrs. Loftus namentlich erwähnt. Trotzdem habe ich immer noch Schwierigkeiten, die

Beziehung zwischen Cruz und Wade Loftus zu verstehen. Warum sollte Cruz sich all den Ärger und die Ausgaben für Loftus aufhalsen? Irgend etwas fehlt da.»

«Schweinehund», murmelte Nick.

«Wie?»

Nicks Gesichtsmuskeln zuckten. «Loftus hat uns angelogen. Er hat gesagt, er wüßte nicht, wer dir die Lippe aufgeschlitzt hat.»

«Dabei sieht es so aus, als wußte er's. Aber versetz dich mal an seine Stelle. Vor wem hättest du mehr Angst? Ozzie und Harriet oder Mundo Cruz?»

«Tja.»

Wir tranken unser Bier aus.

«Gehen wir nach Hause», sagte ich.

«Was erzählst du denn nun Mrs. Loftus?»

«Weiß ich nicht. Ich sage ihr, daß für mich Schluß ist. Mehr vielleicht nicht. Ich bin mir nicht mal sicher, wieviel sie überhaupt weiß.»

«Wieviel sie davon weiß, daß sie dich ausnutzen und zum Narren halten wollte?»

«Quatsch. Die Frau ist noch nicht geboren, die das schafft.»

«Quatsch. Die Frau ist noch nicht geboren, die das *nicht* schafft.»

Wenn Nick recht hat, hat er recht.

Ich ging nach Hause und versuchte zu schlafen. Ich mußte dauernd an Kanonen und Eloise und Anwälte und Carmen und Ganoven denken. Und dann fiel mir Mali ein. Wieviel sie mir bedeutete. Wie sehr ich mir wünschte, mit ihr zu reden. Sie zu sehen. Ich dachte noch an Mali, als jemand an meine Tür zu hämmern begann, und das Samstag morgens um 6 Uhr 30.

16

Ich glitt aus dem Bett, ohne mir weh zu tun. Ich schlüpfte rasch in ein paar zerfetzte abgeschnittene Jeans. Und suchte gar nicht erst nach einem Hemd. Wenn jemand um 6 Uhr 30 in der Morgenfrühe an meine Tür bummert, mache ich mich nicht auch noch extrafein und zeige modischen Schick wie vielleicht einmal in einem früheren Leben.

Ich sah aus dem Fenster. Der Morgenhimmel war von einem traurigen, trübseligen Grau und damit zwei Nuancen heller als meine miese Stimmung.

Ich ging zur Tür und öffnete sie.

Eloise Loftus stand da und schlenkerte mit einer Papiertüte. Sie trug einen nicht ganz zugeknöpften, jungfräulich weißen Overall. Keinen BH. Selbst im Halbschlaf erkennt man manche Dinge besser als andere.

Sie sagte: «Ich habe Frühstück mitgebracht.»

Mein Sprachprogramm war noch nicht angelaufen, und so trat ich einfach beiseite und roch frisch aufgebrühten Kaffee, als sie sich an mir vorbeischob. Sie ging in die Küche. Ich ins Bad.

Neben anderen Waschungen nahm ich eine Mundspülung mit warmem Wasser vor. Die Lippe war nicht mehr so empfindlich wie gestern und kein Abbild von Gibraltar mehr. Die Schwellung war endlich im Rückgang begriffen.

Der Küchentisch war mit Kaffee, Orangensaft, getoasteten englischen Muffins und verschiedenen Marmeladensorten gedeckt. Sie saß mit dem Rücken zur Tür. Ich setzte mich neben sie. Der Kaffee war heiß. Eloise nicht.

Sie nahm meine Anwesenheit mit kühler Miene zur Kenntnis und sagte: «Du hast mich gestern nicht angerufen.»

Ich blinzelte

Sie sagte: «Du hast gesagt, du würdest mich anrufen.»

Beim vorwurfsvollen Klang ihrer Stimme zuckte ich zusammen.

«Viel zu früh für so was», murmelte ich benommen.

«Ich habe auf deinen Anruf gewartet.» Allmählich klang sie wie ein quengeliges Kind.

Ich fixierte sie. «Hoffentlich bist du nicht deshalb hier.»

Das kam sarkastischer heraus, als es meine Absicht war. Ich hatte so meine Schwierigkeiten mit den Macho-Feinheiten. Was in diesem Fall zu meinen Gunsten ausfiel. Eloise war bestürzt über meinen Ton. Da sie ohne Zweifel nicht daran gewöhnt war, daß man so mit ihr sprach, starrte sie mich nur an. Langsam erlosch der vorwurfsvolle Blick in ihren Augen. Sie suchte nach einer passenderen Rolle, um ihr widerstrebendes Publikum zu fesseln. Sie setzte eine besorgte Miene auf. Jetzt war sie die holde Maid in Not.

«Wade weiß über uns Bescheid», sagte sie mit Pathos. Sie hob die Augen, damit ich sehen konnte, wie Tränen darin aufquollen. Sie war gut.

Tränen wirken immer. Auch absichtliche. Ich schwankte zwischen Mitleid und Ungeduld. Ihre Anspielung auf «uns» ärgerte mich.

«Was heißt ‹über uns›, Eloise? Was gibt's da Bescheid zu wissen?» Ich klang wie ein ungeschickter Hilfssheriff in der Rolle des Anklägers. Ich konnte mich immer noch nicht entscheiden zwischen Besorgnis und Verärgerung.

Ihre Augen verengten sich. Das war nicht die Reaktion, die sie erwartet hatte. Ich spielte nicht den Sir Galahad für die holde Maid. Es sah so aus, als wäre der Hilfssheriff kurz davor, bei lebendigem Leibe von einer tollwütigen Angeklagten gefressen zu werden.

Eloise wies anklagend mit dem Zeigefinger auf mich. «Spiel

jetzt bloß nicht den Unschuldigen, Mister. Seit du mich zum erstenmal gesehen hast, machst du mir schöne Augen.» Es stärkte nicht gerade meine Verteidigung, daß ich ihr ehrfurchtsvoll in den Spalt zwischen den offenen Knöpfen starrte, als sie das sagte. Wer schlau ist, sucht mich erst nach dem Mittagessen auf. Morgens bin ich normalerweise noch im Fundbüro auf der Suche nach meinem Grips.

«Du wolltest mich schon bei unserer ersten Begegnung. Mit jedem Nebensatz hast du Zweideutigkeiten fallenlassen –»

«Habe ich nicht.»

«– und als ich dein Interesse dann erwidert habe, hast du erst mal abgewartet, was sich bei dir regt und was es bei mir zu sehen gibt, um dann den Scheinheiligen zu spielen.»

«Tatsache ist, daß wir aufgehört haben. Nichts ist passiert.»

Eloise machte ein finsteres Gesicht. «Nichts ist passiert? Willst du Wade sagen, daß es nichts ist, an den Brüsten seiner Frau herumzufummeln?»

Ich strich ein Messer voll Marmelade auf ein Muffin, dann stieß ich den Teller weg. Ich frühstücke nie auf nüchternen Magen.

«Wie kommst du eigentlich darauf, daß Wade Bescheid weiß?» fragte ich lustlos.

«Ich habe es ihm erzählt.» Sie sagte es so andächtig wie Opie, der Andy erzählt, er hätte den Vogel abgeschossen.

Ich nickte. «Ehrenkodex liberaler Paare?»

Ihre Nasenflügel bebten.

Ich sagte: «Hast du ihm erzählt, ich hätte dich geschwängert?»

Sie preßte die Lippen zusammen.

«Sag mal, wenn Wade und ich beim Cocktail unsere Erfahrungen austauschen, was soll ich ihm dann sagen?» fragte ich. «Schluckst du's lieber, oder spuckst du's aus?»

Ich erwischte ihre Hand mitten in der Luft, ehe sie mich bewußtlos schlagen konnte. Wir saßen wie festgenagelt Auge in Auge. Ihr Arm wurde schlaff. Ich lockerte meinen Griff.

Sie sah mich angewidert an, als hätte ich ihr gerade erzählt, ich wäre mit einem Kamel durchgebrannt.

«Wenn du mir mal eine Minute zuhören würdest, könnte ich dir erklären, was passiert ist.» Sie sprach mit mühsamer Beherrschung, aber ihre Augen funkelten vor Wut.

Wider besseres Wissen machte ich den Mund auf. «Erklär es dem Dorfpriester», sagte ich. «Ich bin kein Sozialarbeiter für Liebeshungrige.»

«Wie kannst du es wagen, so etwas zu sagen!» brauste sie auf. «Ich sehe keine Frau an deiner Seite!»

Autsch. Sie schlug sich besser als ich. Beinahe hätte ich gekontert mit: «Ja, aber du müßtest mal die Frauen sehen, die mich verlassen haben.» Ich unterließ es jedoch. In erster Linie deshalb, weil ich nicht genau wußte, ob sie mich verlassen hatten oder ich sie.

Ich nahm lieber einen Schluck Kaffee. «Ich wollte dich gestern anrufen», sagte ich ruhig. «Aber als ich zur Sand-Bar zurückkam, war dort mächtig was los. Ich mußte an der Bar aushelfen. Als es endlich ruhiger wurde, war es zu spät, um dich noch anzurufen. Ich wollte es heute morgen nachholen.»

Ihr angespannter Körper wurde allmählich schlaff wie eine aufblasbare Puppe mit einem kleinen Leck.

«Hast du etwas herausgefunden?» Ihr Ton und Verhalten waren rein geschäftlich. Es war, als hätten wir uns eben erst kennengelernt. Hatten wir vielleicht auch.

Ich sagte: «Ich habe die Waffen von deiner Liste schätzen lassen. Mein Experte hat verschiedene Käuferkataloge benutzt. Ohne die Waffen gesehen zu haben, meint er, daß die Versicherung wohl einen gerechten Preis gezahlt hat. Davon ausgehend ist der Auftrag für mich kaum noch lukrativ.»

«Und das heißt?»

«Das heißt, daß es weder für dich noch für mich einen Vorteil bringt, wenn ich weiter nach den Waffen suche.»

«Du gibst auf?» Ihre Stimme troff nur so vor Geringschätzung.

«Nein. Ich steige aus.»

«Wegen einer einzigen Expertenmeinung?»

«Ja.»

«Was ist denn mit dem Hinweis auf eine der Waffen?»

«Laß es doch, Eloise.»

Sie schüttelte den Kopf. «Dann engagiere ich jemand anderen.»

«Du wirfst dein Geld aus dem Fenster.»

«Geld? Geht es darum? Du willst nur sicher sein, daß du auch bezahlt wirst? Was war es noch? Fünftausend Dollar für zwei Wochen? Sollst du haben.»

«Ich will dein Geld nicht.»

«Warum nicht?» bohrte sie weiter. «Sag mir, warum nicht.»

Ich lehnte mich zurück und nahm ein Glas Orangensaft in die Hand. Es war lauwarm. Ich beugte mich vor und stützte die Ellbogen auf den Tisch. «Erinnerst du dich daran, wie du mir erzählt hast, Wade hätte dir alles gestanden?»

Sie nickte.

«Gut», fuhr ich fort, «ich glaube nicht, daß das stimmt.»

Eloise sah mich bloß an. Sie sagte nichts.

«Ich habe drei der Waffen aufgetrieben», sagte ich. «Eine in einem Pfandleihhaus in Medley. Die anderen beiden hat ein Privatsammler in Boca. Die Waffen sind erworben worden, bevor eure Wohnung ausgeräumt wurde. Ich nehme an, Wade hat sie verkauft.»

Sie hörte sich alles an. «Das glaube ich nicht», sagte sie wenig überzeugend.

«Was glaubst du nicht?»

«Ich glaube nichts von alledem.»

«Ich bin sicher, was die Waffen betrifft.»

«Aber nicht in bezug auf Wade?»

«Ich kann nichts beweisen. Die Beschreibung des Mannes, der die Waffe an das Pfandhaus verkauft hat, paßt auf Wade.»

«Und der Sammler in Boca? Von wem hat er seine Waffen gekauft?»

«Ich habe ihn nicht gefragt.»

Sie dachte nach. «Ich möchte Sicherheit haben, was Wade angeht. Finde du es für mich heraus, Harry.»

Sie langte über den Tisch und legte ihre Hand auf meine. Sie beugte sich vor. Der Overall sprang so weit auf, daß ihre Brust zu sehen war, wenn man genau den richtigen Blickwinkel hatte. Mit einer leichten Haltungsänderung hatte ich genau den richtigen Blickwinkel. Es war äußerst verlockend. Ich zog meine Hand weg. In drei von zehn Fällen erkennt Harry Presley den Wolf im Schafspelz.

«Ich steige aus.»

Sie starrte mich verachtungsvoll an. Sie konnte ebenso schnell das Mienenspiel wechseln, wie ein Kind das Interesse an einem Spielzeug verliert. «Ich lasse dich nicht raus. Ich werde Beschwerde einreichen bei der Stelle, die für deine Lizenz zuständig ist.»

«Ich nehme an, ein Empfehlungsschreiben steht außer Frage.»

«Du bist ein verdammter Klugscheißer.»

«Ich bin schon schlimmer genannt worden.»

«Ich habe noch nicht mal richtig losgelegt.»

Ich lächelte. «Nach allem, was ich schon durchgemacht habe, seit ich dich kenne, können mich ein paar Beschimpfungen nicht weiter erschrecken. Ich bin mit einem Messer aufgeschlitzt, genäht, verfolgt und gekidnappt worden. Mach mich ruhig schlecht und verhöhne mich, wenn dir dann wohler ist. Ich versuche auch, so lange wach zu bleiben.»

Sie blickte verwirrt drein. Ich wollte, mein Kabel-TV-Netz hätte genauso viele Kanäle anzubieten wie Eloise Stimmungen.

Ich sagte: «Überleg mal. Warum sollte mir jemand die Lippe aufschlitzen und sagen, ich solle mir die Waffen aus dem Kopf schlagen? Weil die Waffen gar nicht gestohlen worden sind. Wer hatte etwas zu verbergen? Wade. Wenn herauskäme, daß er die Waffen, die ihr als gestohlen gemeldet habt, längst verkauft hatte, könnte Wade wegen Versicherungsbetrugs belangt werden. Er mußte mich abschrecken. Klingelt's jetzt nicht bei dir?»

Sie gab nichts zu. Jedenfalls nicht mir gegenüber. «Du hast ‹gekidnappt› gesagt?»

Ich nickte. «Schon mal was von Mundo Cruz gehört?»

Jetzt war sie überrascht. Sie erholte sich zwar schnell davon, aber ich hatte es bereits gemerkt. Der Name war ihr bekannt. Er sagte ihr etwas. Vielleicht war er eine jähe Erinnerung an etwas längst Vergangenes, an einen alten Familienfreund, ein Name aus der Wochenschau. Oder sie konnte Mundo Cruz nicht mit ihrem Mann in Verbindung bringen. Ebensowenig wie ich.

Sie sagte: «War er nicht so eine Art ...»

«Ja, er war so eine Art. Cruz hat mir gesagt, ich solle die Waffen vergessen.» Ich erzählte ihr nichts von seinem finanziellen Förderungsprogramm. «Glaubst du immer noch, Wade hätte dir alles gestanden?»

«Deshalb willst du aussteigen, nicht wahr? Du hast Angst.»

«So kann man es auch sagen.»

«Und ich? Was soll ich jetzt machen?»

«Nichts. Du hast ja keinen Verlust erlitten. Die Versicherung hat gezahlt, was die Waffen wert waren.»

«Laß doch die Waffen! Ich spreche von Wade!»

«Sag ihm, was du weißt. Erzähl ihm, was ich dir erzählt habe. Damit hast du einen Punkt Vorsprung vor ihm.»

«Was soll das denn heißen?»

«Darum geht es doch letztendlich, oder? Du hast Wade erzählt, ich hätte dir die Titten massiert, um ihm seine Lola heimzuzahlen.»

«Du bist ein mieses Schwein.»

«Das tut weh aus einem so zarten Mund. Geh nach Hause, Eloise. Sag Wade, du wüßtest, daß er die Waffen verkauft hat. Dann hast du diese Runde eures Ehekrieges gewonnen.»

So ging es noch fünf Minuten weiter. Wir bombardierten einander die Psyche, wie reife Erwachsene es tun. Wir streckten uns keineswegs gegenseitig die Zunge heraus und taten auch sonst nichts Kindisches.

Als sie zur Tür hinausging, rief ich hinter ihr her: «Danke, daß du mich geweckt hast.»

Ich schloß die Tür hinter Eloise Loftus. Und Wade Loftus. Zeit, mich wieder dem Bar-Geschäft zu widmen. Keine Waffensuche mehr. Kein Mundo Cruz mehr. Keine Carmen mehr. Keine Haie mehr, die juristische Bücher lasen. Keine giftigen Lehrerinnenblicke mehr. Ich war ein für allemal fertig mit Wade und Eloise. Dachte ich jedenfalls.

Vier Tage später wurde ich wegen Mordes an Wade Loftus verhaftet.

17

Und das hatte die Polizei in Händen: Bei meiner Ergreifung fuhr ich den Volvo des Ermordeten. Die Rolexuhr des Ermordeten war im Safe der Sand-Bar. Es gab einen Zeugen, der gesehen hatte, daß ich Arm in Arm mit der Frau des Ermordeten aus meinem Haus kam und daß wir uns küßten, ehe wir in ihren Wagen stiegen und zusammen abfuhren. Einen Zeugen, der die Frau des Ermordeten frühmorgens aus meinem Haus kommen sehen hatte. Die Frau des Ermordeten hatte zugegeben, daß sie mit mir intim gewesen sei. Meine Fingerabdrücke fanden sich im Büro des Ermordeten. Bei der letzten Telefonnummer, die von seinem Büro aus gewählt worden war, handelte es sich um meine Privatnummer. Ich war die letzte Person, die den Ermordeten lebendig gesehen hatte. Die Leiche des Ermordeten war im Kofferraum meines Wagens gefunden worden. Und zwei Tage, bevor die Leiche gefunden worden war, hatte ich Loftus vor Zeugen gedroht, ihn umzubringen.

Detective Stokesberry hielt ein brennendes Streichholz über den Kopf seiner Pfeife und zog mehrmals heftig, bis der Tabak auch wirklich angebrannt war. Er war groß, unseligerweise die einzige Qualifikation, die man von vielen Polizeibeamten fordert. Ich schätzte ihn auf Mitte Dreißig, obwohl er eher wie Joe Friday gekleidet war und nicht wie Sonny Crockett. Seine Augen blickten durchdringend, aber aus seiner Stimme war Langeweile herauszuhören.

Stokesberry nahm die Pfeife aus dem Mund. «Wenn man alles in Betracht zieht», sagte er, «was denken Sie dann?»

«Daß ich ein Opfer der Umstände bin.»

«Da bin ich anderer Ansicht. Fangen wir noch mal von vorn an.»

«Nun machen Sie mal halblang, Stokesberry. Das ist doch alles reine Spekulation.»

Er zuckte die Schultern. «Ich gehe von dem aus, was mir vorliegt.»

«Und ein Motiv gibt es auch nicht. Warum sollte ich Wade Loftus ermorden?»

«Aus dem gleichen Grund, aus dem Sie gedroht haben, ihn umzubringen.»

«Das habe ich Ihnen bereits erklärt.»

«Dann haben Sie ihn aus Geldgier ermordet. Aus Rache. Lüsternheit. Vielleicht war es Körperverletzung mit Todesfolge. Vielleicht hat Wade Loftus Sie in einem Anfall von Eifersucht angegriffen, nachdem er entdeckt hatte, daß Sie eine Affäre mit seiner Frau hatten. Oder Sie haben ihn in Notwehr –»

«– ein dutzendmal durchbohrt?»

Stokesberry lächelte zum erstenmal seit über einer Stunde. «Erscheint mir auch nicht plausibel. Macht nichts. Das Motiv ist nicht das Problem. Auch nicht die Gelegenheit. Sie waren der letzte, der ihn lebendig gesehen hat.»

«Vergessen wir seinen Mörder nicht!»

«Das sind nicht Sie?»

«Ich war's nicht.»

«Ihre Fingerabdrücke sind in seinem Büro.»

«Denk mal an.»

«Wie sind sie denn dahin gekommen?»

«Ich verkaufe sie in der Sand-Bar. Zehn Fingerabdrücke für einen Dollar.»

«Nicht schlecht. Und wie oft waren Sie in seinem Büro?»

«Zweimal.»

«Zählen Sie mal vor.»

«Das erste Mal einen Tag, nachdem seine Frau mich engagiert hatte.»

«Wozu?»

«Fragen Sie sie. Das nächste Mal ein paar Tage später.»

Stokesberry sah in seine Notizen. «Das wäre dann das Mal gewesen, als Sie mit Ihrem – ich zitiere – ‹gedungenen Schläger Wade Loftus in ein psychologisches Horrorkabinett schicken› wollten.»

Ich zuckte zusammen. Ich hatte ganz vergessen, daß ich das an dem Tag, an dem Nick Wade Loftus mit seinem Sessel auf den Kopf stellte, gesagt hatte. Ich gab zu, es gesagt zu haben.

Stokesberry verschränkte die Hände hinter dem Kopf und kippte seinen Sessel nach hinten. Mit der Pfeife im Mund tat er sein Bestes, um wie ein nachdenklicher Sherlock Holmes auszusehen.

«Wann haben Sie Wade Loftus zum letztenmal gesehen?» fragte er.

«Das habe ich Ihnen doch schon dreimal gesagt.»

«Sagen Sie's noch mal.»

«Gut. Ich habe den Mann noch nie in meinem Leben gesehen.»

Stokesberry nahm die Pfeife aus dem Mund. «Ich werde dafür bezahlt, daß ich hier sitze. Wollen Sie, daß es die ganze Woche so weitergeht? Soll mir recht sein.»

«Sonntag morgen.»

Stokesberry setzte sich aufrecht hin. «Sonntag morgen», sagte er laut, während er es aufschrieb, obgleich das Verhör auch auf Band aufgenommen wurde. «Das wäre einen Tag, nachdem Sie ihm gesagt hatten, Sie würden ihn umbringen?»

«Ja.»

«Wo haben Sie sich getroffen?»

«Er kam in die Sand-Bar.»

Stokesberry rieb sich das Kinn. «Mal sehen. Samstag kommt er in Ihre Bar, greift Sie und Ihre Barfrau tätlich an, und dann drohen Sie, ihn umzubringen. Am nächsten Tag kommt er wieder zur Bar und gibt Ihnen seine Zehntausend-Dollar-Uhr und seinen Fünfzigtausend-Dollar-Wagen.» Er schloß die Augen und sann einen Augenblick nach. Dann sah er mich an. «Warum bereitet mir das solche Schwierigkeiten?»

«Er hat mir die Uhr nicht gegeben. Er hat sie als Sicherheit hinterlegt.»

«Als Sicherheit wofür?»

«Habe ich Ihnen doch schon erzählt. Für meinen üblichen Vorschuß. Es war Sonntag früh, die Banken waren geschlossen, und ich wollte keinen Scheck von ihm annehmen. Ich habe ihm gesagt, ich nähme nur Bargeld.»

«Warum?»

«Ich wollte ihn noch einen Tag hinhalten. Ich hatte keine Lust, nach Jacksonville zu fahren. Ich wollte bis Montag warten. Er bestand darauf, daß ich sofort losfuhr. Er erbot sich, mir seine Uhr als Unterpfand für das ausstehende Honorar dazulassen.»

«Er hat Sie engagiert.»

«Natürlich hat er mich engagiert.»

«Weil Sie ihm gedroht haben, ihn umzubringen, hat er Sie engagiert. Hm, ich bin nur ein dummer, dicker Bulle, vielleicht können Sie mir das erklären.»

Ich sah ihn an. «Endlich sind wir mal einer Meinung.»

Er wurde rot, aber ich glaube, er merkte, daß er sich das selber zuzuschreiben hatte. Er überging die Bemerkung. «Wofür hat er Sie engagiert?»

«Um eine vermißte Person zu suchen.»

«Wen?»

«Ein Go-go-Girl.»

«Lola.»

«Sehr gut, Detective.»

«Wir kommen noch auf sie zurück. Warum hat er Ihnen seinen Wagen gegeben?»

«Er hat ihn mir nicht gegeben. Nur geliehen. Loftus war der Meinung, Lola sei in Jacksonville bei Freunden. Er wollte, daß ich hinfahre und sie suche. Mein Wagen kommt nicht aus Broward County heraus. Und die Kosten für einen Mietwagen wollte er nicht übernehmen. Also schlug er vor, ich solle mit seinem Wagen fahren.»

«Warum wollte er denn Lola finden?»

«Fragen Sie ihn doch.»

Stokesberry zog eine Augenbraue hoch. «Haben Sie sie gefunden?»

«Nein.»

«Was sollten Sie machen, wenn Sie sie gefunden hatten?»

«Ihn anrufen. Ihm sagen, wo sie war. Bei wem.»

Stokesberry legte einen anderen Gang ein. «Wie lange kennen Sie die Frau des Ermordeten schon?»

«Zu lange.»

«Ach ja?»

«Es war nicht das, was Sie denken.»

«Was denke ich denn?»

«Ich wollte nur sagen, daß ich nichts als Ärger habe, seit ich ihr begegnet bin.»

«Und wann war das?»

«Weiß ich nicht mehr. Vielleicht vor anderthalb Wochen.»

«Wie haben Sie sie kennengelernt?»

«Sie kam zur Sand-Bar, um mich zu engagieren.»

«Als Barkeeper?»

«Als Privatdetektiv.»

«Gilt Ihre Zulassung überhaupt noch?»

«Bis ich hierherkam, galt sie noch.»

«Wofür hat sie Sie engagiert?»

«Fragen Sie sie selbst.»

«Mach ich. Hatten Sie Sex mit ihr?»

«Fragen Sie sie.»

«Habe ich. Und jetzt frage ich Sie.»

«Definieren Sie mal Sex.»

«Sagen Sie mir, was passiert ist, und ich sage Ihnen, ob das Sex ist.»

«Ich habe ihre Brüste gestreichelt.»

«Außerhalb oder in der Bluse?»

«Ihre Brüste waren bloß.»

«Wie kam denn das?»

«Macht Ihnen wohl Spaß, was?»

«So ist das Leben. Dafür lohnt es sich sogar, Kriminalbeamter zu sein. Beantworten Sie die Frage.»

«Ich habe sie bei unserem heftigen Petting entblößt.»
«Sie haben sie also auch geküßt?»
«Ja.»
«Und was war sonst noch?»
«Sonst war nichts.»
«Sonst nichts?»
«Sonst nichts.»
«Und das hat die ganze Nacht gedauert?»
«Sie war nicht die ganze Nacht über da.»
«Eine Nachbarin behauptet, sie hätte Mrs. Loftus am Samstag morgen in aller Herrgottsfrühe aus Ihrem Haus schlüpfen sehen. Nur wenige Stunden, bevor Sie drohten, Mr. Loftus umzubringen.»
«Um wieviel Uhr hat sich Mrs. Loftus denn laut Nachbarin in mein Haus hineingeschlichen?»
«Das hat sie nicht gesagt.»
«Wie praktisch. Wir wollen Ihren Fall ja auch nicht unnötig mit Tatsachen belasten.»
«Wie oft haben Sie sich mit Mrs. Loftus amüsiert?»
«Nur das eine Mal.»
Er sog an seiner Pfeife, während er mit einem Bleistift auf den Tisch klopfte.
«Und?» fragte ich.
«Und was?»
«Ist das Sex?»
Er nahm die Pfeife aus dem Mund und sah mir starr in die Augen. «Wenn Sie das mit meiner Frau machen, ja.» Er blätterte durch seine Notizen. «Um wieviel Uhr ist Wade Loftus am Sonntag in die Sand-Bar gekommen?»
«Morgens. Bevor geöffnet war. So gegen elf vielleicht.»
«Hat er Sie erst zu Hause angerufen?»
«Nein. Meine Privatnummer steht nicht im Telefonbuch. Er ist einfach vorbeigekommen.»

«Wie ist seine Leiche in Ihren Wagen gelangt?»

«Ich würde sagen, daß der Mörder sie hineingelegt hat.»

«Wie konnte der Mörder wissen, daß es Ihr Wagen war?»

«Ich weiß nicht, ob der Mörder wußte, daß es mein Wagen war. Vielleicht stand der Wagen nur gerade richtig da. Loftus hatte mein Auto genommen, da ich seins fuhr.»

«Vielleicht wußte der Mörder doch, daß es Ihr Wagen war, und wollte Ihnen nur was anhängen.»

«Das gefällt mir.»

«Oder Sie haben die Leiche in Ihren Wagen geschafft und gedacht, die Polizei würde Sie für zu clever halten, um eine so offensichtliche Spur zu hinterlassen.»

«Die andere Version gefällt mir besser.»

«Das dachte ich mir.»

Die Tür des Vernehmungszimmers ging auf. Herein kam Lieutenant Stranahan. Er schaute sich in dem Raum um, als sähe er ihn zum erstenmal. Dann schaute er mich an, als hoffte er, mich zum letztenmal hier zu sehen. Er hatte die gleiche Statur wie Stokesberry. Er mochte fünfzig sein, aber er hätte keinen Ausweis für einen Seniorenrabatt bekommen. Er war nicht ordentlich gealtert. Er trug einen anthrazitgrauen Anzug über einem weißen Hemd mit grauer Krawatte. Er drehte einen Stuhl herum und setzte sich rittlings darauf wie Hoppy auf sein Pferd Topper.

«Na schön», knurrte Stranahan. «Jetzt sind Sie bestimmt richtig in Stimmung. Dann erzählen Sie mal. Und lassen Sie auch nicht das Geringste aus.»

«Wo soll ich anfangen?» fragte ich. «Als mich seine Frau engagiert hat?»

«Nein. Den Teil habe ich schon gehört.» Er nickte in Richtung des Spiegelfensters in der Wand. «Fangen Sie mit dem Samstagnachmittag in der Sand-Bar an, als Sie drohten, den Toten umzubringen.»

18

Die Hitze war erbarmungslos. Nicht der leichteste Hauch. Meer und Palmen waren so still wie Ölfarbe auf Leinwand. Die klebrige Luft war so dick, daß es einem vorkam, als betrachte man einen Monet durch ein Schleiertuch. Das einzig Bewegte am Strand war eine sonnenverbrannte Touristenfamilie, die sich auf dem Broadwalk vorbeischleppte.

Es war Samstag nachmittag. Ein paar ausgedörrte Sonnenanbeter bestellten ihr Mittagessen flaschenweise, sie saßen an der Bar und gossen kühles Bier in sich hinein. Die Ventilatoren an der Decke waren auf höchste Geschwindigkeit geschaltet und sorgten für eine gewisse Erträglichkeit der stickigen Hitze.

Ich hatte die Arme bis zu den Ellbogen im Spülbecken und wusch Gläser ab. Carla unterhielt sich mit einem graubärtigen Gast über New Orleans. Der Gast sah aus wie Hemingway, der gerade einen Speerfisch an Land gezogen hat. Ich war sicher, daß diese Ähnlichkeit kein Zufall war.

Ein Paar, das Mr. und Mrs. Universum hätte sein können, kam herein und setzte sich an einen Tisch. Ich sagte Carla, ich würde mich um die Bestellung kümmern. Ich trocknete mir die Hände ab, zog den Bauch ein und ging zu dem Tisch hinüber.

Sie bestellten eine Karaffe Rotwein.

Der Schlag traf mich von hinten. Ich sah und hörte nichts davon. Carla schrie etwas, aber das ging in dem Dröhnen in meinem Kopf unter.

Ich taumelte einen Schritt vorwärts, bevor sich ein langer Arm um meinen Hals legte, mir den Kopf nach hinten riß und die Kehle zudrückte. Um die Hebelkraft noch zu verstärken, wurde mir zusätzlich ein Knie ins Kreuz gedrückt, und gleichzeitig verstärkte sich der Druck auf meine Kehle. Ich trat auf einen Fuß, der neben meinem auf den Boden gepflanzt war. Wer immer es war verlor sein Gleichgewicht und geriet ins Wanken. Wir fielen zur Seite um. Der Fall löste den Würgegriff um meinen Hals. Leider schlug ich mit dem Kopf auf die Tischkante, ehe ich mit einem Knall zu Boden ging. Von den Schlägen auf meinen Kopf und dem Schock über den plötzlichen, unerwarteten Angriff war ich wie betäubt.

Wade Loftus sprang von einer dämonischen Kraft beflügelt auf. Er holte zu einem Tritt aus und traf mich in die Nieren. Der Stoß erzielte eine Zehn auf der Harry-Rice-Schmerzskala. Als Zugabe verpaßte mir Loftus noch einen Tritt gegen den Hinterkopf.

Mir wurde schwarz vor Augen.

Während die Stammgäste an der Bar den Auftritt als Zuschauer genossen, sprang Carla zu meiner Verteidigung hinter der Bar hervor. Sie packte Loftus am Haar und riß daran. Loftus jaulte auf. Er wirbelte herum und schlug Carla mit der vollen Wucht seiner Rückhand. Erst dann griff Mr. Universum ein.

«Haben Sie die Polizei angerufen?»

Ich konnte sehen, daß Stranahan es ernst meinte. Vielleicht mußte er diese Fragen stellen, weil das Tonband mitlief und einer seiner Vorgesetzten es sich bestimmt eines Tages genau vor der jährlichen Leistungsbeurteilung anhören würde.

Ich verneinte.

Stranahan sagte: «Warum nicht?»

«Ich könnte jetzt sagen, daß ich gar nicht daran gedacht habe, oder ich könnte darüber philosophieren. Was ziehen Sie vor?»

Er zuckte die Schultern. «Es ist Ihre Story.»

«Ich will Ihnen gegenüber ehrlich sein und sagen, daß ich überhaupt nicht daran gedacht habe, die Polizei zu rufen.»

«Ich mag es, wenn Sie mir gegenüber ehrlich sind.»
«Dann werden Sie mich lieben.»
«Was ist dann passiert?»

Jemand steckte Geld in die Jukebox.

Mr. Universum nahm Loftus mit seinen gewaltigen Armen in den Schwitzkasten. Die Zuschauer an der Bar nippten an ihren Drinks und betrachteten mich, wie ich ausgestreckt auf dem Boden lag. Als ich wieder zur Besinnung kam, schaffte ich es, mich auf die Knie aufzurichten. Ich überlegte, ob ich Wade Loftus meinen Kopf in die Rippen rammen sollte, wußte aber nicht, was das bringen sollte. Ich verpasse ihm eins. Er schlägt zurück. Was wäre damit gewonnen? Eine Schlägerei in einer Bar ist alles andere als schön. Besonders dann, wenn der Gegner mit zwanzig Zentimetern mehr Reichweite im Vorteil ist.

Die Jukebox plärrte weiter.

Ich stand auf, darauf bedacht, mir nicht noch mehr weh zu tun. Das Dröhnen hallte immer noch in meinem Schädel wider. Carla schob mir ihre Schulter unter den Arm, so daß ich mich auf sie stützen konnte, während meine Beine ihre Festigkeit wiedergewannen. Da erst bemerkte ich, daß die Seite ihres Gesichts, auf die Loftus sie geschlagen hatte, dick angeschwollen war. Ich nahm Loftus aufs Korn, der sich, wild dreinblickend und schwitzend, immer noch in Mr. Universums Hebelgriff wand.

Die Muskeln in meinem Nacken spannten sich an, als ich einen Schritt auf ihn zuging. Ich bog zur Lockerung meine Finger, die danach lechzten, ihn in Stücke zu reißen – nicht wegen dem, was er mit mir gemacht, sondern weil er Carla geschlagen hatte. Das löste einen Haß in mir aus, von dem ich bis dahin gar nichts wußte. Meine Gedanken müssen von durchbohrender Tödlichkeit gewesen sein. Jedenfalls hatte Wade Loftus keine Schwierigkeiten, sie korrekt zu interpretieren.

Mit zusammengebissenen Zähnen und tiefer Stimme, wie

aus dem Alptraum eines Exorzisten, sagte ich: «Raus hier. Wenn ich Sie je wieder sehe, sind Sie so gut wie tot.»

Und das meinte ich auch so.

Die Musikbox untermalte diese Empfindung treffend.

Stranahan löste seine Krawatte und musterte mich ruhig. Stokesberry saß in seinen Sessel zurückgelehnt und paffte an seiner Pfeife. Nach kurzem Schweigen begann Stokesberry die Vernehmung wieder.

«Sie haben ihm also gedroht, ihn umzubringen.»

«Ja, ausdrücklich.»

«War es Ihr Ernst?»

«Ich habe es im Eifer des Gefechts gesagt. Es war heiß. Er hat mich geschlagen. Er hat Carla geschlagen. Ich war wütend. Ich habe es ernst gemeint.»

«Drohen Sie, wenn Sie wütend sind, immer Leuten, sie umzubringen?»

«Nein.»

«Wie oft tun Sie es?»

«Nie.»

«Es muß Ihnen also wirklich Ernst gewesen sein.»

«Ja, es war mir Ernst.»

«Was hat er gesagt, nachdem Sie ihm gedroht hatten?»

«Nichts. Er ging.»

«Hat er Ihnen gesagt, warum er Sie angegriffen hat?»

«Nein. Ich dachte, wegen seiner Frau. Aus Eifersucht.»

«Und war es nicht so?»

«Nein.»

«Woher wissen Sie das, wenn er es Ihnen nicht gesagt hat?»

«Er hat es mir später gesagt.»

«Wann?»

«Am Sonntag.»

Stokesberry nickte. «Bleiben wir vorerst noch beim Samstag.

Während seines Aufenthalts in der Sand-Bar hat er die ganze Zeit keinen Ton gesagt. Er beleidigt Sie und Ihre Barfrau –»

«Sie heißt Carla.»

«Carla Meadows?»

«Ja.»

«Er greift Sie und Carla Meadows an und verliert kein Wort darüber. Kommt Ihnen das nicht seltsam vor?»

«Natürlich kam mir das seltsam vor!»

«Mach keinen Quatsch», murmelte Stranahan.

Stokesberry sah erst den älteren Beamten, dann mich nervös an. «Was geschah, nachdem Loftus die Sand-Bar verlassen hatte?» fragte er.

«Ich spendierte Mr. Universum und seiner Freundin eine Karaffe Weißwein.»

«Warum?»

«Weil er mir beigestanden hatte.»

«Heiliger Himmel, Stokesberry», sagte Stranahan, «wir werden die Nacht hier verbringen, wenn das so weitergeht.» Er wandte sich an mich. «Ist am Samstag sonst noch etwas passiert, das für diesen Fall sachdienlich wäre, Rice? Und kommen Sie mir nicht mit irgendwelchem Blech.»

«Nein.»

«Mrs. Loftus haben Sie nicht gesehen oder gesprochen, nachdem ihr Mann gegangen war?»

«Nein.»

«Wie lange sind Sie noch in der Sand-Bar geblieben?»

«Ich bin bis etwa zweiundzwanzig Uhr dagewesen.»

«Schließen Sie um die Zeit?»

«Nein. Ich bin dann nach Hause gefahren. Nick Triandos, der Nachtbarmann, war noch da. Er schließt bei Geschäftsschluß ab.»

«Sind Sie direkt nach Hause gefahren?»

«Ja.»

«Haben Sie irgend jemanden angerufen?»

«Nein. Ich habe meine Wunden geleckt und bin zu Bett gegangen.»

«Na schön. Wann haben Sie das nächste Mal wieder mit Mr. oder Mrs. Loftus gesprochen?»

«Das müßte Sonntag morgen gewesen sein.»

«Erzählen Sie uns von diesem Sonntagmorgen.»

19

Sonntags öffnet die Sand-Bar mittags. Ich hatte um 10 Uhr 30 in der Bar eine Verabredung mit einer Handelsvertreterin, deshalb ging ich frühzeitig ans Meer, um ein bißchen zu trainieren. Ich wechselte Schwimmen mit Wandern im festgebackenen Sand am Meeresufer ab. Am Strand war es relativ ruhig. Die einzigen Leute, die ich vor neun Uhr zu sehen bekam, war ein Teenagerpärchen, das so schnell ging, als käme es sonst zu spät zur Sonntagsschule.

Der Morgen heizte sich schneller auf als ein neuer Austauschwerfer beim Baseball. Es sah wieder ganz nach einem glühendheißen Tag aus.

Nachdem ich eine Meile geschwommen war, wanderte ich fünf Meilen, und dann duschte ich mir den klebrigen Salzfilm ab, den das Meerwasser auf meiner Haut hinterlassen hatte.

Um 10 Uhr 30 saß ich mit einem kühlen Glas Preiselbeersaft in der Sand-Bar und hörte zu, wie Stacey Shore ihren nächsten Karriereschachzug entwickelte.

Stacey war eine Frau mit vielen Interessen. Sie war über vierzig, aber ihre Lebensersparnisse bestanden in ihrem nächsten Gehaltsscheck. In der Vergangenheit war sie Protestsängerin gewesen und hatte bei Richie Havens im Vorprogramm gesungen, war Kellnerin in einem vegetarischen Szenerestaurant in Washington, D.C., gewesen, Dichterin, Aktmodell, Zen-Tanzlehrerin, Kassiererin in einem Supermarkt, chinesischer Clown, Schulbusfahrerin, Friseuse, Mietgattin, Nachtwächterin, Klofrau in Belgien und Aushilfe in einem Krankenhaus. Jetzt war sie Handelsvertreterin für Tom's Restaurantbedarf.

Staceys Privatleben war noch bewegter. Sie konnte ihre Freunde und Liebhaber gar nicht mehr namentlich aufzählen. Viermal war sie verheiratet gewesen. Ihre erste Ehe ging sie mit ihrem Geometrielehrer von der High-School ein. Sie war siebzehn. Er zwanzig Jahre älter. Achtzehn Monate später ließ sie sich von ihm scheiden, weil er ihr zu unreif war. Ehemann Nummer zwei war ein Roadie. Er verließ sie, um Janis Joplin nachzufolgen, und kehrte nie wieder. Die dritte Ehe schloß sie mit einem Mann, der «zweimal beschnitten wurde». Das war alles, was sie je von ihm erzählte, und ich fragte nie nach den Einzelheiten. Ehemann vier war Kolumbianer und bezahlte Stacey 25 000 Dollar dafür, daß sie ihn heiratete. Er bekam eine Aufenthaltserlaubnis für die USA, und ein Jahr später war Stacey zum viertenmal geschieden. Sie sagte, sie sei der lebende Beweis dafür, daß es ein Leben nach der Liebe gäbe.

Es ließ Stacey kalt, daß andere die Daten ihres Berufs- und Privatlebens für die einer Versagerin hielten. Sie ging mit einem Achselzucken darüber hinweg und gestand, ihr Leben immerhin lustvoll zu verschleudern.

Als ich mit meiner monatlichen Nüsse- und Chipsbestellung durch war, eröffnete Stacey mir ihren Plan, am Broadwalk einen Secondhand-Buchladen aufzumachen.

«Wie sind Sie denn darauf gekommen?» fragte ich.

«Durch Vibes», sagte sie.

«Vibes?» Ich wußte, daß man weibliche Logik besser nicht in Frage stellt, aber das bremste mich nicht. «In welchem Jahr sind Sie denn heute morgen aufgewacht?»

Stacey zuckte mit den Augenbrauen. «Wieso, in dem Jahr, das dran ist, natürlich.» Sie kicherte. «Ich werde ein Buch schreiben, Harry. Können Sie sich eine kreativere Atmosphäre vorstellen als die am Strand, umschwebt von den Geistern Queequegs und Kilgore Trouts?»

«Kann ich nicht behaupten.»

«Raten Sie mal, was für ein Buch ich schreiben werde.»

«Einen Erotikthriller über die Teamster?»

Stacey lachte. «Fände ich super, aber das nicht.»

«Eine S.F.-Autobiographie?»

Stacey tat so, als wäre sie beleidigt. «Aber Harry, Sie halten mich doch nicht etwa für ausgeflippt, oder?»

«Ich lese die Teeblätter nur, aber ich interpretiere sie nicht.»

«Sie lesen sie falsch, mein Freund. Ich schreibe einen Kriminalroman. Wollen Sie was daraus hören?»

«Haben Sie ihn dabei?»

«Ich habe ihn im Kopf. Ich habe gerade damit angefangen. Es ist nur ein Abschnitt.»

«Dann unbedingt! Lassen Sie mal hören.»

Stacey räusperte sich und verneigte sich leicht, wie ein Grundschüler, der nacherzählen soll, wie Bernie das Weihnachtsfest rettete. «*Der zerknitterte Traum* von Stacey Shore. Erstes Kapitel. Die Eier fauchten in der brennendheißen Margarine wie eine böse Hexe. Wattige Dampfschwaden zischten durch die Küche. Das Radio auf dem Abtropfbrett war auf den örtlichen College-Sender eingestellt. Der Moderator, der so klang, als steckten ihm seine Hoden im Hals fest, sagte: ‹Heute bringen wir für die Opernfreunde Auszüge aus Heinz Herrings *Porträt eines Fisches*.› Die Frau, die auf dem Boden lag, hörte nichts. Ebensowenig spürte sie die rauhe Zunge der Katze über ihre Nase streichen. *Porträt eines Fisches* war zu schade für eine Katze, die das Klimpern einer Steelgitarre lieber mochte. Ein Polizeibeamter in Uniform stand in der Tür und betrachtete die Leiche auf dem Fußboden. Er stieß seinen Hut nach hinten und dachte: Das ist ein Fall für Lieutenant Doster McGlamory vom Morddezernat Macon.»

Stacey lächelte und verbeugte sich wieder. «Usw. Das wär's fürs erste, Leute. Und?»

«Und der Verlust, den Tom's zu tragen hat, wird ein Gewinn für die Literatur», sagte ich.

«Jedenfalls kann ich sagen, es macht erheblich mehr Spaß, einen Roman zu schreiben, als Gedichte über die Wasserspeier von Notre-Dame.»

«Da braucht sich nichts zu reimen.»

Stacey verdrehte die Augen. «Ich glaube, nach dieser Bemerkung muß ich gehen. Ich habe noch andere Kunden. Ihre Bestellung wird morgen ausgeliefert. Rufen Sie an, wenn Sie sonst noch was brauchen. Ansonsten sehen wir uns in einigen Wochen wieder.»

«Bringen Sie dann noch ein paar Kapitel mit», sagte ich.

Sie hauchte mir ein Küßchen zu und verschwand.

Zehn Minuten später, ich putzte gerade das Waschbecken auf der Damentoilette, klopfte es vorn ans Fenster. Ich überhörte es, in der Hoffnung, daß es dann aufhören würde. Die Bar wurde erst in einer Stunde geöffnet. Aber es klopfte weiter. Ich trocknete mir die Hände ab und ging ins Lokal, um nachzusehen, wer es war.

Wie er da stand, vom Fenster eingerahmt und mit der hellen Sonne im Hintergrund, sah Wade Loftus wie ein bewegter Schattenriß aus, der Semaphorzeichen macht. Es wunderte mich, daß er den Nerv hatte, noch einmal wiederzukommen nach dem, was gestern geschehen war. Ich starrte ihn ungläubig an. Auf einmal tat er mir leid. Er wirkte so einsam und verlassen wie Kukla ohne Ollie. Also gut. Ich öffnete die Tür und ließ ihn ein.

Er trug ein kurzärmeliges Buschhemd mitsamt Epauletten.

Er hatte leichte olivfarbene Freizeithosen an und ein dazu passendes Tuch, das locker um den Hals geknotet war. Der Mut, sich albern anzuziehen. Orden und Ehrenzeichen eines Yuppies. Ein Tropenhelm zu Weihnachten.

«Kommt jetzt die Revanche?» fragte ich.

Er schüttelte den Kopf. «Nein. Können wir uns nicht setzen?»

Wir gingen ins Büro und setzten uns.

Ich wartete darauf, daß er zu reden anfing.

Er druckste herum, räusperte sich und sagte schließlich: «Werden Sie Klage erheben?»

Ich hätte hämisch lachen können; wir wußten beide, daß ich die Oberhand hatte. Ich nickte so weise wie ein wohlmeinender Diktator. «Ich kann mir gut vorstellen, daß die Anwaltskammer von Florida es mißbilligt, wenn eines ihrer Mitglieder der Gewaltanwendung und Körperverletzung für schuldig befunden wird. Wenn Sie hier sind, weil Sie Angst haben, ihre Zulassung zu verlieren, vergessen Sie's. Ich mache so etwas nicht.»

«Nein, Sie nehmen das Gesetz lieber in die eigenen Hände», sagte Stokesberry.

Stranahan und ich sahen Stokesberry an.

«Wollen Sie weitererzählen, Stokesberry?»

Er sagte nein.

Stranahan murmelte etwas davon, daß man mehr mit den Ohren als mit dem Mund lernen kann.

Ich fuhr fort.

Loftus sagte: «Deshalb bin ich nicht hergekommen.» Er klang sehr besorgt. Er sah auf zu mir. «Ich möchte mit Ihnen reden. Ich wollte Sie heute morgen anrufen, aber Ihre Nummer steht nicht im Telefonbuch. Ich dachte, wenn ich herkäme, wären Sie vielleicht da.» Er nickte vor sich hin, als spreche er mit sich selbst. «Ich möchte Sie nämlich engagieren.»

Wir starrten uns an. Es war so still, daß man eine Fliege hätte furzen hören können. Live-Show mit den Loftus'. Hatte das denn nie ein Ende?

Ich sagte: «Hauen Sie ab. Ich bin nicht käuflich.»

«Lassen Sie mich erst mal ausreden!» schnauzte er. Um genauso schnell wieder den Ton zu wechseln. «Bitte hören Sie mir doch zu.» Mann und Frau, das gleiche Lied.

Ich sagte: «Wieviel Geld haben Sie denn dabei?»

«Jetzt? Dabei?»

«Ja, jetzt.»

Er zog seine Brieftasche hervor und blätterte durch die Scheine, die darin steckten. Dann zögerte er einen Augenblick wie ein Pokerspieler, der überlegt, ob er bluffen soll.

Er sagte: «Hundertvierzig Dollar.»

«Geben Sie sie her.»

«Wozu?»

«Für zehn Minuten.»

Er sah mich fragend an. «Ich verstehe nicht ganz.»

«Wenn Sie mit mir reden wollen, müssen Sie mir meine Zeit bezahlen. So mache ich es.»

«Statt Klage einzureichen?»

«Auch das.»

«Das ist gleichbedeutend mit Erpressung.»

«Gehen Sie nach Hause, Wade.»

«Moment mal. Das ist viel Geld für zehn Minuten. Es ist mehr, als ich verlange.»

«Das will ich auch hoffen. Die zehn Minuten kosten nur vierzig Dollar. Der Hunderter kommt in Carlas Trinkgeldglas.»

«Carla?»

«Die Dame, die Sie gestern geschlagen haben. Die Dame, die Sie tätlich angegriffen haben. Betrachten Sie es als Bußgeld.»

Er betrachtete es so. Er händigte mir das Geld aus.

«Es war kein Versicherungsbetrug», sagte er.

«Aber Sie haben doch die Waffen verkauft, oder?»

«Aus der Sammlung, meinen Sie?»

«Natürlich aus der Sammlung. Was sonst?»

«Ja», sagte er, «ich habe die Sammlung nach und nach verkauft.»

«Ohne daß Ihre Frau davon wußte?» Ich weiß nicht, warum mir das so wichtig war. Vielleicht wollte ich einfach glauben, daß ich nicht reingelegt worden war.

Er schüttelte den Kopf. «Ich wollte nicht, daß sie etwas merkt.»

«Und wie haben Sie es vor ihr geheimgehalten?»

«Das war leicht. Die Waffen lagen in Schubladen und Kartons im Schrank. Eloise interessierten die Waffen nicht, höchstens ihr Wert. Sie könnte eine Derringer nicht von einer .12er Schrotflinte unterscheiden.»

«Wie viele hatten Sie schon verkauft?»

«Ein halbes Dutzend.»

«Warum haben Sie sie verkauft?»

Er schnaubte zornig. «Es war jedenfalls kein Versicherungsbetrug.»

Irgend etwas wollte er mir nicht erzählen.

«Das haben Sie schon einmal gesagt. Es ist aber nicht die Antwort auf meine Frage.»

Loftus saß da und versuchte sich etwas auszudenken, während ich überlegte, was er mir verschwieg.

Ich wagte einen Vorstoß. «Sie trafen Vorbereitungen für die Auflösung Ihrer Ehe, nicht wahr?»

Er sah mich an und nickte.

Ich lachte in mich hinein. «Mit Ihrem gestrigen Angriff haben Sie also gar nicht die Ehre Ihrer Frau verteidigt!»

Loftus blieb still.

Ich sagte: «Ich habe Ihren Plan durchkreuzt, vor einer Scheidung noch soviel wie möglich aus dem gemeinsamen Besitz beiseite zu schaffen.»

Er nickte. «Für einen Barkeeper sind Sie kein schlechter Detektiv.» Er sagte es fast widerwillig. «Das ist einer der Gründe, weswegen ich Sie engagieren möchte.» Anscheinend brauchten alle Loftus' immer mehrere Gründe, um mich zu engagieren. «Der andere Grund ist der, daß Sie den Hintergrund bereits kennen. Je weniger Leute davon etwas wissen, um so besser.»

«Bevor Sie weiterreden, wollen wir doch nicht vergessen, daß Ihr Kumpel, Señor Cruz, mich inzwischen um den persönlichen Gefallen gebeten hat, mir die Waffensammlung aus dem Kopf zu schlagen.»

Loftus' Gesicht verdüsterte sich. Er neigte den Kopf zur Seite. «Mein Kumpel? Wovon reden Sie überhaupt?»

«Mundo Cruz.»

Loftus war sichtlich verwirrt. «Mundo Cruz?»

«Ja. Wollen Sie sagen, Sie kennen Mundo Cruz nicht?»

«Na ja, ich habe von ihm gehört, aber persönlich kenne ich ihn keineswegs. Was hat Mundo Cruz mit meiner Waffensammlung zu tun?»

Jetzt war ich selber verwirrt. Ich spürte förmlich, wie mein Verstand aushakte. Gerade als ich dachte, ich würde durchblikken, fing alles wieder von vorne an.

Ich schüttelte den Kopf. «Keine Ahnung.»

«Spielt ja auch keine Rolle.» Loftus klang, als wolle er Geschworene überzeugen. «Weswegen ich Sie engagieren möchte, hat nichts mit der Waffensammlung zu tun.»

Ich schloß die Augen und holte tief Luft. Ich weiß nicht, warum ich ihm überhaupt noch zuhörte.

Ich hörte, wie er sagte: «Ich möchte, daß Sie Elsbeth für mich suchen.»

Darüber dachte ich nach. Er wollte, daß ich Elsbeth für ihn

suchte. Nett. Wer war Elsbeth? Hoffentlich sein Hund. Da ich Profi war, wußte ich, was jetzt zu tun war. Ich öffnete die Augen und fragte ihn: «Wer ist Elsbeth?»

«Lola», sagte er schlicht.

«Lola», wiederholte ich. «Lola, die Nackttänzerin. Lola mit der blauen Eulentätowierung?»

«Ja.»

«Die Lola, die Ihnen die Waffensammlung gestohlen hat, die nichts hiermit zu tun hat?»

Er schüttelte den Kopf. «Nein. Nein, sie hatte einfach keine Chance. Sie ist dazu gezwungen worden. Sie hat mir alles erklärt. Ich glaube, sie ist in Jacksonville.» Er zog einen Zettel aus seiner Hemdbrusttasche. «Oder vielleicht auch in Saint Augustine. Ich habe ein paar Adressen von Freunden von ihr, die da wohnen. Die können Sie zuerst überprüfen. Sie hat mir auch erzählt, sie hätte Verwandte dort. Sie sagte, ich solle sie wissen lassen, wenn ich eine Entscheidung getroffen hätte.»

Während er so daherredete, traf es mich wie ein Blitz. Er wußte, wer Lola war. Er hatte mich angelogen.

«Nicht ganz», sagte er, als ich ihm meine neugewonnene Einsicht präsentierte. «Es stimmt nur, daß ich sie nicht in dem Nachtclub kennengelernt habe. Vielmehr ist sie vorher in mein Büro gekommen. Sie hatte meine Anzeige als Anwalt für Sport-, Unterhaltungs- und Medienrecht im Branchenbuch gesehen. Sie wollte mich engagieren. Sozusagen als ihren Agenten. Ich sagte ihr, ich würde es mir überlegen und mal einen Abend zu ihrer Show kommen.»

«Aha», sagte ich. «Es war also ein Geschäftsbesuch. Sie sind einem armen nackten Mädchen zu Hilfe geeilt. Ein echter Kavalier.»

Loftus hörte nicht darauf. «Als Eloise abgereist war, bin ich nach Fort Bush gefahren und habe nach Lola Ausschau gehalten. Dann ist das passiert, was ich Ihnen bereits erzählt habe.»

«Zum größten Teil», sagte ich. «Sie haben ganz schön viel ausgelassen.»

Er gab das mit einem Nicken zu.

«Und jetzt soll ich sie für Sie suchen?» fragte ich.

«Ja.»

«Warum, wenn's nicht wegen der Waffen ist?»

Wade Loftus sagte mit erstickter Stimme: «Ich liebe sie. Sie soll wissen, daß ich sie heiraten will.»

20

Stranahan und Stokesberry betrachteten mich skeptisch, als würde ich etwas verschweigen, womit sie recht hatten. Ich sagte ihnen nichts von Mundo Cruz & Co. Solange ich nicht sicher war, daß Cruz mit seinen Gesellschaftsspielen Wade Loftus umgebracht hatte, wollte ich ihm keinen Mord anhängen. Es besteht ein direkter Zusammenhang zwischen der Lebenserwartung eines Privatdetektivs und seiner Fähigkeit zu unterscheiden, wann er jemandem etwas anhängen sollte und wann nicht.

Stranahan lehnte sich in seinen Sessel zurück. Er ließ mich nicht aus den Augen. Ich war so verlegen, als würde ich des Schokomilchtrinkens für schuldig befunden, nur weil ich einen Schokomilchschnurrbart hatte.

Stokesberry begann wieder, in seinen Notizen zu blättern, er fand das Schweigen offensichtlich bedrückend, und ebenso unangenehm war es ihm wohl, es zu brechen.

Falls Stranahan uns durch dieses Schweigen mürbe machen wollte, gelang ihm das gründlich. Nach sechs Stunden auf dem harten Stuhl war ich willens, mich als Gegenleistung für eine letzte Mahlzeit *pasta aglio e olio* zur Lindbergh-Entführung zu bekennen. Und Stokesberry sah so aus, als würde er bald gestehen, Wade Loftus getötet zu haben.

«Ein richtiger Geschichtenerzähler», sagte Stranahan schließlich mit einem Anflug von Bewunderung. «Das geht Ihnen ja alles aalglatt von den Lippen.»

«Meine Freunde nennen mich Cyrano Bergerice», sagte ich.

Stranahan nickte bedächtig, ohne die Augen von mir abzuwenden. «Alles ein Witz, was? Ein Mann ist tot, und Sie machen Ihre Scherzchen. Sie finden es sicher urkomisch, wenn ein Flugzeug abstürzt.»

Dazu konnte ich nicht viel sagen, also verfiel ich, was eigentlich gar nicht meine Art ist, auf etwas Kluges, nämlich Schweigen.

Stranahan fing an, mit den Fingern auf den Tisch zu trommeln. «Hören Sie mir jetzt gut zu. Wade Loftus möchte, daß Sie Elsbeth beziehungsweise Lola suchen, weil er sie liebt und heiraten will. Er gibt Ihnen seine Uhr als Sicherheit für Ihr Honorar.» Er grübelte eine Weile darüber nach. «Er leiht Ihnen seinen Wagen, damit Sie nach Jacksonville fahren und seine Lola suchen können. Richtig?»

Ich nickte. «Richtig.»

«Sie geben ihm Ihr Auto, weil es nicht mehr bis Jacksonville kommen würde.»

«Ist das eine Frage?»

«Das ist eine Frage.»

«So war es. Wenn Sie mein Auto kennen würden –»

«Ich kenne Ihr Auto.»

Natürlich kannte er es. Mein Auto war ja der Ort, an dem die Leiche gefunden worden war.

Stranahan fuhr fort. «Sie haben die Wagen gewechselt. Und dann? Sind Sie sofort nach Jacksonville gefahren?»

«Nein», sagte ich, «ein paar Stunden später. Ich habe erst noch Carla beim Mittagsandrang in der Bar geholfen. Gegen halb drei bin ich gegangen. Ich bin nach Hause gefahren und habe einiges Zeug in meine Sporttasche geschmissen. Danach bin ich nach Saint Augustine gefahren. Etwa um Mitternacht war ich dort und habe in einem Motel übernachtet.»

«In welchem?» fragte Stokesberry, mit gezücktem Stift bereit, meine Antwort aufzuschreiben.

«Im Spanish Quarter Inn. Castillo Drive oder Avenue. So ähnlich.»

«Welche Zimmernummer hatten Sie?»

Ich zuckte die Schultern und schwieg.

Stokesberry zog eine Augenbraue hoch und lächelte wie eine sadistische Nonne, die gerade einen Sechsjährigen erwischt hat, der seinen Katechismus nicht gelernt hat. «Sie erinnern sich nicht an Ihre Zimmernummer?»

«Jetzt haben Sie mich. Ich bekenne mich schuldig, wenn ich dadurch in diesem Fall Strafnachlaß erhalte.»

«Heiliger Himmel, Stokesberry, was soll das?» sagte ein sehr verärgerter Lieutenant Stranahan. Er wandte sich an mich und sagte: «Sonst noch etwas?»

Ich sagte: «Montag morgen bin ich nach Jacksonville gefahren. Ich habe den ganzen Tag damit zugebracht, die Adressen der Liste zu überprüfen, die Loftus mir mitgegeben hatte. Es waren Adressen dabei, die selbst die Zeugen Jehovas nicht gefunden hätten. Nichtexistente Hausnummern, überall in der Stadt verteilt, und die ist ziemlich ausgedehnt. Stadt- und County-Grenzen sind dieselben. Ein vergeudeter Tag. Ich konnte nicht eine gute Adresse finden. Ich habe den ganzen Tag gebraucht, sie alle abzuklappern. Ungefähr um sieben Uhr abends war ich wieder in Saint Augustine.»

«Wo haben Sie übernachtet?» fragte Stokesberry. Ich argwöhnte allmählich, daß er schwer von Begriff war.

«Im selben Motel, im selben Zimmer, selbe Nummer. Ich hatte mich dort nicht abgemeldet.»

Er mußte einfach weiterfragen wie eine Vogelscheuche ohne Hirn: «Warum sind Sie nicht in Jacksonville geblieben?»

Stranahan warf Stokesberry einen Verschwinden-Sie-in-Ihr-Zimmer-Blick zu. Es war so still, daß der Tod eine Lektion hätte lernen können.

Um Stokesberrys Neugier zu befriedigen, sagte ich: «Ich mag Saint Augustine lieber.»

Stranahan starrte Stokesberry immer noch wütend an, während er mich fragte, was ich am Dienstag gemacht hätte.

«Genau das gleiche wie Montag, nur diesmal in Saint Augustine.»

«Mit dem gleichen Erfolg? Alles faule Adressen?»

«Alle bis auf eine. Das war ein leerstehendes Haus mit einem Zu-vermieten-Schild vorne dran.»

Es war ein kleines quadratisches Betongebäude mit einem Dach aus Kies und Teer. Groß genug für zwei Schlafräume und ein Badezimmer, aber dann drückend eng. Die verwitterte Kalkfarbe blätterte in Stückchen von der Form gebrochener Herzen ab. Ein Rosa, das Floridas Sonne zu lange ausgesetzt gewesen war, ließ sich noch erahnen. Die Rasenfläche bestand aus kahlen Erdflecken und braunem Gras hier und dort. Keine Bäume. Keine heimlichen Träume. Eine Sozialbehausung für einfache Sterbliche.

Ich schrieb mir den Namen des Häusermaklers vom Schild ab und in einem 7-Eleven-Supermarkt die Adresse aus einem Telefonbuch dazu. Lektion 3, Einführung in die Privatermittlung, Beach-Heroes-Universität.

Das Büro des Häusermaklers war in einem Reihenhaus-Shopping-Center, eingeklemmt zwischen einem chinesischen Schnellimbiß und einem Damenoberbekleidungsmarkt. Die Einrichtung bestand aus Zeug, das sehr wahrscheinlich von einer Müllkippe gerettet worden war. Es gab außerdem noch eine Apotheke und ein Dollarkino, in dem *Ernest Gets a Blow Job* oder ein ähnliches Ernest-Drama lief.

In dem Büro roch es nach Sucrets, in Portwein mariniert. Eine Wand war mit Wohnungsangeboten tapeziert, die an den Putz geheftet waren. Ein Schreibtisch, ein Kartentisch, eine durchhängende Couch, ein Zeitschriftengestell, ein Telefon und eine Frau mit rotgeränderter Brille. Sie sprach Häusermaklerkauderwelsch ins Telefon.

«Eine Kaution ist immer fällig. Nein. Keine Zinsen. Lesen Sie Ihren Vertrag. Nein. Im Augenblick nicht. Hier wartet ein Kunde. Ja. Auf Wiederhören. Nein. Wiederhören. Nein.»

Sie legte auf, neigte den Kopf zur Seite und lächelte mich an. «Hallöchen», sagte sie mit breitem, oft geübtem Immobilienmaklerlächeln. «Ich bin DeDe Wysong. Was immer Sie brauchen, ich habe es. Ich habe Häuser. Ich habe Ferienvillen. Ich habe Eigentumswohnungen am Strand. Ich habe gewerbliche Räume. Ich habe Teures. Ich habe Billiges. Ich habe etwas in mittlerer Preislage. Ich habe, was Sie wollen.»

«Da bin ich sicher, DeDe», sagte ich. Ihr Lächeln wurde noch breiter. «Was ich brauche, ist eine Information.» Ihr Lächeln schrumpfte schneller als Hoden in einem Eimer Eiswasser. Ich nannte ihr die Adresse, die mich interessierte.

Sie zündete sich eine Zigarette an. «Und was ist damit?»

«Ich wüßte gern, wer dort gewohnt hat.»

Sie nickte und sah auf die Uhr. «Wenn ich die Information liefere, müssen Sie wohl das Mittagessen spendieren.»

«Dachte ich mir schon. Chinesisch?»

Sie sog an ihrer Zigarette. «Wie heißen Sie?»

«Harry.»

«Solches Glück haben Sie nicht, Harry.»

Ich sagte: «Das Essen kommt mich also teuer zu stehen, was?»

DeDe lächelte wieder. «Ja, aber nicht halb so teuer, wie mich die Leute zu stehen kamen.»

Es war eins jener Restaurants, die gerade «in» waren und wo die Leute feinstes kanadisches Tafelwasser mit der Urkraft der Naturstoffe tranken; wo vollkommene Frauen, unberührt von menschlicher Hand, darauf warteten, von vollkommenen Männern, die mehr für ihre Haarpracht als für ihre Ausbildung aufwendeten, in ein Schloß mit weißgestrichenem Jägerzaun entführt zu werden.

Die Preise auf der Speisekarte wunderten mich nicht. Das Essen schon. Was die Zuckerindustrie für die Everglades und Mr. Ed für Vollblutpferderennen ist, war dieser Küchenchef für die Essenszubereitung.

DeDe fand es einfach wunderbar.

«Satt?» fragte ich.

Sie schwenkte vornehm das Eis in ihrem Cocktailglas, ihrem dritten. Und nickte zufrieden. «So, was wollten Sie wissen?»

«Wie lange steht das Haus schon leer?»

«Seit Februar», sagte sie wie aus der Pistole geschossen.

«Wer waren die letzten Mieter?»

«Das wissen Sie nicht?»

«Nein.»

Sie lehnte sich zurück und zündete sich eine Zigarette an. «Was suchen Sie denn?»

«Ich suche nach einer jungen Frau.»

«Elsbeth», sagte sie traurig.

«Wissen Sie, wo sie ist?»

DeDe schüttelte den Kopf. «Keinen blassen Schimmer. Habe sie seit der Beerdigung nicht mehr gesehen.»

«Beerdigung?»

«Elsbeths Vater. Sie haben in dem Haus gelebt.»

«Wie gut kannten Sie sie?»

Ihre Augen verengten sich. «Was wissen Sie eigentlich?»

«Ich weiß gar nichts. Und vermute auch nichts. Ich kenne Elsbeth nicht einmal. Ich bin Privatdetektiv. Ich bin engagiert worden, sie zu suchen. Die Hausadresse ist meine einzige Spur.»

DeDe nippte an ihrem Drink, dann nahm sie einen tiefen Zug Nikotin und Teer. «Ihr Vater hieß Latham. Er war ein klassischer Säufer. Das hat ihn auch umgebracht, und es hat Elsbeth vom Leben abgehalten. Seit sie fünfzehn war, hat sie für ihren Vater, seine Sucht und sich selbst gearbeitet. Und hat trotzdem noch die High-School abgeschlossen. Wo das arme Ding die Energie hergenommen hat, aufs College zu gehen und nebenbei voll zu arbeiten, das reicht aus, um an Gott glauben zu können. Sie pflegte keinerlei Geselligkeit. Dabei war sie hübsch genug. Sie hätte ein Model sein können, wenn sie gewußt hätte, wie man sich zurechtmacht. Sie war einfach sehr scheu und still. Man merkte kaum etwas von ihr. Sie tat alles für den Vater. Als wäre sie seine Mutter. Latham war kein schlechter Mensch. Er war nicht gewalttätig oder so was. Im Grunde war er sogar sehr sanft. Er trank bloß unentwegt und erging sich in Selbstmitleid. Ich nehme an, er tat auch Elsbeth leid. Vielleicht war das das Verbindende zwischen ihnen.» Sie sog wieder an ihrer Zigarette.

Ich weiß nicht, was ich erwartet hatte, aber das nicht. Ich ließ die Information durch meinen Datenspeicher laufen. Es brachte nichts. Wie war aus der stillen, scheuen Elsbeth die exhibitionistische Lola geworden? Waren ihre Anlagen derart extrem? Vom Mauerblümchen zur Stripperin? Was hatte diese jähe Verwandlung bewirkt?

«Erzählen Sie mir mehr von Elsbeth», sagte ich und weckte damit DeDe aus ihren Gedanken.

«Was zum Beispiel?»

«Wie sah sie aus?»

«Wie sie aussah?» wiederholte sie. «Sie war nicht gerade groß. Kurzes dunkles Haar. Sie muß es selbst geschnitten haben, so sah es jedenfalls aus. Ich könnte mir vorstellen, daß sie eine nette Figur hatte, obwohl man das bei der Kleidung, die sie trug, nicht ahnen konnte.» DeDe verstummte plötzlich. Irgend etwas war ihr in den Sinn gekommen. «Komisch, wissen Sie. Auf den ersten Blick wirkte Elsbeth süß und unschuldig, fast naiv. Wenn man ihr jedoch in die Augen sah, hatte sie etwas an sich. Seltsam, ich kann es nicht richtig beschreiben. Sie wirkte verletzlich und gleichzeitig unverwundbar. Ein Widerspruch, nicht wahr?» Nach kurzem Zögern setzte sie hinzu: «Ich weiß, was es war. Sie wirkte immer so emotionslos, außer, als ihr Vater gestorben war.»

«Hat sie die Fassung verloren?»

«Nein. Im Gegenteil. Das war's ja. Man sollte doch meinen, nach all den Jahren, die sie für ihn gesorgt hat, wäre sie am Boden zerstört gewesen. Er war ihr einziger Lebensinhalt. Sie hat aber nicht mal geweint. Jedenfalls habe ich nichts davon bemerkt. Wissen Sie was? Sie war wütend. Sie war außer sich. Sie schien haßerfüllt zu sein. Als wäre sie um etwas betrogen worden.»

Um ihr Leben, dachte ich.

«Nach meinem Besuch im Maklerbüro», sagte ich zu Stranahan, «bin ich noch einmal zu dem Haus gefahren, in dem Elsbeth mit ihrem Vater gelebt hatte. Ich habe die Nachbarn ausgefragt. Sie haben alle erzählt, Elsbeth und Latham seien ruhig und sehr zurückhaltend gewesen. Das einzige, worüber sich die Nachbarn nicht einigen konnten, war Elsbeths Mutter. Die einen sagten, sie wäre wohl tot, und deshalb hätte Latham so gesoffen. Die anderen wollten gehört haben, daß sie die Familie verlassen hatte, als Elsbeth noch klein war, und deshalb hätte Latham so gesoffen. Wieder andere meinten, sie hätte sich wegen des Saufens von Latham scheiden lassen. Sie können wählen.»

Stranahan wickelte einen Streifen Kaugummi aus, faltete ihn halb zusammen und steckte ihn in den Mund. «Haben Sie die Adresse im Kopf?» fragte er.

Ich schüttelte den Kopf. «Sie ist im Handschuhfach in Loftus' Wagen.»

Stranahan sah Stokesberry an. Stokesberry erbot sich, die Adresse aus dem Auto zu holen. Als Stokesberry das Vernehmungszimmer verlassen hatte, sagte Stranahan: «Er ist kein so übler Polizist. Er wird nur in meiner Gegenwart leicht nervös.» Er rollte das Kaugummipapier zu einem Kügelchen zusammen. «Sie haben Elsbeth also nicht gefunden?»

«Nein. Es hatte zwei Tage gedauert. Mehr wollte Loftus nicht bezahlen. Und so bin ich nach Hause gefahren. Kaum war ich wieder in Broward County, hat mich die Polizei angehalten. Wegen Mordverdachts. Daß ich aus allen Wolken fiel, können Sie sich denken.»

«Kann ich.» Stranahan stand auf und reckte sich. Er begann langsam hin und her zu gehen, aber ohne die für Polizisten typische Großspurigkeit. Vor dem Wandspiegel blieb er stehen, drehte sich zu mir um und lehnte sich dagegen.

«Wissen Sie, was ich merkwürdig finde, Rice?»

«Daß es zu gut paßt?»

«Das auch. Aber ich verstehe nicht, wieso Sie sich nach Ihren Erfahrungen mit den beiden bereit erklärt haben, für Loftus zu arbeiten.»

Ich zuckte die Schultern. «Ich bin bloß der gute Samariter, der der Gerechtigkeit zum Sieg verhelfen will.»

Etwas, das eine Andeutung von Lächeln sein konnte, kräuselte Stranahans Lippen.

«Wissen Sie, was ich merkwürdig finde?» Ich konnte sehen, daß es Stranahan wirklich interessierte, und so sagte ich: «Wade Loftus hat die Sand-Bar um halb zwölf morgens verlassen. Und ich bin angeblich der letzte, der ihn lebend gesehen hat. Wollen Sie tatsächlich behaupten, daß ihn den ganzen Nachmittag lang niemand mehr gesehen hat?»

«Das ist eine Stokesberry-Taktik», gestand Stranahan. «Er

glaubt, daß es den Verdächtigen nervös macht. Wir haben Loftus' Spur bis Sonntag abend weiterverfolgen können. Anscheinend hat er sich mit seiner Frau gestritten und daraufhin die gemeinsame Wohnung verlassen. Eine Nachbarin von gegenüber hat uns das bestätigt.»

«Mrs. Robinette.»

Stranahan nickte. «Sie hat gesagt, sie hätte gesehen, wie Loftus gegangen ist. Etwa eine halbe Stunde später hörte sie auch Mrs. Loftus gehen.»

«Um sieben war ich schon halbwegs in Saint Augustine.»

«Ja, kann sein.»

«Sie verdächtigen mich doch nicht ernstlich, oder?»

«Wir werden Ihre Geschichte überprüfen. Nein, ich nicht. Wie Sie selbst sagen, es paßt zu gut. Loftus attackiert Sie in aller Öffentlichkeit. Sie drohen, ihn umzubringen. Ein paar Tage später liegt er tot in Ihrem Wagen. Sie werden in seinem Auto gestellt. So geht es nur in Krimiserien. Andererseits kaufe ich Ihnen Ihre Geschichte auch nicht ab.»

Ich sah ihn gekränkt an. «Ich habe die Wahrheit gesagt.»

«Mag sein. Ich spreche von dem, was Sie verschwiegen haben.»

«Wer, ich?»

«Ja, Sie. Stokesberry könnte Sie die ganze Nacht lang verhören und würde auch nichts anderes herausbekommen als das, was wir schon wissen. Ich weiß, daß Sie uns nichts weiter erzählen werden. Nur hoffe ich um Ihretwillen, daß Sie uns keine wichtigen Informationen vorenthalten.»

«Mir fällt nichts weiter ein.»

«Nein? Sie wußten nicht, daß Ihr Klient Waffen geschmuggelt hat?»

«Ich wußte, daß er Sammler war. Außerdem habe ich bisher gedacht, der Import von Waffen sei legal. Warum sollte er dann Waffen ins Land schmuggeln?»

«Aus dem Land», sagte Stranahan. «Er hat Waffen ausgeführt, was ohne behördliche Genehmigung illegal ist. Und die hatte er nicht.»

Darum ging's also bei der kleinen Szene in Port Everglades. Wade Loftus hatte nicht etwa Seeleuten Drogen verkauft, er hatte Waffen verschoben. Das war auch eine Information, die ich für mich behielt. Ich sagte nur: «Ich hätte nie gedacht, daß er clever genug für den Waffenschmuggel war.»

«Man braucht kein Genie zu sein, um Waffen aus diesem Bundesstaat herauszuschmuggeln. Die NRA, die National Rifle Association, hat schon feuchte Träume, wenn's um Florida geht. Hier gibt es keine strengen Waffengesetze. Wer eine Waffe kaufen will, braucht keinen Waffenschein. Weder wird sein Vorleben durchleuchtet, noch wird seine Identität überprüft. Die einzige Vorbedingung für den Kauf einer Waffe in Florida ist eine hiesige Meldebestätigung, die man gegen Gebühr in jedem Laden bekommen kann, um dann im nächsten Laden eine Knarre zu erstehen.»

«Ich dachte, es gäbe eine dreitägige Wartefrist in manchen Countys.»

«Na toll. Selbst Drogenhändler müssen auf die Ausführung ihrer Anträge warten.»

Ich wußte, daß das, was Stranahan sagte, stimmte. Florida war zu einem Hauptumschlagplatz für den Waffenhandel in die Karibik geworden. Tag für Tag tauchten Waffen aus Florida in Ländern wie Kolumbien, Jamaika, Surinam, Guyana oder sogar New York auf. Drogenkartelle und lateinamerikanische Rebellen zahlten bereitwillig den vierfachen Preis. Ein saftiger Profit.

«Die Rede ist auch nicht von Spielzeugpistolen», sagte Stranahan. «An manchen Orten in diesem Bundesstaat kann man völlig legal in einer Tankstelle eine Uzi, eine MAC-Ten oder eine halbautomatische MP kaufen.»

Ich brauchte nicht zu fragen, warum die Politiker die Gesetze in diesem Staat nicht änderten. Ich wußte die Antwort. Bei einem so gewinnbringenden Geschäft wechselten Riesensummen den Besitzer. Man mußte nur ein paar Dollar in die richtigen Taschen schieben. Hauptstadttaschen.

Ich sah Stranahan an. «Glauben Sie, daß der Mord an Loftus mit seinem Waffenschmuggel in Zusammenhang steht?»

«Vielleicht. Die Konkurrenz ist groß in diesem Geschäft.»

21

Es war schon fast neun Uhr abends, als ich in die Freiheit entlassen wurde. Mein Wagen war noch beschlagnahmt und wurde von Laborbeamten auseinandergenommen. Ich nahm Loftus' Volvo. Der Tank war halb voll. Ich selbst war nahezu leer, da ich den ganzen Tag nichts gegessen hatte. Ich fuhr zu Kubaner-Frankie's.

Ich verzog mich an einen abgeteilten Tisch und dachte über waffenschmuggelnde Anwälte nach. Ich brauchte gar nicht an den Fingern abzuzählen. Wenn Wade Loftus für eine Waffe im Schnitt 300 Dollar bezahlt und sie viermal so teuer verkauft hatte, konnte er durch den Verkauf von nur zehn Waffen im Monat auf mindestens 100 000 Dollar pro Jahr gekommen sein. Ein schöner steuerfreier Nebenverdienst. Falls er wirklich nur Amateur gewesen war. Dann allerdings war es auch ziemlich unwahrscheinlich, daß sich die Profischmuggler um einen solchen Kleinkram überhaupt kümmerten. Zumindest nicht in dem Maße, daß sie einen Anwalt umbringen und Aufmerksamkeit auf sich ziehen würden. Natürlich konnte es ein unzufriedener Käufer gewesen sein, der den armen Wade umgelegt hatte – schließlich hatte es ja die Auseinandersetzung mit den Seeleuten in Port Everglades gegeben.

Aber einmal angenommen, Loftus hätte nicht in eigener Sache gearbeitet. Wie, wenn er das Aushängeschild für jemand anderen gewesen war? Wer würde schon einem waffensammelnden Anwalt Fragen stellen, weil er jedesmal beim Tanken am Gas & Guns-Minimarkt drei Uzis erstand? Andererseits: Wer brauchte in Florida einen Strohmann? Dem Staat war es egal, wer Waffen kaufte. Handelte es sich vielleicht um eine Cruz-Connection? Waren das die Waffen, die ich laut Cruz vergessen sollte?

Vor meinen Augen erschien wie von Geisterhand eine eiskalte Flasche Bier.

«Du siehst aus, als könntest du eins brauchen», sagte eine besorgte Connie.

Ich sagte: «Das ist noch nicht alles, was ich brauchen könnte.»

Nick schien nicht überrascht zu sein, mich zu sehen, als ich in die Sand-Bar kam.

«Die Polizei sucht nach dir», sagte er trocken, als gehörte es zur Tagesordnung, daß ich wegen irgendeines Vergehens an Männern, Frauen, Kindern oder vierbeinigen Viechern zur Vernehmung vorgeladen wurde.

Ich nahm auf einem Hocker an der Bar Platz. «Ich weiß. Ich komme gerade von dort.»

«Alles in Butter?»

«Im Augenblick ja.»

«Erzählst du's mir?»

«Klar.»

«Bier?»

«Klingt gut.»

Er nickte. «Du siehst aus, als könntest du eins brauchen.»

«Habe ich schon mal gehört.»

Nick stellte mir eine kühle Flasche hin und ging dann ein

Stück weiter an der Bar, um einer jungen Frau mit sonnengebleichten Stirnfransen das leere Glas zu füllen. Ihr Freund lehnte an der Jukebox, stützte sich mit den Handballen an den Kanten ab und studierte die Titel. An einem Fenstertisch saß ein unbekanntes Paar, trank Faßbier und hielt Händchen. Ein ruhiger Abend, typisch für den Tagesabschluß außerhalb der Saison.

Das Bartelefon klingelte. Nick schlurfte hin wie ein Kriegsveteran, der zu einer weiteren Runde «Schießt sie zusammen, Jungs» befohlen wird.

«Sand-Bar», meldete er sich. Er sah zu mir herüber. Als er sicher war, daß ich zuhörte, sagte er: «Nein, ich habe Harry noch nicht gesehen. Gut. Ich werd's ihm sagen.»

Nick legte auf. Er zog eine der Schubladen unter der Theke auf, durchwühlte den Inhalt und holte ein paar Zeitungsausschnitte heraus. Er legte sie vor mich hin.

«Rat mal, wer angerufen hat», sagte er.

Ich warf einen Blick auf die Zeitungsausschnitte. Es waren die Artikel der Lokalpresse über den Mord an Loftus. Mein Blick blieb an der Unterzeile hängen.

«Scheiße», murmelte ich. «War das Alden Wooley am Apparat?»

Nick nickte.

Ich überflog die Berichte, gedämpftes Bargemurmel um mich herum. Mir fiel nichts auf, was ich nicht schon wußte. Die Leiche war im Kofferraum eines Wagens gefunden worden. Die Presse war immerhin so diskret, ihren Lesern nur anzugeben, daß es mein Auto war. Der Wagen, mein Wagen, war auf dem Parkplatz der Anwaltskanzlei von Loftus Rechtsverdreher & Co. aufgefunden worden. Die Leiche war Montag früh entdeckt worden, weil Blut aus den Rostlöchern im Kofferraum getropft war und eine Lache gebildet hatte. Dem ersten Artikel zufolge hatte Loftus ein paar Messerstiche. Im nächsten Artikel hieß es dann, er sei durch zahllose Stichwunden getötet worden. Hätte man der Presse nur genügend Zeit gelassen, wäre Wade Loftus durch einen Häcksler gedrückt worden.

Ich trank mein Bier und erzählte Nick meine Geschichte. Dann sagte ich, daß ich müde sei. Daß ich nach Hause und ins Bett müßte.

Ich kam nur bis zur Straße hinter der Bar.

22

Der rote Corvette glänzte so unheilvoll im Mondschein wie Vampiras Einladung zu einer Fahrt. Die Eisfrau ist da.

Der Wagen war leer.

Ich horchte auf verdächtige Schritte, hörte aber nur die Geräusche der Nacht, die sich mit einem mißtönenden, boshaften Gelächter mischten, als machte sich jemand lustig über mich. Ich hörte das Wasser im Swimmingpool eines Motels in der Nähe plätschern, als jemand zu später Stunde auf eigene Gefahr darin schwimmen ging. Ich hörte das Husten und Stottern billiger Klimaanlagen. Ich hörte Fernsehspektakel. Ich hörte das nächtliche Gejohle der Fußgänger auf dem Broadwalk. Ich hörte das Echo des gesunden Menschenverstandes im Dunkeln, bevor es zu einer Parodie der Logik wurde und verhallte. Aber ich hörte keine Schritte.

Ich begann mich wie ein zum Tode Verurteilter zu fühlen, der auf dem Ball des Vollstreckers darauf wartet, zum Tanz aufgefordert zu werden. Aber wo blieb meine Partnerin?

Dann sah ich ihr Gesicht. Es war auf einmal da wie eine Geistererscheinung. Ein schwebendes Gesicht, beinahe kreideweiß, mit schillernden zinnoberroten Lippen. Sie ging einen kleinen Schritt auf mich zu. Ich konnte ihr wildes Haar erkennen, schwärzer als Marlboro-Lungen. Als sie näher kam, sah ich, daß sie einen indigoblauen Bodystocking trug. Ihre kleinen Brüste blieben kaum verborgen unter dem dünnen Gewebe, das sich an ihre Hügel schmiegte und in ihren Tälern verschwand.

Sie blieb etwa drei Meter von mir entfernt stehen, die Beine gespreizt, die Arme in die Seite gestemmt. Ihre Lippen teilten sich wie das Rote Meer und lächelten verführerisch.

«Harry.»

«Heute auf Nachtschicht?»

Wir starrten einander an wie gegnerische Ringer im Madison Square Garden.

Sie kam noch einen Schritt näher. Ich mußte an unsere letzte Begegnung in diesem Sträßchen denken, an die Nacht, in der ich mein eigenes Blut geschmeckt hatte. Wenn Schönheit gemein ist, halte man Abstand.

Ich hob die Hand. «Das ist nah genug.»

«*Pobrecito*», wisperte Carmen. «Mache ich dir angst?»

«Teufel auch, ja, Sie machen mir angst.» Ich war schließlich kein mexikanischer Macho.

Sie lächelte. Aber sie hielt immerhin Abstand. Sie breitete die Arme aus und wirbelte ausgelassen herum, als sollte ich ihr ins Innerste blicken.

«Magst du's?» fragte sie mit lüsterner Stimme.

Ob ich's mochte? Sie sah aus wie meine nächste Frau!

Ich sagte: «Sind Sie geschäftlich hier?»

«Meinst du, daß du in Gefahr bist?»

«Sie haben etwas vergessen, ich bin der Typ mit dem Mund voller Stiche.»

Sie bedachte mich mit einem schrägen Blick. «Tut mir leid.» Es klang so, als meinte sie es auch so.

«Tja, für ‹tut mir leid› kann ich mir nichts kaufen, Süße. Da läuft nichts mehr.» Ich wollte so klingen wie ein Schnüffler aus einem der alten Schwarzweißfilme.

Ich fragte: «Haben Sie Wade Loftus umgebracht?»

Sie sah mich verwirrt an. «Glaubst du, ich hätte ihn umgebracht? Das glaubst du?»

Nein, eigentlich nicht. Es war nicht ihr Stil. Und das sagte ich ihr auch.

«War es das, was du der Polizei erzählt hast?»

Der gute alte Milton Brantferger. Er hatte meinen Rat beherzigt, war mir auf den Fersen geblieben und hatte über mich berichtet. Ich mußte zugeben, daß er nicht schlecht war. Ich hatte ihn ganz vergessen und ihn nicht beim Beschatten erwischt. Das Sträßchen hatte zu viele dunkle Winkel und Nischen, in denen man sich verstecken konnte. Ich war sicher, daß er da irgendwo war. Ich hätte auch hallo gesagt, aber ich wollte ihn nicht auffliegen lassen. Hoffentlich hatte Milton die Ausflugsfahrt durch Jacksonville und Umgebung genossen.

«Fragen Sie doch die Polizei», sagte ich.

Sie sah mich an, daß es mir kalt den Rücken herunterlief. «Ich frage dich, Harry.»

Die Dame war an Gehorsam gewöhnt.

«Na schön», sagte ich, «ich erzähle Ihnen, was Sie wissen wollen, und dann gehen Sie und kommen mir nie wieder unter die Augen. Das ist nicht persönlich gemeint. Sagen Sie Mundo, er soll mir in Zukunft ein Telegramm schicken, wenn er mir etwas ausrichten will. *Comprende?*»

Carmen zuckte die Schultern. «Ich mache nur Mitteilung. Verhandeln gibt es bei mir nicht.»

«Gut. Nichts zu verhandeln, machen Sie einfach nur Mitteilung.»

Sie nickte. «Hast du der Polizei von Mundo erzählt?»

«Nein.»

Sie sah mich zweifelnd an. «Hat die Polizei nach Mundo gefragt?»

«Nein. Warum sollte sie?»

«Wo bist du gewesen?»

Sie wußten verdammt gut, wo ich gewesen war, dank Milton Brantferger. Sie wußten bloß nicht, was ich in Jacksonville und Saint Augustine gemacht hatte.

«Ich war verreist. Ich habe einen anderen Fall bearbeitet. Ich bin der freundlichen Bitte Ihres Chefs gefolgt und habe mir die Waffen aus dem Kopf geschlagen. Ich habe unsere Vereinbarung eingehalten.»

«Hast du für den Toten gearbeitet?»

«Ja.»

«Glaubt die Polizei, daß du ihn umgebracht hast?»

«Ich weiß nicht, was die Polizei glaubt. Jedenfalls haben sie mich deswegen vernommen.»

Carmens grüne Augen betrachteten forschend mein Gesicht.

«Was hast du denn für den Toten gemacht?» fragte sie.

«Ich habe nach einem Mädchen gesucht.»

«Was für einem Mädchen?»

«Einem Go-go-Girl. Einer Nackttänzerin. Sie tanzt als Lola. Zumindest hat sie das nach meinen Informationen zuletzt getan. Sie hat eine blaue Eulentätowierung an der Schenkelinnenseite.»

«Das war alles? Du hast nur nach dieser Lola gesucht und nicht nach den Waffen?»

«Das war alles.»

«Hast du sie gefunden?»

«Nein.»

«Und du hast weder Mundo noch mich der Polizei gegenüber erwähnt?»

«Nein.»

Carmen schwieg. Ich konnte keine Gedanken lesen. Ich konnte nicht sagen, ob sie ihre Zweifel hatte oder mir glaubte. Beunruhigend war jedoch, daß ihre Augen völlig emotionslos blieben. Wie grünes Eis.

«Nichts gegenüber der Polizei?» wiederholte sie noch einmal. Sie wollte jede mögliche Frage, die Cruz ihr vielleicht stellen würde, im Vorfeld klären.

«Carmen, der Name Mundo fiel nicht», versicherte ich ihr.

«Ist das wahr?»

«Glauben Sie's mir.»

«Wenn du lügst ...» Sie ließ es so im Raum stehen. Ich war durchaus in der Lage, mir den Rest selbst dazuzudenken.

Das Melodrama mit Mundo Cruz' Liebster und mir in den Hauptrollen endete kurz nach Mitternacht. Wir gingen beide unserer Wege.

Ich fuhr nach Hause.

Ich konnte nicht schlafen. Ich brauchte dringend eine Freundin. Meine Freundin. Mali.

Je mehr ich an sie dachte, um so mehr fehlte sie mir. Warum hatte ich sie nicht angerufen? Bestrafte ich sie, weil sie Chukkies Schatten nicht abzuschütteln vermochte? Oder bestrafte ich mich selbst? Ich hätte Mali helfen sollen, indem ich freundlicher, geduldiger und verständnisvoller mit ihr umging. Eine Frau hatte mir der Tod entrissen. Mir blieb gar keine Wahl. Ich wollte nicht noch eine Frau verlieren wegen einer unangenehmen Erinnerung. Ich wollte Mali nicht verlieren. Ich bin ein Dickkopf. Und bekanntermaßen hartnäckig. Meine Natur.

Ich rief sie um ein Uhr nachts an. Nichts. Mir fiel ein, daß Carla gesagt hatte, Mali wäre verreist und würde mich anrufen, sobald sie zurück war.

So vieles gab es, was ich ihr sagen wollte. Ich wußte zwar nicht genau was, aber ich mußte unbedingt mit ihr reden. Eine Schande, daß ich sie erst mit einem anderen Mann zusammen sehen mußte, um das zu begreifen.

Es mußte sich etwas ändern. So ging es nicht weiter mit mir. Jetzt, wo ich endlich Wade und Eloise Loftus und Co. los war, konnte ich mal meine Prioritäten neu ordnen. Angefangen mit Mali. Ich mußte mehr Rücksicht auf ihre Gefühle nehmen. Und vielleicht, aber nur vielleicht, war es auch an der Zeit, meine eigenen Bedürfnisse nicht länger zu ignorieren.

23

«Was ißt du da?»

«Kartoffelchips.»

«Zum Frühstück? Du spinnst.»

«Wer sagt das?»

«Im Ernst, Harry. Wie ernährst du dich bloß? Kochst du dir denn gar nichts?»

«Carla, ich wohne nun schon fünf Jahre in meinem Haus und weiß immer noch nicht, wo die Küche ist.»

Wir waren in der Sand-Bar. Ich war früh erschienen, um die Bestände an Plastik- und Papierkram zu sichten. Carla kam eine Stunde vor ihrem Arbeitsbeginn, wie oft. Sie fing den Tag gern mit Schwimmen an. Sie verschwand in der Damentoilette.

Servietten, Plastiklöffel und Papptabletts waren noch reichlich vorhanden.

Carla kam mit drei schwarzen Piratenaugenklappen an strategisch günstigen Stellen aus der Damentoilette. Es war ein Bikini, wie ich ihn für sie ausgesucht hätte, wenn ich die Chance gehabt hätte.

«Gehen wir schwimmen?» fragte sie und legte sich ein Handtuch um die Schultern.

Ich war in Versuchung. Schließlich öffneten wir erst in gut einer Stunde. Aber die Götter waren mir an diesem Morgen nicht wohlgesinnt. Draußen stand, in der Erwartung, daß Carla endlich die Tür aufschloß, Alden Wooley, der selbsternannte

Starreporter von Broward County. Das wurde wohl kaum ein Tag, wie ich ihn mir erhofft hatte.

Carla und Alden lächelten sich zu, als sie an ihm vorbeiging. Alden packte die Tür, bevor sie wieder zufiel. Er kam in die Bar gerauscht wie der Showmaster der Wayne-Newton-Revue. Er stank nach Old Spice und war mit Garderobe aus den Magnolia-Textillabors aufgetakelt – mit einem weißen Filzhut zuoberst.

«Besten Morgen, Bierkrämer», säuselte Alden wie ein Karaokesüchtiger auf der Suche nach seinem Trip.

«Himmel, Alden, ich würde es doch sehr begrüßen, wenn Sie mit Ihrer Truman-Capote-Aufmachung nicht so hier hereintänzeln würden. Sie geben der Bar ein völlig falsches Image.»

«Super», gluckste er. «Ihr ungestümer Witz ist ja ungebrochen. Haben Sie damit Wade Loftus umgebracht?»

«Alden, ich meine es ernst.»

Er schien aufrichtig schockiert zu sein. «Meine Kleidung ist anstößig?»

«Ihre Kleidung ist in Ordnung, wenn Sie weihnachtsliedersingend durch den Wald streifen wollen, wo niemand Sie sieht.»

«Seit wann sind Sie denn ein so modebewußter Snob?»

«Seit Sie hereingekommen sind. Ich zumindest bin in Strandkleidung.» Das hieß: ein marineblaues T-Shirt mit weißem Sand-Bar-Logo, beigefarbene Leinenshorts und Segelschuhe. Keine Socken. Kein Slip. Keine Schnitzer. Ein längst überfälliges Modebekenntnis.

«Na ja», setzte Alden an, während er mir gegenüber auf einem Barhocker Platz nahm, «offenbar war der Alkohol mit im Spiel, als Sie Ihr Modebewußtsein formten.»

«Einen Drink?» sagte ich, um Waffenstillstand bemüht.

«Ein hinreißender Gedanke. Ein Orangensaft mit Champagner wäre nett. Großer Gott, es ist hier heißer als São Paulo im

Dezember.» Er zog ein Taschentuch hervor und tupfte sich die Stirn ab. «Wir haben eine neue Rudelchefin bei der Zeitung. Sie pocht auf ihren Ruhm als Filmsternchen von vor vierzig Jahren. Zieht sich immer noch so an, als stünde sie vor der Kamera, und besteht darauf, daß wir es ihr gleichtun. Dabei sieht sie eher so aus wie ein Star aus einem japanischen Dinosaurierfilm. Ihr Make-up muß fingerdick sein. Sie ist unzweifelhaft das sinnlichste Geschöpf dieses Jahrhunderts, vielleicht mit Ausnahme Broderick Crawfords. He! Was ist das?»

«Das ist ein Bier. Ich habe gefragt, *ob* Sie etwas zu trinken wollen, nicht *was*.»

Er hob sein Glas und sagte: «Dann gehe ich mal davon aus, daß ich Gast des Hauses bin.»

«Es geht auf meine Rechnung», bestätigte ich ihm.

«Ist ja wunderbar», sagte er.

«Was führt Sie denn an den Strand?» Als ob ich das nicht wüßte.

«Das gleiche wie Sie, die Flucht vor der Sozialhilfe.»

Er nahm noch einen Schluck Bier und fuhr fort: «Dringende Geschäfte. Die Zeit läuft einem Zeitungsmann glatt davon. Wenn die Neuigkeit nicht in der nächsten Ausgabe ist, ist sie nicht mehr neu. Harry, mein Junge, wie sehr wünschte ich, die Ruhe und Entspanntheit einer normalen Tätigkeit genießen zu können. Wie beneide ich Sie!»

«Hören Sie schon auf damit. Was ist mit Ihnen los? Haben alle Reporter eine so aufgeblasene Meinung von ihrem beruflichen Wert?»

«Selbstverherrlichung ist eine Grundvoraussetzung in diesem Beruf.» Er tupfte sich mit einer Serviette das Kinn ab. «Darf ich trotz Ihrer vernichtenden Kritik an der Presse davon ausgehen, daß Sie Ihre Traumwelt schon lange genug hinter sich gelassen haben, um meine Berichte über den Mord zu lesen?»

«Ach! Stand davon etwas in der Zeitung?»

«Äußerst putzig, wahrhaftig. Wenn Sie sich mal mit einem anderen als dem Sportteil anfreunden würden –»

«Ach so!»

«– könnte es Ihnen unter Umständen gut zustatten kommen, die Worte von Alden Wooley in sich aufzunehmen.»

«Ich habe Ihren Bericht gelesen.»

«Berichte», verbesserte er mich.

«Ihre Berichte», wiederholte ich. «Danke für die Publicity.»

«Ich stehe auf niemandes Seite», sagte er bombastisch, was selbst für ihn untypisch war.

«Kommen Sie lieber von Ihrem hohen Roß herunter, bevor Ihre Nase blutet.»

Er zog die Augenbrauen hoch. «Wegen der Höhe oder der mutmaßlichen Gefahr?»

«Das können Sie sich aussuchen.»

«Ein primitives Wortspiel.»

«Okay – Programmwechsel. Was wollen Sie?»

«Ein Exklusivinterview mit dem vermutlichen Urheber des Mordes.»

«Mit mir?»

Er nickte.

Ich schüttelte den Kopf. «Vergessen Sie's.» Ich hatte die ganze Sache längst abgehakt und nahm schon Gebote von Erinnerungsabrißtrupps an.

«Na schön», sagte Alden. «War ja nur ein Vorschlag.»

Er ergab sich zu schnell und zu augenfällig. Raffinesse war nicht gerade Aldens Stärke. Er wußte, daß ich mißtrauisch werden würde, wenn er klein beigab, ohne mich in die Mangel zu nehmen.

«Das wär's?» sagte ich.

«Das wär's.»

«Sie sind bereit, von Ihrem Exklusivinterview Abstand zu nehmen?»

«Das habe ich nicht gesagt. Meinen Exklusivbericht habe ich bereits. Ist schon geschrieben.»

«Und gründet worauf?»

«Tja», sagte er gedankenvoll, «Sie haben sicher ein Recht zu dieser Frage. Er gründet sich auf ein paar Fakten und eine Menge Mutmaßungen.»

«Mutmaßungen.»

«Nun ja, das ist alles, was ich habe.»

«Sie wollen eine Story drucken, die aus Mutmaßungen besteht?»

«Warum nicht?»

«Es wären keine Tatsachen.»

«Aber Neuigkeiten.»

«Was ist bloß mit der journalistischen Berufsehre passiert!»

Alden zuckte die Schultern. «Nie was davon gehört.»

«Offensichtlich nicht. Ich bin froh, daß nicht alle Reporter so denken wie Sie.»

«Du meine Güte, Harry! Haben Sie eine aufgeblasene Meinung von unserem beruflichen Wert! Waren das nicht Ihre Worte?»

Ein Punkt für Alden.

Er fischte eine Zigarette aus seiner Tasche. Nachdem er sie angezündet hatte, starrte er mich durch den Rauch mit zusammengekniffenen Augen an.

«Patt?» sagte er.

Ich nahm sein leeres Bierglas und füllte es wieder. Ich stellte es vor ihn hin und goß mir ebenfalls ein Bier ein.

«Wade Loftus hat Waffen geschmuggelt», sagte ich.

«Alte Kamellen.»

«Wissen Sie etwas, von dem ich nichts weiß, Alden?»

«Harry, ich habe ein Teil von dem Puzzle, das Ihnen helfen wird, den Mord aufzuklären.»

«Ich will den Mord gar nicht aufklären.»

«Bitte um Vergebung, aber ich glaube, aus gegebenen Anlaß doch.»

«Und der wäre?»

Alden sah mich an und lächelte. «Geld.»

Ein guter Anlaß.

«Kommt auf die Bedingungen an», sagte ich. «Was wollen Sie?»

«Die Titelstory. Wer's war.»

«Das kostet aber einiges.»

Bevor ich die Sand-Bar kaufte, hatte ich mit Alden Wooley zusammengearbeitet. Als Enthüllungsjournalist, der nichts selber ermittelte, pflegte er mich als Ghostermittler zu engagieren. Bezahlt hatte er mich von seinem Spesenkonto. Seit ich die Bar besaß, hatte ich nur einmal für Alden gearbeitet.

«Wie Sie sehr wohl wissen», frischte Alden meine Erinnerung auf, «stellt die Zeitung mir ein üppiges Spesenkonto zur Verfügung, wegen meiner großartigen Ermittlungen.»

«Die ich Ihnen liefere.»

«Was auch keiner weiß.»

«Was haben wir denn noch für Geheimnisse, Alden?»

«Wade Loftus hat bei seinen Partnern in der Anwaltskanzlei, in der er seine Geschäfte abwickelte, Riesensummen abgezockt.»

24

Das Evangelium nach Alden Wooley.

Ira Levy und Marlon Clark waren die beiden Anwälte, die sich mit Wade Loftus die Geschäftsausgaben teilten. Sie hatten keine gemeinsame Firma. Drei unabhängige, selbständige Anwälte teilten sich die Aufwendungen für die Büroräume und die Telefonanlage, die Nebenkosten wie Strom und Wasser, eine Empfangsdame und einen Buchhaltungsdienst.

Das Bündnis war vor fünf Jahren zustande gekommen. Damals unterzeichneten die drei Anwälte einen Zweijahresvertrag mit der Pennekamp-Buchhaltungsfirma. Diese Firma kümmerte sich um die Buchungen, zahlte eingehende Schecks auf die richtigen Konten ein und stellte Zahlungsempfängern Schecks aus, übernahm also alle finanziellen Transaktionen. Kurz vor Auslaufen des Vertrages mit Pennekamp schlug Wade Loftus vor, Angebote von anderen Buchhaltungsfirmen einzuholen. Pennekamp hätte zwar, so Loftus, gute Arbeit geleistet, sei jedoch mit seinen Honorarforderungen, wie er finde, nicht wettbewerbsfähig. Levy und Clark willigten in einen Wechsel ein, solange die neue Firma ihren Ansprüchen gerecht würde und sofern Loftus sich um die Sache kümmerte. Clark hatte keine Zeit dazu, Levy keine Lust.

Zum gegebenen Zeitpunkt erschien Loftus bei Ira Levy mit drei neuen Geboten. Zwei davon waren honorarmäßig in etwa mit Pennekamps Forderungen vergleichbar. Die dritte Firma stellte etwa 25 Prozent weniger in Rechnung als Pennekamp. Levy war dafür, das preisgünstigere Angebot anzunehmen, vorausgesetzt, der Pennekamp-Buchhaltung werde das Recht eingeräumt, sich dazu zu äußern und gegebenenfalls selbst mit dem Preis herunterzugehen. Pennekamp lehnte ab mit der Begründung, das Gebot sei lächerlich niedrig, und seine Firma würde Verlust machen, wenn er sich auf eine solche Rechnung einließe. Als Levy zufriedengestellt war, trat Loftus an Marlon Clark heran.

Clark beurteilte das niedrige Angebot skeptisch. Mit den üblichen Argumenten wie etwa dem, daß man bekommt, was man bezahlt. Clark wollte keinen Qualitätsverlust in Kauf nehmen, nur um ein paar Cent zu sparen. Loftus schlug vor, eine Probezeit zu vereinbaren. Clark gab nach.

Daraufhin setzte Wade Loftus einen Fünfjahresvertrag auf, der eine Rücktrittsklausel enthielt. In den ersten sechs Monaten der Laufzeit konnte der Vertrag, falls einer der Anwälte aus irgendwelchen Gründen unzufrieden mit den Leistungen war, beendet werden. Nach Ablauf der Probezeit war der Vertrag mit der Tigertail-Buchhaltungsfirma dann unkündbar.

Tigertail überstand die Probezeit mit Erfolg.

Während des ersten Vertragsjahres mit Tigertail sparten die Anwälte trotz der Inflation Geld, in erster Linie aufgrund der niedrigen Honorarforderungen. Im zweiten Jahr wurden die steigenden Kosten nicht länger durch die geringeren Buchhaltungsgebühren aufgefangen. Bei Ira Levy stellte sich Ernüchterung ein. Er beklagte sich bei Clark über Tigertail, aber Clark hatte zuviel mit seinen Anwaltsgeschäften und der Führung eines Lebensmittelgroßhandels zu tun, als daß er sich um Levys Gejammer hätte kümmern können. Levy begann, Wade Loftus über Tigertail Fragen zu stellen. Loftus ging mit einem Achselzucken darüber hinweg und meinte nur, alles sei teurer geworden. Er riet Levy, die höheren Ausgaben seinen Klienten anzulasten. Damit konnte Levy leben.

Alden hielt mitten in seinem epischen Monolog inne, um sich eine Zigarette anzuzünden.

Ich sagte: «Ich glaube, ich weiß, wohin der Hase läuft. Hat Wade Loftus Schmiergelder von Tigertail bekommen?»

Alden inhalierte tief, die Augen auf mich gerichtet. Das hieß, daß er jetzt etwas erzählen wollte, was mich sicherlich schokkieren würde, und da wollte er meine Reaktion nicht verpassen. Er sog weiter an seiner Mentholzigarette. Ich beobachtete, wie der glühende Tabak allmählich auf den Filter zukroch. Ich wußte, daß ich Alden bei seinen dramatischen Ausführungen nicht zur Eile antreiben konnte.

«Schmiergelder», sagte Alden, während er Rauch aus seiner Lunge ausstieß. «Das wäre in der Tat eine alarmierende Entdekkung, wenn sie stimmte.» Er begann langsam mit dem Barhokker hin und her zu wackeln wie ein Stehaufmännchen.

Er bellte einen Raucherhusten heraus, und dann vertraute er mir mit einem allwissenden Grinsen an: «Harry, mein Junge, Wade Loftus *war* die Tigertail-Buchhaltung.»

Die Schönheit lag im Detail. Mit ihren Honoraren an Tigertail bezahlten Levy und Clark in Wirklichkeit Wade Loftus dafür, daß er sich um die gemeinsamen Geschäftsausgaben kümmerte. Allmählich, immer so, daß es nicht auffiel, wurden alle laufenden Ausgaben – Miete, Nebenkosten, Angestelltengehalt, Büromaterialien usw. – von Clarks und Levys Konten abgebucht. Selbst die Leasingwagen von Wade und Eloise wurden unwissentlich von Clark und Levy bezahlt. Wade Loftus steuerte nicht einen Dollar bei. Tigertail ging auch noch einen Vertrag mit einer neuen Reinigungsfirma ein, von der Loftus Schmiergeld erhielt.

«Ein schönes Stück Arbeit», sagte ich. «Clark und Levy haben letztlich Loftus dafür bezahlt, sich bei ihnen zu bedienen.» Ich dachte einen Moment darüber nach. Ich vermute, daß es uns allen im Grunde ähnlich geht mit unseren Anwälten. «Wieso haben Levy und Clarks denn nichts gemerkt?»

«Ganz einfach. Tigertail hat Clarks und Levys Klienten um zehn Prozent höher belastet, als statthaft gewesen wäre», erklärte Alden.

«Unrechtmäßig», sagte ich, «und clever.»

«Genial. Clark vertrat etliche stinkreiche Leute, denen das wahrscheinlich überhaupt nicht auffiel.»

«Und wenn sich doch mal ein Klient beschwerte», sagte ich, «brauchte Tigertail nur den Rechnungsbetrag richtigzustellen und zu behaupten, es sei ein Buchungsfehler unterlaufen.»

«Was selten passiert sein dürfte. Die meisten Leute finden gar nicht durch die verzwickten Feinheiten einer spezifizierten Rechnung hindurch.»

«Und?»

«Die meisten Leute begleichen Rechnungen unbesehen.»

«Mit Schrecken stelle ich fest, daß ich zur moralischen Mehrheit gehöre.»

«Erwarten Sie bloß nicht, daß die moralische Mehrheit über diese traurige Nachricht hell aufjubelt.»

«Egal, solange ich meinen geheimen Moraldecoder behalten kann», sagte ich. «Wie haben Sie denn herausgefunden, daß Wade Loftus Tigertail war?»

«Ich soll die Quelle enthüllen, die mir vertrauensvoll offenbart hat, wie sie schändlich hintergangen worden ist? Nur ein gemeiner Reporter mit laschen ethischen Grundsätzen und Plastikehrenkodex würde eine Informationsquelle verraten.»

«Levy und Clark, was? Wie haben die denn spitzgekriegt, daß sie schändlich hintergangen worden sind?»

«Durch die Empfangsdame mit dem seidenen Haar in der Farbe von Kaviar. Auf Verlangen der trauernden Witwe hat die Empfangsdame die persönliche Habe des Verstorbenen in Kartons gepackt und dabei in einer Schublade des Aktenschranks den Tigertail-Fang gemacht. Der verstorbene Wade Loftus hatte ein Postfach als Tigertail-Adresse benutzt. Sie fand Briefpapier mit Tigertail-Briefkopf und Belege für doppelte Buchführung. Es war alles da, alles bis auf die gestohlenen Avocados.»

«Aha!» sagte ich. «Jetzt verstehe ich. Ich soll für Sie die gestohlenen Avocados suchen und Katharine Hepburns Geheimrezept für Guacamole stibitzen.»

Alden schmollte. Ich machte mir sein Schweigen zunutze und erzählte ihm, wie Loftus mich gefeuert hatte, bevor Eloise mich überhaupt angeheuert hatte, und daß seitdem alles, was mit den beiden in Zusammenhang stand, verquer gelaufen war. Ich erzählte Alden davon, daß Loftus sich in eine Nackttänzerin verliebt hatte, die seine Tochter hätte sein können, und sie heiraten wollte. Ich erzählte ihm, daß in die Loftus-Wohnung eingebrochen worden war, nachdem Wade und Lola dort ihr Liebesnest hatten. Ich erzählte ihm von der alten Waffensammlung und daß Loftus einige der Waffen, die angeblich gestohlen worden waren, längst verkauft hatte, um seine Flucht vorzubereiten.

Das letztere erregte Aldens Neugier.

«Flucht wovor?» brummte er.

«Vor seiner Ehe.»

Alden heiterte sich zusehends auf, als ich ihm von Carmens Messer in meinem Mund berichtete, und seine Augen glänzten, als er hörte, wie ich von dem Kerl in dem blauen *guayabera*-Hemd entführt worden war, der für Mundo Cruz arbeitete.

Er fragte, welche Verbindung es zu Cruz gab.

«Ich weiß es nicht», sagte ich. Und setzte hinzu, daß das, was ich ihm nun erzählen wolle, nicht an die Öffentlichkeit gelangen dürfe. Das hörte er nicht gern, aber er willigte ein. Von unserer früheren Zusammenarbeit her wußte ich, daß ich ihm vertrauen konnte. «Cruz hat mir gesagt, ich solle die Waffen vergessen. Ich ging davon aus, daß er die alte Waffensammlung meinte, und vielleicht stimmte das auch. Aber das war, bevor ich wußte, daß Loftus illegal Waffen ausführte. Welche Verbindung zwischen Cruz und Wade Loftus besteht, weiß ich allerdings immer noch nicht. Cruz kann sich bestimmt bessere Anwälte leisten, es war also kein Anwalt-Klient-Ding. Was immer es war, Cruz wurde nachlässig. Wenn er mich nicht abgeschleppt hätte, hätte ich ihn nach wie vor nicht mit Loftus in Zusammenhang bringen können. Cruz hat mir die Verbindung klargemacht, er hat mir nur nicht gesagt, worin sie besteht. Er hat mich sogar dafür bezahlt, alles zu vergessen, was ich auch tat. Nur hat Cruz selber nicht lockergelassen. Er hat gestern nacht wieder Carmen zu mir geschickt, was ihn noch zuverlässiger in Verbindung mit Loftus bringt. Dann rätsele ich noch darüber, daß Loftus wiederholt geleugnet hat, Cruz zu kennen. Sicher, Loftus war kein Musterknabe. Er hat mich über seine erste Begegnung mit Lola beziehungsweise Elsbeth angelogen. Aber als er mich engagiert hat, Elsbeth zu suchen, hat er weiterhin abgestritten, Cruz zu kennen, obwohl es keinen ersichtlichen Grund zum Lügen gab.»

Ich schloß mit einer Schilderung meines Gesprächs mit den Kripobeamten Stranahan und Stokesberry. Irgendwo dazwischen ließ ich mir eine Bemerkung über meine Romanze mit Eloise Loftus entschlüpfen.

«Klingt so, als hätten Sie und Levy das gleiche Motiv für den Mord an Wade Loftus», sagte Alden. «Gerüchten zufolge haben Levy und Eloise Loftus wilde Reiterspielchen miteinander aufgeführt. Wie es scheint, haben wir Verdächtige *en masse.*»

Hatten wir. Clark und / oder Levy, weil Loftus sie bestohlen hatte. Levy, weil er Eloise begehrte. Oder war Loftus wegen seines Waffenschmuggels ermordet worden? Es waren recht ordinäre Typen gewesen, mit denen er sich in Port Everglades getroffen hatte. War Loftus ermordet worden, weil er sich nur ungern daran erinnerte, daß er verheiratet war, oder weil er seine Frau verlassen wollte? Ein Verbrechen aus Leidenschaft? Gab es einen unglücklichen Klienten, der durch Loftus' Anwaltstätigkeit gelitten hatte? So stark, daß es zu einem Mord reichte? Was hatte er eigentlich für Klienten? Was war mit Lola? Hatte sie Loftus ins Jenseits befördert? Warum die falschen Adressen in Jacksonville und Saint Augustine? Wie stand es mit ihrer Beteiligung an dem Einbruch? Je mehr ich über Loftus erfuhr, um so mehr Verdächtige und Motive stellten sich ein.

«Wer hat den Anwalt Loftus in einen Kadaver verwandelt?» sagte Alden. «Auf diese Frage müssen wir unsere Ermittlungen konzentrieren.»

«Unsere Ermittlungen?»

«Entschuldigung. Ihre Ermittlungen.»

«Mal sehen. Ich weiß noch nicht, ob ich das wirklich machen will.»

«Natürlich wollen Sie. Schließlich gibt's Geld dafür.»

«Ich habe Geld.»

«Um Ihre Unschuld zu beweisen.»

«Ich muß sie nicht beweisen.»

«Um Ihren Namen wieder aus den Schlagzeilen zu bekommen.»

Damit traf er ins Schwarze. Mein Name war dank der Tagespresse in Zusammenhang mit einem Mord erwähnt worden. Keine gute Publicity für einen aktiven Privatdetektiv. Und auch nicht für meine Bar.

Alden packte die Gelegenheit beim Schopf und fügte noch hinzu: «Identifizieren Sie den Mörder, und Sie kommen auf die Titelseite. Nicht nur entlastet, sondern als Held. Diese Publicity würde Ihnen neue Klienten und neue Reichtümer eintragen. Überlegen Sie es sich.» Alden stand auf und setzte seinen Hut auf. «Ich muß schließlich die Öffentlichkeit aufklären.»

«Sagen Sie mir noch eins», bat ich. «Wie haben Sie Levy und Clark dazu gebracht zuzugeben, welch leichtes Spiel Loftus mit ihnen hatte?»

«Die Macht der Presse», erwiderte er. «Ich habe Clark gesagt, ich würde ihn den ‹bekannten Anwalt Marlon Clark› nennen. Außerdem habe ich ihm gesagt, falls er mir alles erzählt, könnte ich mit meinem Zeitungsbericht seinen guten Ruf wiederherstellen.»

«Wieso wiederherstellen?»

«Man weiß ja nie! Haben Sie schon mal jemanden kennengelernt, der kein schlechtes Gewissen hatte? Waidmannsheil!»

Am selben Mittag nahmen Al und Irma ihren Lunch in der Sand-Bar ein. Al fragte mich, warum ich Wade Loftus umgebracht hätte. Irma sagte, er solle den Mund halten. Sie haben aber die Leiche in seinem Wagen gefunden, betonte Al. Pssst, sagte Irma, und dann erklärte sie mir, sie wolle mich mit der Tochter ihres Friseurs bekannt machen.

«Sie ist wirklich nett. Ein bißchen übergewichtig. Nur zwei Kinder», sagte Irma, und es klang so wie «nur zwei Mutterflekken». «Sie heißt Candy Bernstein.»

«Candy Bernstein?» wiederholte Al. «Klingt wie ein jüdisches Dessert.»

Am Nachmittag, nachdem ich mit meiner Bestandsaufnahme fertig war – nach meiner Zählung hatten wir zuviel von diesem und zuwenig von jenem; nichts stimmte mit meiner Aufstellung überein, aber es kam immerhin nahe heran –, ließ ich mir die Fäden aus der Lippe ziehen. Bei etwas Übung, sagte der Arzt, würde ich auch wieder mein schnodderiges Elvisgrinsen zustande bringen.

Und gleichfalls am Nachmittag rief ich bei Mali an. Diesmal lief ein Band. Auf Wunsch des Teilnehmers kein Anschluß mehr unter dieser Nummer.

Kein Anschluß. Kapiert, Harry? Du hast keinen Anschluß mehr.

Zu meinem Glück hatte Nick seinen freien Tag, und ich war dran mit der Spätschicht in der Bar. Genau das, was ich jetzt brauchte. In der Bar arbeiten, na klar. Ich war in der richtigen Stimmung dafür. Ich haßte Verliebte, volle Aschenbecher auf Nachttischen, Gedichte, Postkarten, Roséwein, Geigen und Tischtücher. Vor allem mußte ich intelligente Lebensformen meiden. Ich war geradezu prädestiniert dazu, der Öffentlichkeit zu dienen.

Die Abendkundschaft bestand aus zwei Typen, die einen dritten trösteten, der gerade in Scheidung lag, einem dienstfreien Polizisten mit einer geschiedenen Dienstwilligen und zwei Touristen, die «Hollywood, Florida»-T-Shirts trugen.

Ich stellte mich stumm und taub und meine motorischen Fähigkeiten auf Automatik. Ich schenkte Drinks ein. Sie tranken. Ich nicht. Sie redeten. Ich nicht. Sie hörten nicht hin. Ich wohl.

Auszüge aus den Gesprächen in einer Bar:

«Morgen vormittag gehen wir noch mal zur Ocean World.»

«Ist das in der Nähe der Galleria-Einkaufsmeile?»

«Die Gesetze sind alle zugunsten von Frauen gemacht.»

«Harry, können wir noch einen Weißwein und ein Miller's bekommen?»

«Magst du Cat Stevens?»

«Kann ich nicht ausstehen. Hank junior ist schon eher mein Geschmack. Warst du je in der Long Branch in Davie?»

«Wer will denn die Scheidung? Du oder sie?»

«Ich weiß es nicht. Wir beide, glaube ich.»

«Ja, aber wer hat damit angefangen?»

«Was ändert das an der Sache?»

«Dann vielleicht morgen abend zum Jai-alai-Spiel.»

«Den Kripobeamten ist es scheißegal. Sie sitzen in ihrem Büro und warten, bis die Uniformierten jemanden verhaften. Dann kommen sie raus und streichen den Orden dafür ein.»

«Allein zu leben muß einfach besser sein. Schlimmer kann es gar nicht werden. Ich glaube, ich werde nie wieder heiraten.»

«Red doch nicht so.»

«Richtig, Zsa Zsa.»

«Wir müssen etwas für Paula Getz kaufen. Weißt du noch, daß sie uns von Yellowstone das schöne Wandthermometer mit Old Faithful mitgebracht hat?»

«Was für ein Wandthermometer?»

«Das wir deiner Mutter zum Geburtstag geschenkt haben.»

«Auf keinen Fall heirate ich wieder. Was hat es für Vorteile, verheiratet zu sein?»

«Du bekommst es die ersten drei Monate lang besorgt.»

«Scheiße, dann schuldet meine Frau mir noch einen Monat.»

«Mein Exmann pflegte zu sagen, ohne Fleiß keinen Preis.»

«Kein Wunder, daß du dich von ihm hast scheiden lassen.»

So ein Abend war es. Als wir geschlossen hatten, ließ ich mich ziemlich mit Wodka vollaufen und bemühte mich, nicht an Mali zu denken. An die Nummer ohne Anschluß. Aber ich konnte an nichts anderes denken.

Immerhin schaffte ich es, intelligente Lebensformen zu meiden.

25

Als ich eben nahtlos von «A Girl Like You» zu «Lonely Too Long» übergegangen war, kriegte das Telefon Bauchschmerzen. Ich ließ es ausklingeln, während ich in aller Muße meinen musikalischen Salut an die Rascals und meine Dusche beendete.

Es war genau so eine Morgenstunde. Mir war wohler, als mir bei Berücksichtigung aller Faktoren sein durfte. Ich hatte nach Barschluß genügend Wodka konsumiert, um nackt durch die nächste Eiszeit zu kommen. Und hatte wieder eine schlaflose Nacht hinter mir. Ich hatte wach gelegen, weil mir immerfort die Glanzpunkte aus *The Best of Mali & Harry* im Kopf herumgingen, die nie wiederkehrenden Stunden. Ein Fantasy-Fest in Key West. Eine Fahrt nach Cross Creek. Die Zusammenarbeit an meinem letzten Fall.

Gib Ruhe, du dummes Herz, du verpaßt die Musik. «Ain't Gonna Eat My Heart Out Anymore.» Genauso war es. Eine Vorstellung, die stehende Ovationen wert war. Wenn ich noch besser wurde, mußte ich demnächst mit Revuegirls duschen.

Das Medikamentenschränkchen war gut bestückt mit allen Arten von Badezimmerutensilien – Wegwerfrasierern, Zahnpasta, Nagelzwickern, einer Espressotasse, einem Schraubenzieher und Scheren. Alles war da. Nur keine Medikamente. Keine kleinen Fläschchen mit Liebestrank Nr. Neun.

Das Telefon klingelte. Jemand suchte Anschluß an den Anschlußlosen.

Ich hob ab.

«Gott sei Dank, Harry. Ich habe vor ein paar Minuten schon mal angerufen, und es tat sich nichts. Ich muß eine falsche Nummer gewählt haben. Es ging alles so rasch, was passiert ist.» Sie sprach schneller als der Märzhase auf Speed. «Ich habe mir Sorgen gemacht, weil ich nichts von dir gehört habe. Ich dachte, du wärst vielleicht stinkwütend auf mich. Als du nicht angerufen hast, wußte ich nicht, was ich davon halten sollte.»

«Hallo, Eloise.»

«Wir müssen uns treffen. Es ist sehr wichtig.» Sie redete einfach über meine Begrüßung hinweg, ohne Punkt und Komma. «Falls es gerade paßt, kann ich gleich rüberkommen.»

«Bloß nicht!» platzte ich heraus. Und dann ruhiger: «Es paßt gerade nicht.»

«Wann denn, Harry? Möglichst bald. Heute noch. Heute vormittag.»

«Heute nicht mehr», sagte ich bestimmt.

Diesmal ließ sie mich gar nicht ausreden. «Bitte, Harry. Ich bin völlig verzweifelt. Laß du mich nicht auch noch allein», flehte sie.

Flehende Frauen und zitternde Hündchen im Regen.

«Wo brennt's denn?» fragte ich mit dem beschwichtigenden Tonfall eines tibetischen Mönchs, der unter blutenden Hämorrhoiden leidet.

«Nicht am Telefon.» Es klang wie bitte, bitte.

«Na schön.» Ich willigte ein, weil ich Gespräche lieber von

Angesicht zu Angesicht führe. Am Telefon kann man so leicht lügen. Oder angelogen werden.

«Soll ich rüberkommen?» fragte sie.

«Nein. Hierher nicht.»

«Meine Wohnung?»

«Nein.» Ich wollte mit dieser Frau nicht allein sein. Ich brauchte eine Anstandsdame. «Wir treffen uns um halb elf in der Sand-Bar.»

Dabei hatte die arme Carla gerade erst Leibwächterdienste verrichtet. Wenn sie das je herausbekam, würde sie eine Gehaltsaufbesserung verlangen – und verdientermaßen.

«Danke, Harry. Ich werde um halb elf dort sein.»

Ich legte auf.

Juhu. Wieder ein vergnügter Tag.

Um 10 Uhr 35 saß Eloise Loftus mir im Büro der Sand-Bar gegenüber. Zu meinem Schutz stand die Bürotür offen. Carla Meadows bediente an der Bar. Sergeant Joe Friday und Wachtmeister Bill Gannon hielten draußen Wache.

Sie war nicht wie eine Witwe gekleidet. Sie trug eine dieser Bauernblusen, ähnlich der, mit der Jane Russell halb bekleidet war, als sie für das Kinoplakat von *Die Gesetzlosen* posierte. *Guess?* – Jeans und Dr. Scholl's Gesundheitslatschen vervollständigten die Trauerbekleidung der neunziger Jahre.

Eloise faltete die Hände verkrampft zusammen wie ein verängstigtes Mädchen. Ich kam zu dem Schluß, ich sollte ihr wohl irgendwie klarmachen, daß ich immer noch ihr Beschützer war. Ich zwinkerte. Ich war sicher, daß sie alles, was sie sagen wollte, vorher einstudiert hatte, und die lange Pause mit zum Drehbuch gehörte.

Sie wartete darauf, daß ich die Initiative ergriff. Ich ergriff die Zeitung.

«Harry, ich brauche deine Hilfe. Mein Leben ist ein Scherbenhaufen.»

«Erzähl das Geraldo», sagte ich, ohne von der Zeitung aufzublicken.

«Du bist ein richtiger Scheißkerl. Ich sollte dich feuern.»

Ich ließ die Zeitung sinken. «Ich bekomme üblicherweise eine Abfindung von einem Monatsgehalt.»

Sie warf mir einen Blick zu, der Medusa versteinert hätte.

Sie seufzte. «Warum mußt du es mir eigentlich immer so schwermachen?» Ihr Ärger verrauchte. «Manchmal wünsche ich mir, du würdest mich einfach in Ruhe lassen.»

«Bitte?» sagte ich. «Du hast mich angerufen, meine Liebe.»

«Weil ich Angst habe, Harry. Ich brauche Hilfe. Jemand ist hinter mir her. Du glaubst mir nicht, oder?»

«Das habe ich nicht gesagt.»

«Brauchst du auch gar nicht. Ich kann es von deinen Augen ablesen. Harry, muß ich dich wirklich daran erinnern, daß meine Wohnung am Geburtstag meiner Tochter ausgeräumt wurde? Daß an Wades Geburtstag in mein Büro eingebrochen und an unserem Hochzeitstag mein Auto gestohlen wurde?»

«Betrachte mich als informiert.»

«Ich bin noch nicht fertig. Wade ist am Geburtstag meiner Nichte umgebracht worden. Wie findest du das?»

Ich unterdrückte ein Lachen. «Ja, klar wie Wodka. Am Geburtstag deiner Nichte? Mal sehen, ob ich's kapiert habe. Jemand ist hinter dir her. Wade wurde ermordet, aber du bist die Leidtragende. Ich wette, Wade wäre sehr erleichtert, wenn er wüßte, daß es nichts Persönliches war. Hör auf damit, Eloise. Am Geburtstag deiner Nichte? Merkst du nicht, wie lächerlich das klingt?»

Sie hörte nicht zu. «Harry, sie wollen mir etwas anhängen. Die Polizei hat mich zu Wades Ermordung vernommen. Es ist fast so, als glaubten sie, daß ich es war.»

«Sie vernehmen jeden. Das ist ihr Job. Verdammt, sie glauben, daß *ich* es war.»

Ihre Augen weiteten sich. «Hat die Polizei mit dir gesprochen?»

Ich nickte. «Sie haben mich verhört mit Gummiknüppeln und zusammengerollten Telefonbüchern.» Ein Macho-Image für die Exklientin. Gut, wenn man weiterempfohlen werden will.

«Und was hast du ihnen gesagt?»

«Meinen Namen, Dienstgrad und die Wahrheit.»

«Auch etwas von mir? Habt ihr von mir gesprochen?»

«Ja, Eloise, wir haben auch von dir gesprochen. Ich mußte ihnen die schmutzigen Details unserer leidenschaftlichen Affäre erzählen.»

«Woher wußten sie davon?»

«Woher wußten wie wovon?»

«Von der Affäre.»

«Wir hatten keine Affäre.»

«Du weißt schon.»

«Ja, ich schon, aber niemand sonst. Alle Welt scheint zu glauben, wir hätten etwas miteinander gehabt.»

«Du glaubst doch wohl nicht, daß sie diesen Eindruck durch mich haben, oder?»

«Ich glaube, daß jeder, der mit dir redet, diesen Eindruck gewinnt. Wenn du nicht aufpaßt, wird Ira Levy eifersüchtig.»

Eloises Augen blitzten. Sie gab ein Zischen von sich und hätte wahrscheinlich ihre Giftzähne in mich geschlagen, wenn der Schreibtisch zwischen uns nicht zu breit gewesen wäre. Die Chancen, daß sich Eloise Loftus in mich verlieben würde, sanken.

«Da ich nun endlich deine ungeteilte Aufmerksamkeit habe», sagte ich, «erzählst du mir vielleicht, warum du eigentlich hier bist.»

26

«Ich war auf dem Weg nach Gainesville, als Wade ermordet wurde», sagte Eloise. «Wir hatten uns fast den ganzen Nachmittag über gestritten.» Sie blieb einen Augenblick still und ließ ihre Gedanken zurückschweifen. «Es war der gleiche Streit, den wir schon seit beinahe fünf Jahren haben. Wade hat sechs Monate nach unserer Hochzeit damit angefangen. Er wollte, daß ich meine Eigentumswohnung verkaufe. Er sagte, er hätte als einziger Kompromisse gemacht bei unserer Heirat. Er hätte seinen Lebensstil und seine Wohnung aufgegeben, um mich zu heiraten, ich hingegen hätte nichts aufgegeben. Ist das zu glauben? Seiner Meinung nach war es kein Kompromiß, ihn bei mir aufzunehmen!»

Ich schwieg.

Eloise holte Luft. «Nur weil er seine Wohnung aufgegeben hatte, meinte er, ich müsse auch meine aufgeben. Er wollte, daß wir uns gemeinsam etwas suchen, etwas, das dann ‹unser Platz› wäre. Er sagte, immer wenn wir verschiedener Ansicht seien, würde ich mich benehmen, als sei ich wütend auf ihn, als wäre er ein Gast in meinem Haus, der die Gastfreundschaft zu sehr strapaziere. Auf diese Weise wollte ich Kontrolle über ihn ausüben, sagte er. Alles Unsinn.»

Sie starrte eine Zeitlang auf ihre Hände, dann sagte sie: «Was wußte er schon von Kompromissen? Er mit seiner blöden Waffensammlung! Meinst du, mir hätten die dummen Waffensendungen und die ständigen Querelen mit der NRA Spaß gemacht?» Sie sah mich an. «Hüte dich vor Sammlern, Harry. Viel Charakter haben sie nicht.»

Ich schwieg.

«Wir haben uns ... wir haben uns über das Mädchen gestritten. Und anderes. Wade war einfach zum Streiten aufgelegt. Vielleicht dachte er, daß ich in eine Scheidung mit beiderseitigem Einverständnis einwilligen würde, wenn ich mich hilflos genug fühlte. Aber da hatte er keine Chance.» Sie redete sich allmählich heiß. «Er war ja Anwalt. Ich wußte, daß das nur vorteilhaft für ihn sein konnte, wenn er darauf aus war.» Sie grinste spöttisch. «Wade erzählte mir immer Geschichten, was Anwälte alles machen, und das waren in den harmlosesten Fällen nur unmoralische Sachen. Wenn ich ihn fragte, ob das denn legal sei, antwortete er: ‹Sagen wir mal, es ist nicht illegal.›»

Sie schüttelte den Kopf. «Ich weiß, wie sich das alles anhört. Und ich weiß auch, daß es nicht allein seine Schuld war. Wir kannten einander kaum, als wir heirateten. Wie gut kennt man jemanden nach einigen Monaten? Es war wie ein Autokauf bei hellem Licht. Alles war so glänzend und perfekt an der Oberfläche. Sechs Monate nach der Hochzeit tauchten dann die ersten Makel auf. Ich wußte gleich Bescheid. Wade vielleicht auch. Jedenfalls fing da sein Gejammer an, daß wir ‹unseren› Platz finden müßten. Damals hat er mich zum erstenmal beschuldigt, ihn manipulieren zu wollen. Ich vermute, keiner von uns wollte zugeben, daß wir einen Fehler gemacht hatten. Was der größte Fehler war. Dadurch, daß wir den Kopf in den Sand steckten, haben wir den Mißgriff von sechs Monaten auf fünf Jahre ausgedehnt. Das sind Jahre, die unwiederbringlich vergangen sind. Wir hätten unsere Beziehung beenden sollen, als wir uns zum erstenmal darüber klar wurden. Man kann niemanden in etwas hineinpressen, in das er nicht hineingehört.»

Wir saßen eine lange Zeit still. Ich wußte immer noch nicht recht, warum sie mir das alles erzählte. Ich fragte mich, wie prähistorische Detektive mit Schneeköniginnen umgegangen sein mochten.

Nach einer Weile sagte ich: «Und was ist an dem Tag geschehen, an dem Wade ermordet wurde?»

Sie sah mich nachdenklich an. «Wir haben uns gestritten, wie gesagt. Wir sind beide ausfallend geworden. Und laut. Als Wade genug hatte, ist er gegangen. Das war immer seine Lösung für alles. Den Beleidigten spielen und wegrennen. O ja, er kam immer wieder zurück, aber sein Auftritt nutzte sich schnell ab. Den Beleidigten spielen und wegrennen. Nein, dieses Mal war ich fest entschlossen, nicht das pflichtbewußte Weibchen zu spielen, das wartet, bis der Koller seines lieben Herrn und Meisters vorbei ist und er zurückkommt. Ich packte ein paar Sachen ein und fuhr weg ...»

Sie brach ab, als hätte sie den Faden verloren.

«Nach Gainesville?» half ich weiter.

Sie nickte. «Aber so weit bin ich gar nicht gekommen. Ich bin unterwegs in einem Motel in der Nähe von Melbourne abgestiegen. Am nächsten Morgen konnte ich wieder vernünftig denken. Ich wollte nicht einfach wegrennen. Ich wollte Wade keinen Grund liefern, mich zu verlassen. Vielmehr wollte ich nach Hause fahren und die Scheidung einreichen. Ich wollte nicht abwarten, bis er es tat. Wade war nicht da, als ich in meine Wohnung zurückkam. Ich nahm an, daß er schon zur Arbeit gefahren war. Ich rief in seinem Büro an, und da erzählte Ira mir, was passiert war.»

«Er hat es dir am Telefon erzählt?»

«Ja.»

«Ein feinfühliger Mensch.»

«Du wertest alles und jeden, wie?» sagte sie verärgert.

Ich reagierte nicht sofort. Ich sann über das nach, was sie erzählt hatte. «Du hast wohl recht.»

«Bestimmt.»

Sie saß hölzern da und starrte mich wütend an. Ein Luftzug vom Meer her streifte mich. Vor meinem geistigen Auge erschienen junge Paare, die Hand in Hand herumspazierten. Kinder, die Würstchen aßen und sich Ketchup aufs Kinn kleckerten. Eingeölte Haut, die in der Sonne glänzte. Ich hingegen war hier drinnen einer arktischen Front ausgesetzt.

Wechsle das Thema, Harry.

«Wußtest du, daß dein Gatte Waffen geschmuggelt hat?» fragte ich.

Sie sah weg. «Die Polizei hat es mir erzählt.»

«Du hast es vorher nicht gewußt?»

Sie schüttelte den Kopf. «Nein.»

«Wie steht's denn mit Wades Mandanten? Weißt du irgendwas von ihnen?»

Sie ging einen Augenblick mit sich zu Rate. «Möglich wäre es schon. Ich glaube, jeder kann es getan haben.»

«Zum Beispiel ein rivalisierender Freier?»

«Du Mistkerl! Manchmal denke ich, du hast vergessen, wer dich engagiert hat.»

«Unmöglich.»

«Auf wessen Seite stehst du eigentlich?»

«Weiß ich nicht. Wie viele Seiten gibt es denn?»

«Harry?» Carla stand in der Tür, eine willkommene Unterbrechung. Aber selbst ein bezahlter Urlaub in Somalia wäre eine willkommene Abwechslung gewesen. «Tut mir leid, daß ich störe. Der Mann, der letzte Woche mal hier war – mit dem du dann weggefahren bist –, ist wieder da. Er will dich unbedingt sprechen. Er hat gesagt, es würde nur eine Minute dauern.»

Ich sah Eloise an. Sie nickte. Ich folgte Carla in die Bar.

Er saß an einem Fenstertisch. Sein Haar glänzte stärker als eine I-95 im Regen. Das blaue *guayabera*-Hemd hatte er mit einem schokoladenbraunen vertauscht.

Ich ging zu ihm hinüber.

«Gibt's wieder eine Spazierfahrt?» fragte ich ihn.

Er stand auf und reichte mir ein zusammengefaltetes Blatt Papier.

Ich nahm es. «Was ist das?»

«Ein Telegramm.»

Carmen hatte Mundo Cruz ausgerichtet, was ich gesagt hatte. Ich warf einen Blick auf das Blatt. Ich faltete das «Telegramm» auseinander. Da stand: «Die blaue Eule tanzt im Gelobten Land.»

Bevor ich Zeit hatte, die kryptische Botschaft zu entschlüsseln, hörte ich einen erstaunten Ausruf hinter meinem Rükken. «Luis!»

Luis blickte über mich hinweg, an mir vorbei. Er nickte und ging.

Ich drehte mich um. In der Bürotür stand mit weit aufgerissenem Mund Eloise. Sie machte kehrt und verschwand im Büro. Ich gesellte mich wieder zu ihr.

«Du kennst ihn?» sagte ich.

«Was wollte er hier?» fragte sie in naiver Bestürzung.

«Antworte mir erst mal», sagte ich mit einer Autorität, die ich gar nicht habe. «Woher kennst du ihn?»

Eloise seufzte wie ein erschöpfter Duellant bei einem Liebesstreit. «Er arbeitet für meinen Paten.»

Ich sank sprachlos in meinen Sessel.

«Mundo Cruz?» sagte ich.

Sie nickte.

«Mundo Cruz ist dein *padrino*?» Ich konnte es einfach nicht glauben.

«Ja. Nein. Nicht so. Er ist mein Taufpate.»

«Das darf doch nicht wahr sein.» Die Frau brachte mich zur Verzweiflung. «Heiliger Himmel, kein Wunder, daß Hindu-Detektive nur Fälle aus ihrem vorigen Leben lösen. Was zum … Warum hast du mir das nicht gesagt, als ich dir erzählt habe, daß Mundo Cruz meinte, ich solle mich da raushalten?»

Sie zuckte die Schultern.

«Hast du ihn auf mich angesetzt?» Mein Ton war anklagend.

«Nein. Nein, ich war entsetzt, als du mir davon erzählt hast.» Sie war stahlhart. «Ich weiß nicht, wie oder warum er sich eingemischt hat.»

«Wie bist du denn –»

«Durch meinen Vater», unterbrach sie mich. «Er hat vor Jahren für Mundo gearbeitet, auf Mundos Yacht. Meine Eltern sind bei einem Autounfall ums Leben gekommen, als ich sechzehn war. Ich war damals in einem Internat. Mundo hat meine Ausbildung weiter bezahlt. Er hat für mich gesorgt, bis ich geheiratet habe. Wir sind immer in Verbindung geblieben. Mit Weihnachtsgrüßen, Geburtstagsglückwünschen, telefonisch. Etwa einmal im Jahr lädt Mundo mich zum Mittagessen ein, um zu sehen, wie es so geht.»

«Wann hast du das letzte Mal mit ihm gesprochen?»

«Im Sommer. Wir sind ins Forge-Restaurant essen gegangen.»

«War das nach dem Einbruch in deine Wohnung?»

«Ja.»

«Er wußte also von der Waffensammlung?»

«Ja. Ich habe es ihm erzählt. Was soll diese Fragerei über Mundo? Meinst du, er hat Wade ermordet?»

Hoffentlich nicht, dachte ich.

Ich sagte: «Wußte Wade etwas von der Beziehung zwischen dir und Mundo?»

Sie schüttelte den Kopf. «Ich hab's ihm nie erzählt.»

«Warum nicht?»

«Kann ich nicht genau sagen. Eine Frau erzählt ihrem Mann nicht alles. Und da Wade Anwalt war, hätte es ihn vielleicht aufgeregt, wenn er gewußt hätte, daß mein Pate eine einigermaßen dunkle Vergangenheit hat.»

«Nun ja», sagte ich, «immerhin hat Wade mir in einem Punkt die Wahrheit gesagt.»

«Was wollte Luis hier?» drang Eloise wieder in mich.

Die blaue Eule tanzt im Gelobten Land.

Ich sann kurz darüber nach und sagte: «Ich weiß es nicht.»

«Hätte ich mir gleich denken können», sagte sie voller Abscheu, als hätte ich sie irgendwie dazu gebracht, mir ihre Karten zu zeigen, um mich dann zu weigern, ihr meine zu zeigen.

Ich sah sie an. «Eloise, setz keine Erwartungen in mich.»

Sie wirkte verletzt. «Heißt das, du willst mir nicht mehr helfen?»

Dazu wäre eine ganze Armee von Psychoanalytikern nötig gewesen, aber das sagte ich ihr nicht.

«Ich werde Wades Mörder suchen, falls du das hören wolltest», sagte ich. «Ich habe für deinen Mann gearbeitet, als er starb. Vielleicht bin ich ihm das schuldig. Vielleicht will ich auch bloß meinen guten Namen reinwaschen vor der Polizei. Wenn dir das hilft, schön. Das und mehr nicht.»

27

Die blaue Eule tanzt im Gelobten Land?

Ein klarer Himmel, ein tropisches Lüftchen und ich drinnen bei dem Versuch, ein Rätsel zu lösen, wo ich mich doch am Strand vergnügen konnte. Na ja, ich war ja am Strand. Aber ich vergnügte mich nicht. Nein, ich zerbrach mir den Kopf über etwas so Rätselhaftes wie eine blaue Eule, die in einem Gelobten Land tanzt. Die blaue Eule war eine Tätowierung, aber was war das Gelobte Land?

Karikatur eines nachsinnenden Privatdetektivs.

Zumindest wußte ich jetzt, daß Eloise Loftus das Missing

link zu Mundo Cruz war. Das brachte mich allerdings auch nicht viel weiter, denn mir war immer noch unklar, welche Interessen Cruz verfolgte oder inwieweit er in die Sache verwikkelt war.

Wer würde gern einen unehrlichen, widerlichen, frauenprügelnden, waffenschmuggelnden, veruntreuenden, versicherungsbetrügenden Winkeladvokaten umbringen? Das war die Frage.

Die Schwierigkeit war die, daß es zu viele gab, die wild darauf gewesen wären.

Es wurde Zeit, den Spielraum einzugrenzen. Alle Chancen zu nutzen. Mit dem Favoriten anzufangen und auszusieben, bis der Volltreffer übrigblieb.

Daß es ein verstimmter Mandant gewesen sein könnte, war nur eine vage Vermutung. Wenn Wade Loftus Scheidungsanwalt gewesen war, konnte sogar das Geld eine Rolle spielen, das ein finanziell ruinierter, verzweifelter Exgatte in Loftus investiert hatte. Immerhin konnte es nicht schaden, Alden Wooley auf eine Mandantenliste anzusetzen. Vielleicht vergebliche Liebesmüh, aber man durfte es nicht ganz außer acht lassen.

Jemand, der mit Loftus' Waffenschmuggel in Zusammenhang stand? Eine weitere vage Vermutung, aber nicht unbedingt von der Hand zu weisen. Er hatte Umgang mit ziemlich unangenehmen Typen gepflegt. Ich hatte einfach nicht genug Fakten. Vielleicht konnte ich später darauf zurückkommen. Fürs erste waren vorrangig andere Fährten zu verfolgen.

Laut Alden Wooley hatten Marlon Clark und Ira Levy erst etwas davon erfahren, daß Loftus sich aus ihrer Tasche bedient hatte, als er schon tot war. Das konnte also kein Motiv sein – falls Clark und Levy die Wahrheit sprachen. Ich hatte so meine Zweifel, was Levy betraf. Und das nicht nur wegen der Liaison mit Eloise, von der gemunkelt wurde – sie hatte es weder abgeleugnet noch bestätigt, aber ich wußte nur zu gut, was das hieß.

Was mich bei Levy störte, war die kleine Szene, deren Zeugen Nick und ich in der Anwaltskanzlei gewesen waren. Wir hatten mit angesehen, wie Levy aus Loftus' Büro gestürmt kam und Loftus etwas zubrüllte. Nämlich, daß der Tigertail-Reinfall auf seinem Mist gewachsen sei. «Sie unternehmen besser was», hatte Levy Loftus gedroht.

Ich durfte die tränenlose Witwe nicht vergessen. Wenn es ein Verbrechen aus Leidenschaft gewesen war, stand Eloise natürlich ganz oben auf der Liste. Nur war die Ehe der Loftus', soweit ich das beurteilen konnte, allem Anschein nach ziemlich leidenschaftslos gewesen – sie hatten sich offenbar beide an anderen Feuerchen gewärmt. Oberflächlich betrachtet sah es nicht nach einem Verbrechen aus Leidenschaft oder einem Mord in der Hitze des Gefechts aus. Aber trotzdem, etwas ließ mir keine Ruhe. Einmal angenommen, es sei kein Verbrechen aus Leidenschaft gewesen, und angenommen, Eloise hätte kein anderes Motiv gehabt – beispielsweise den Goldregen aus einer Lebensversicherung –, warum hatte sie sich dann die Mühe gemacht, mir zu erzählen, wo sie war, als Loftus ermordet wurde? Dabei konnte es sich natürlich um vollkommen harmloses Gerede gehandelt haben. Ihre Art, mit der Trauer fertig zu werden. Um den Versuch, ihr Gewissen zu beruhigen, da sie und ihr Mann sich voller Haß voneinander getrennt hatten. Oder sonstwas. Dennoch, ich bin immer mißtrauisch, wenn mir Leute etwas mitteilen, was ich gar nicht wissen muß. Warum das Alibi? Brauchte sie selbst eins? Oder wollte sie jemand anders decken? Einen Komplizen?

Vielleicht gab es einen unbekannten Mitspieler. Vielleicht wollte wirklich jemand Eloise etwas anhängen. Vielleicht war sie das eigentliche Opfer. Vielleicht war doch etwas daran, daß die Einbrüche alle an besonderen Feiertagen stattgefunden hatten. Und der Mord. Vielleicht hatte ich ihre Angst zu wenig ernstgenommen.

Der heutige Morgen schien auf etwas aus Mundo Cruz' Ecke hinzudeuten. Einen professionellen Coup, der dilettantisch wirken sollte. Unwahrscheinlich. Die Profis führen einen Job aus, um ein Exempel zu statuieren. Sie wollen nicht mißverstanden werden. Cruz war Eloises Pate. Er hätte Loftus nicht so ermorden lassen, daß sein Patenkind unter Verdacht geriet. Außerdem war Mundo Cruz, falls er noch immer in dunkle Geschäfte verwickelt war, ein zu großes Tier, um sich für Loftus' kleine Schmuggelaktionen zu interessieren. Aber warum hatte Cruz von mir verlangt, nicht mehr nach den Waffen zu suchen, wenn es doch Eloise war, die mich engagiert hatte, um die Sammlung wieder aufzutreiben? Schützte er sie vor irgend etwas? Wußte er, daß Loftus Waffen aus der Sammlung verkauft hatte? Warum hatte er sich Loftus dann nicht einfach vorgeknöpft? Vielleicht hatte er das ja.

Ungefähr zehn Minuten saß ich so da und spielte Ball mit meiner Cruz-der-Mörder-Theorie. Mit jedem Aufprall auf dem Boden ging ihr die Luft weiter aus, bis sie ganz platt war. Ich spielte ein paar Szenarien durch, die besser in die Sonntagswitzbeilage gepaßt hätten als in einen Gerichtssaal.

Ich hob das «Telegramm» auf und las es noch einmal. «Die blaue Eule tanzt im Gelobten Land.»

Was war eigentlich mit Lola? Loftus hatte sie finden wollen. Kam sie in Frage? Wie stand es mit ihren Freunden, die die Loftus-Wohnung ausgeräumt hatten? Sie war nicht allein aktiv geworden. Was wußte Elsbeth? Was konnte Lola mir erzählen? Was wußte eine Nackttänzerin mit einer eintätowierten blauen Eule?

Das Gelobte Land? Was war damit gemeint? Der Himmel? War Lola tot? Gab Cruz mir zu verstehen, daß er Lola umgebracht hatte?

Ich rief bei der Kripo an und verlangte das Morddezernat.

«Stranahan», sagte Stranahan.

Ich nannte meinen Namen. Er brauchte keine Gedächtnisstütze.

«Gut, daß Sie anrufen. Das erspart mir die Mühe. Sie können Ihren Wagen vom Hof holen. Kommen Sie kurz ins Büro, dann gebe ich Ihnen eine Quittung, mit der Sie ihn abholen können. Die Experten von der Spurensicherung sind mit dem Wagen fertig.»

«Ich auch. Ich will ihn nicht mehr.»

«Schön. Aber lassen Sie ihn nicht hier stehen. Sie haben achtundvierzig Stunden Zeit zum Abholen. Danach schleppen wir ihn ab, und dann müssen Sie Unterstellgebühren bezahlen.»

«Ich kümmere mich darum.»

«Dachte ich mir. Und warum rufen Sie an? Geständigkeit erleichtert die Seele.»

«Wenn ich ehrlich bin, brauche ich eine Information.» Ich wußte nicht recht, wie ich ihn fragen sollte, ob in letzter Zeit vielleicht eine tote Nackttänzerin bei ihnen aufgetaucht war.

«Was wollen Sie denn wissen, Rice?»

«Ich habe hier eine Nachricht, und ich weiß nicht, was sie bedeutet.»

«Und wie lautet die Nachricht?»

«Die blaue Eule tanzt im Gelobten Land.» Ich sagte ihm aber nicht, woher sie stammte. «Ich glaube, die blaue Eule ist eine Tänzerin, die ich suche. Ich weiß aber nicht, was ich mit dem Gelobten Land anfangen soll.»

«Nun ja», sagte Stranahan, «es könnte Kanaan sein.»

«Jetzt kommen Sie mir auch noch mit Ihrer Bibelfestigkeit.»

«Reine Frömmigkeit. Es könnte sich aber auch um die Stripteasebar gleichen Namens handeln, die immer von uns dichtgemacht wird.»

«Wo?»

«In Hialeah.»

«Danke.»

«Keine Ursache. Ich glaube, wir sind Ihnen etwas schuldig wegen all der Unannehmlichkeiten. Ihr Alibi ist überprüft worden. Sie stehen offiziell nicht mehr unter Verdacht.»

«Das ist tröstlich.»

«Vergessen Sie Ihren Wagen nicht. Ach ja, und schaffen Sie sich mal einen neuen Reservereifen an.»

«Reservereifen? Der ist noch nie gebraucht worden. Ist nagelneu.»

«Er ist völlig abgefahren und platt», sagte Stranahan.

«Dann muß Loftus einen Reifenwechsel vorgenommen haben.»

«Tatsächlich? Mal sehen. Bleiben Sie dran. Aha, ja. Muß er wohl. Es war ein neuer Reifen am Auto. Hinten rechts. Sie haben das also nicht gemacht?»

«Nein.»

Stranahan sagte: «Dann muß er einen Platten gehabt haben. Sehr interessant.»

«Ja, hochspannend», sagte ich.

«Ihre Stimme straft Sie Lügen.»

«Was ist denn daran so großartig? Er hatte einen Platten.»

«Und sie schimpfen sich Privatdetektiv!»

Er legte den Hörer auf.

Ich tat Stranahans letzte Bemerkung mit einem Schulterzucken als reine Spötterei ab. In Hialeah gab's die Telefonnummer eines Gelobten Landes. Ich rief dort an und fragte nach der Adresse. Öffnungszeiten von 11 Uhr morgens bis 3 Uhr nachts.

Ich wählte Nicks Privatnummer.

«Hallo.» Er atmete schwer.

«Geht's dir gut?»

«Ja. Trainiere gerade.»

«Ich habe Arbeit für dich. Falls du willst.»

«Sicher. Was ist es denn?»

«Du sollst den Nachmittag damit verbringen, nackten Frauen beim Tanzen zuzuschauen.»

Nick blieb eine Zeitlang still. «Was springt für mich dabei heraus?»

Ich lachte und gab ihm die Adresse vom Gelobten Land durch. Ich sagte ihm, daß wir eine Tänzerin mit einer blauen Eulentätowierung an der Schenkelinnenseite suchten.

«Und wenn ich sie finde?» fragte er.

«Dann ruf mich an.»

«Ich soll am späten Abend Carla an der Bar ablösen», erinnerte er mich.

«Ich weiß. Wenn die Tänzerin, die wir suchen, nicht tagsüber auftritt, komme ich hin und sehe mir die Tänzerinnen der Nachtschicht an.»

«Hat sie einen Namen?»

«Lola. Vielleicht.»

«Blaue Eulentätowierung.»

«Du hast's erfaßt. Wenn ich bis vier nichts von dir höre, komme ich hin und erlöse dich.»

«Laß dir Zeit.»

Er legte auf. Nick hält nichts von langen Abschieden.

Ich half Carla bis etwas zwei Uhr hinter der Bar. Bis zur Nachmittagsflaute. Ehe ich es wieder vergaß, ging ich noch einmal ins Büro, schlug Larry Wildgooses Telefonnummer nach und wählte sie.

Er nahm ab und nannte die letzten vier Zahlen seiner Nummer. «Zwei-Zwei-Sieben-Sieben.»

«Wildgänschen, Mann, hat dich die Grenzpolizei noch immer nicht erwischt?»

«Harry, Mann! Warum sagste denn so was zum guten alten Lawrence! Was sollte denn die Grenzpolizei von mir wollen?»

«Hast du inzwischen eine Arbeitserlaubnis?»

«Nicht dran zu denken, Mann. Zu teuer.»

«Und dann noch Steuern.»

«Auch das.»

«Kaufst du immer noch Autos auf und verschiffst sie zu den Inseln?»

«Je nachdem.»

«Wieviel zahlst du?»

«Je nachdem. Wie heiß ist die Ware?»

«Gar nicht. Ist meins. Ich bin der Eigentümer.»

«Sechshundert Dollar.»

«Du hast den Wagen doch noch gar nicht gesehen!»

«Die Leute verkaufen mir keine teuren Wagen, es sei denn, sie sind heiß.»

«Dieser ist es nicht.»

«Was fährst du denn?»

«Einen zehn Jahre alten Ford.»

«Kilometerstand?»

«Ja, hat er.»

«Rost?»

«Eine Hälfte ist rostfrei.»

«Welche Hälfte?»

«Die Polsterung.»

Er lachte «Ho-ho» wie ein Warenhausnikolaus.

«Fünfhundert Dollar.»

«Du Schweinehund.»

«Nicht so süße Worte, Mann. Gehandelt wird nicht.»

«Na schön. Er muß morgen abgeholt werden.»

«Kein Problem.»

«Vielleicht doch. Er steht auf dem Polizeihof.»

«Kein Problem. Macht ein US-Bürger für mich.»

«Soviel zur Ausländerquote», sagte ich. «Dein US-Bürger soll nach Lieutenant Stranahan fragen, wenn er den Wagen abholt.»

«Ich brauche die Papiere.»

«Ich lasse den Fahrzeugschein und die Zulassung bei Carla. Sie ist hier bei mir Barfrau.»

«In der Sand-Bar?»

«Ja. Ich lege eine Vollmacht bei. Gib Carla das Geld, dann händigt sie dir die Papiere aus. Und, Wildgoose?»

«Ja, Mann.»

«In bar.»

«Bahama-Dollars?»

«US-Schweinehund.»

Er lachte noch «Ho-ho», als ich auflegte.

Was nun, fragte ich mich. Ich brauchte nur hochzuschauen und wußte, was. Mein Herz setzte mitten im Schlag aus. Gerade als ich dachte, ich hätte sie verloren, war sie da. In der Tür stand mit einem scheuen Lächeln Mali.

28

«Erinnerst du dich noch an mich?» sagte sie leise. Sie hatte die Schulter an den Rahmen gelegt, die Füße gekreuzt.

Ich nickte. «Du kommst mir irgendwie bekannt vor. Hast du nicht mal in Raouls Sonnenstudio gearbeitet?»

Mali lächelte. «Gehst du regelmäßig dahin?»

«Na, hör mal», sagte ich. «Ich mußte noch nie in meinem Leben für Sonnenbräune bezahlen.»

Das Lächeln nahm zu. Ich starrte sie an, voller Angst, sie könnte wieder verschwinden, wenn ich die Augen von ihr abwendete. Sie wiederzusehen weckte lange verdrängte Gefühle in mir. Sie sah so gut aus. Sie trug das «Coconut Grove Art Show»-T-Shirt, das ich ihr letztes Jahr geschenkt hatte. Der kurze Jeansrock und Ledersandalen zeigten ihre festen Tänzerwaden. Ihr Gesicht leuchtete mit einer inneren Schönheit, die ganz Malis war und mit jedem Lächeln neu hervorkam. Meine Haut fing davon zu prickeln an und mein Herz zu rasen. Wie kann man das jemandem sagen?

Es war seltsam. Mali und ich waren einander so vertraut wie lebenslange Freunde. Wir konnten uns durch bloße Blicke verständigen. Und doch waren wir in jenem verlegenen Augenblick so schüchtern wie Neuverliebte. Ich fragte mich, ob sie wohl von der gleichen unterirdischen Nervosität ergriffen war, die ich hinter gespielter Nonchalance zu verbergen suchte. Ich weiß nicht, was sie empfand. Ich hatte keine Ahnung. Nur zu oft höre ich Leute sagen: «Ich weiß, was du denkst.» Ich kann das nicht. Ich weiß nie, was andere Leute denken.

Ich wollte zu ihr hingehen und sie umarmen. Ich glaube, ich wartete darauf, daß sie mir sagte, das sei in Ordnung. Ich wartete auf die Erlaubnis. Lange Zeit hatte es keine mehr gegeben, die ich umarmen konnte, ohne erst ihr Einverständnis einzuholen. Aber bei Mali und mir war es einmal so gewesen. Das fehlte mir. Sie fehlte mir.

«Ich habe an dich gedacht», sagte sie.

Das war ein gutes Zeichen. Vielleicht hatte sie das gedacht, wovon ich wünschte, daß sie es denken würde – daß das, was wir früher miteinander hatten, zu gut war, um es aufzugeben.

«Du hast mir gefehlt.» Ich war verblüfft über meine eigenen Worte.

Mali sah mir auf den Grund der Seele. «Ja?»

Irgend etwas war an der Art, wie sie das sagte. Eine Unsicherheit, ob sie mir wirklich gefehlt hatte, oder der Wunsch, es noch einmal bestätigt zu bekommen. Die grundlegende Wahrheit? Ich war ohne sie verloren. Und was sagte ich schließlich?

«Hör mal, Kleines, willst du den ganzen Tag da stehenbleiben?» sagte ich und klang wie eine Karikatur von Humphrey Bogart. «Komm rein. Setz dich. Stell dein Zeug ab. Leg die Beine hoch. Bleib hübsch lange.»

«Wow», sagte sie, «welches Mädchen könnte so eine Einladung ausschlagen?»

Erst als sie durch den Raum ging und sich in den Sessel setzte, wurde ich ruhiger. Es war, als hätte sie eine unsichtbare Schranke zwischen uns durchbrochen. Sie veränderte ihre Position im Sessel ein wenig, bis sie bequem saß. Um hübsch lange zu bleiben?

«Wie ist es dir inzwischen ergangen?» fragte sie.

«Ich weiß nicht. Ich habe die heutige Zeitung noch nicht gesehen. Bist du über meine Heldentaten im Bilde?»

Sie nickte. «Ich habe ein schlechtes Gewissen, weil ich dich Eloise empfohlen habe. Schrecklich, was alles passiert ist, und mitzubekommen, daß du da hineingezogen worden bist!»

Ich zuckte die Schultern. «Das gehört dazu.»

«Ist denn alles wieder in Ordnung?»

Ich nickte.

«Willst du nicht darüber reden?» sagte sie.

Ich sah sie an. «Deshalb bist du aber nicht hier, oder?» Ein Gefühl im Bauch. Verständigung durch bloße Blicke.

Sie betrachtete mich einen Moment lang forschend. «Nein.»

Wir saßen da und sahen einander an. Mein Magen zog sich zusammen, als hätte er gerade eine tödliche Portion Spam-Dosenwürstchen genossen. Eine böse Ahnung? Ich hatte so ein Gefühl, als stecke sie in Schwierigkeiten. Irgend etwas lag ihr auf der Seele. Es tat mir leid, daß sie bedrückt war, aber zugleich war ich erfreut, daß sie sich, wenn es darauf ankam, wenn es wirklich darauf ankam, an mich wandte.

Ich wollte ihr sagen, daß ich mich um alles kümmern würde, was auch immer es sei, aber sie sprach zuerst.

«Ich will dir erzählen, was sich in jüngster Zeit in meinem Leben getan hat», sagte sie. «Vor etwa vier Wochen bin ich zufällig einem alten Freund von Chuck über den Weg gelaufen. Er heißt Phillip. Ich hatte Phillip über sieben Jahre nicht gesehen.

Das war kurz nachdem Chuck und ich uns getrennt hatten. Phillip und ich sind eine Zeitlang miteinander gegangen, bevor wir uns aus den Augen verloren.»

Sie hielt kurz inne, um sich zu sammeln.

«Alles klar, Mali», versicherte ich ihr. Los, los, erzähl schon von diesem Schwein Phillip. Erzähl mir, was er getan hat. Wie er sich an dich rangemacht hat. Daß du dein Telefon abgemeldet hast, damit er dich nicht mehr belästigen kann. Erzähl Sir Harry, dem edlen Ritter, alles, damit er dir beistehen kann. Ich möchte dich in meinen Armen halten, dich beschützen, dich glücklich machen.

«Die Ereignisse haben sich förmlich überschlagen. Als wir unter ganz anderen Umständen da wieder anknüpften, wo wir damals aufgehört hatten, vertiefte sich unsere Beziehung.» Sie sprach langsam, tastete sich vor.

Ich war so still wie ein zugefrorener See.

Sie sagte: «Ich bin zu Phillip gezogen. Wir wollen demnächst heiraten.»

Starre.

Unglauben, abgrundtiefe Trauer, Erstaunen, Angst, Panik, Verwirrung – Myriaden von Empfindungen gingen auf Kollisionskurs mit meinem Solarplexus.

Schock.

Das hatte ich nicht kommen sehen. Soviel zum Schutzschild der Selbsttäuschung.

In Scherben.

In der Nacht, als mir jäh die entsetzliche Erkenntnis kam, daß Theresa wirklich sterben würde, verließ ich das Krankenhaus, nachdem ich stundenlang ihren Schlaf bewacht hatte. Ziellos, ohne eine bestimmte Richtung einzuschlagen, ohne einen Platz, an den ich gehörte, fuhr ich in dumpfer Verzweiflung einfach los, um mich möglichst weit von meinem inneren Chaos zu entfernen.

Die Qual war schier unerträglich. Die Erinnerungen, die nicht ausreichen würden, die Erinnerungen, die es nie geben würde. Ein Schmerz, den Narkotika nicht betäuben konnten. Eine unheilbare Verletzung.

Ich war voller Angst und wußte nicht, wo ich hinrennen sollte.

Um drei Uhr morgens klopfte ich an eine Tür. Ich erinnerte mich nur daran, daß ich das Krankenhaus verließ, ins Auto stieg und abfuhr. Und dann klopfte ich an diese Tür. Ich weiß nicht mehr, wie ich das Auto geparkt habe oder auf die Tür zugegangen bin. Ich wußte nicht einmal, an wessen Tür ich da klopfte.

Über mir ging eine Lampe an. Cat öffnete die Tür.

«Mein Gott, Harry», flüsterte Cat. «Was ist denn?»

Ich wollte etwas sagen, aber die Worte blieben mir im Hals stecken.

Sie griff nach meiner Hand. «Komm rein.»

Cat geleitete mich ins Wohnzimmer. Wir setzten uns auf die Couch. Sie nahm mein Gesicht in ihre beiden Hände und sah mir in die Augen.

«Was ist los, Harry?» Sie wandte die Augen nicht von mir. «O Gott», sagte sie leise. «Theresa?»

Ich atmete tief ein, um den verzehrenden Schmerz von mir fernzuhalten. Ich begann zu zittern.

Cat legte mir einen Arm um die zuckenden Schultern. Mit dem anderen zog sie sanft meinen Kopf an ihre Brust.

«Ist ja gut. Ist ja gut», flüsterte sie immer wieder. «Ist ja gut. Ich halte dich fest. Nur ruhig, Schatz. Ich halte dich ja. Ist ja gut. Ich lasse dich nicht los.»

Cat hielt mich umfangen, bis ich mich in den Schlaf geweint hatte.

Als ich aufwachte, war es draußen hell. Ich war immer noch auf der Couch. Und Cat hielt mich immer noch umfangen.

«Harry?» sagte Mali und klang besorgt. «Woran denkst du gerade?»

Die schmerzliche Wahrheit war, daß ich gerade gedacht hatte, wenn ich jetzt plötzlich verschwinde, würde mich niemand vermissen. Aus und vorbei. Das war mein Vermächtnis.

Das verschwieg ich Mali natürlich. Darin bin ich am besten. Ich erzähle Leuten nichts. Ich behalte es für mich. Falls ich dachte, das sei am leichtesten, die sicherste Methode, irrte ich mich. Die Folgen waren verheerend, und es war viel schwieriger, damit zu leben, als wenn ich es einfach riskiert hätte, ihr zu sagen, was ich fühlte, damals, als es noch eine Rolle gespielt hätte. Ganz gleich, wie sie darauf reagiert hätte. Aber wie es jetzt stand, würde ich nie erfahren, wie es hätte sein können.

Mali schaute mich immer noch an. Ich wurde mit jedem Blick auf sie etwas schwächer. Das hatte sich nie geändert. Was sollte ich bloß sagen? Ich hatte keine Spickzettel, die mir hätten weiterhelfen können. Ich mußte Farbe bekennen. Oder mich verstellen.

Ich schüttelte den Kopf und zwang mich zu einem Lächeln. «Nichts. Freut mich für dich. Sonst nichts.»

Ihre Augen durchbohrten mich förmlich. «Kommst du damit klar?»

«Womit kommt man nicht alles klar!» Altkluges Kichern. «Glaub mir. Es freut mich für dich. Toll. Ich möchte gleich losrennen und dir ein Hochzeitsgeschenk kaufen. Bist du Stammkundin bei Bloomie's oder K-Mart?»

Die alberne Komödie eines gebrochenen Herzens.

Stille.

«Was denn», sagte ich, «was willst du denn hören, Mali? Was soll ich denn sagen?»

«Ich möchte, daß du mir sagst, was du denkst. Was du fühlst.»

«Was ich fühle, willst du wissen, ja?»

«Allerdings.»

«Willst du nicht.»

«Du irrst dich, Harry.»

«Glaub mir, Mali. Du willst es nicht.»

Ich sah sie durchdringend an, ob sie es etwa wagte, mir zu widersprechen. Sie ließ die Augen nicht von mir und brachte mich allmählich ins Wanken. Sie siegte. Ehe ich mich's versah, ohne daß ich noch Zeit hatte, zu überlegen, die richtigen Worte zu suchen und mich druckreif zu äußern, sprudelte es nur so aus mir heraus.

«Verdammt, Mali. Du kommst hereingeschneit und erzählst mir, daß du gestern einen Typen kennengelernt hast und ihn morgen heiraten wirst. Na schön. Du willst wissen, was ich denke? In meinen Ohren klingt das so, als wollten zwei Menschen unbedingt heiraten, egal wen. Augenblick mal. Laß mich ausreden. Erinnerst du dich noch? Es war kurz nachdem Cat und Dickie uns miteinander bekannt gemacht hatten; etwa beim dritten- oder viertenmal, als wir essen gegangen sind. Ich werde dir sogar sagen, wo es war. Saint Michel's in Coral Gables. Du hast Crêpes bestellt und ich ein Pfeffersteak. Hinterher sind wir zu einem Bücherantiquariat spaziert. Du kanntest den Besitzer, einen alten Mann. Jedenfalls hast du mich an dem Abend nach dem Essen gefragt, warum ich nicht wieder geheiratet hätte. Ich hatte Mühe, dir mein Grauen vor dem Alltäglichen, der Routine zu erklären, ohne versnobt zu klingen. Aber du hast es verstanden. Du hast über den Tisch gelangt und meine Hand ergriffen. Du hast mir gesagt, ich sei etwas Besonderes und sollte auf jemand Besonderen warten. Erinnerst du dich daran?»

Mali lächelte und nickte.

«Nun, Mali, du bist etwas Besonderes.» Du bist etwas so Besonderes. «Und du hast etwas Besonderes verdient. Ich will einfach nicht mit ansehen, wie du aufgibst und dich auf irgend etwas einläßt, was gerade des Weges kommt.» Vor allem möchte ich dich nicht verlieren, meine Liebe. Aber diese Dinge bleiben immer unausgesprochen. «Tu's nicht, Mali.» Das sagte ich. «Könnte ich irgend etwas sagen oder tun, damit du deinen Sinn änderst?»

Immerhin dachte sie erst nach, bevor sie sagte: «Nein. Ich treffe eine solche Entscheidung nicht leichtfertig.»

«Wenn man dich hört, denkt man, es handelte sich um eine geschäftliche Entscheidung.»

«Ach ja?» sagte sie leise. Ihre Augen waren traurig.

Ich schaute weg. Beschämt.

«Komisch», sagte sie, «du kannst dich an die kleinsten Kleinigkeiten von vor fünf Jahren erinnern.»

«Ich erinnere mich an alles, Mali.»

«Das weiß ich. Ich auch. Ich habe nicht vergessen, wie du mich einmal mit dem handgemalten Foto der Ballettschuhe überrascht hast, die wir auf der Promenade gesehen hatten. Ich erinnere mich an die Blumen, die du mir aus Rom geschickt hast. Daran, daß du mir die Kommode repariert hast. Ich weiß noch, wie wir zum erstenmal ausgegangen sind, nur wir zwei. Wir sind zur Rennbahn gegangen und dann zum Cap's Place. Du hast mich zu meinem ersten Footballspiel mitgenommen.» Sie schloß die Augen und lächelte. «Und vor allem, Harry, erinnere ich mich, daß du immer da warst, wenn ich jemanden brauchte.»

«Du hast mir auch geholfen, Mali.» Ich wollte ihr sagen, daß ich völlig verwirrt war, daß ich nichts mehr von alledem verstand. Aber ich sagte nur: «Woran liegt es bloß? Daran, daß ich das Wort mit L nicht benutze?»

Sie lachte. «O Harry, ich liebe dich auch. Wirklich. Ich bin gern mit dir zusammen. Du bringst mich zum Lachen. Du machst mich glücklich. Du hast eine Lebenslust wie nur wenige Menschen. Ich bin begeistert von deiner Spontaneität, von der Art und Weise, wie du in ein Flugzeug steigst und aus einer Laune heraus mal eben irgendwohin fliegst.»

Ich kam mir vor, als hörte ich meinem eigenen Nachruf zu. «Ist das dein Abschied von mir?» fragte ich sie ernst.

«Absolut nicht. Es ist mir wichtig, dir nachdrücklich zu versichern, daß mir das, was ich für dich empfinde, nie genommen werden kann. Du bist mir immer ein unglaublich guter, liebevoller Freund gewesen.»

«Warum dann der ‹liebe John›?»

«So ist es doch gar nicht.»

«Du weißt schon, was ich meine. Warum die Eile?»

«Harry», sagte sie mit einem Anflug von Wehmut, «ich bin sechsunddreißig Jahre alt. Ich bin kein junges Mädchen mehr. Ich bekomme nicht alle Tage einen Heiratsantrag.»

«Mali, du hast zu viele gute Gaben, um so zu denken. Willst du das wirklich? An Waschmaschine und Trockner gekettet sein als Frau von Phillip? Schau mal, da geht Phillips Köchin, Phillips Hausmädchen, Phillips Matratze. Und wo bleibt Mali? Was geschieht mit ihr? Ist es das, was du willst? Von jemandem in Besitz genommen werden?»

«Du bist unfair. Du kennst Phillip nicht einmal.»

«Du doch auch nicht!» konterte ich.

«Er bietet mir Sicherheit und ist rundum zuverlässig.»

«Du hast gerade einen zweiundachtziger Honda beschrieben.»

«Ich will mich mit dir nicht auf einen Schlagabtausch einlassen. Außerdem hast du es ja selbst gesagt. Du fürchtest das Alltägliche, und der Gedanke an eine Routine schreckt dich ab. Du willst nicht in ein Geleise geraten, wo man sich mittwochs mit den Nachbarn zum Bridge trifft, samstags mit den Männern

Golf spielt und mit den Damen der patriotischen Frauenbewegung im Garten grillt. Deine eigenen Worte. Vielleicht findest du die Routine in der Ehe einengend, aber für mich ist sie, glaube ich, eher angenehm.»

«Angenehm? Du gibst dich auf. So muß eine Ehe nicht sein.»

Sie seufzte. «Harry, du hast eine veraltete romantische Vorstellung von der Ehe. Wir leben nicht auf einem fliegenden Teppich.»

«Glaube ich nicht. Ich bin immer auf Wolken geschwebt, wenn wir zusammen waren.»

Das brachte sie aus dem Takt. Sie hielt sich die Hand vor den Mund. Als sie endlich wieder sprach, lag ein kaum wahrnehmbares Zittern in ihrer Stimme. «Das wußte ich gar nicht. Du hast nie etwas davon gesagt.»

«Manches muß nicht gesagt werden.»

«Manches eben doch.»

«Wäre es anders gekommen, wenn ich etwas gesagt hätte?»

Sie wandte sich einen Augenblick von mir ab, dann sah sie mich unglücklich an.

«Denk mal darüber nach», sagte sie. «Willst du wirklich eine Antwort darauf haben?»

Sie hatte recht. Es war eine Frage ohne Gewinner. Und es gab keine Antwort darauf, die mich hätte glücklich machen können. Ich wollte lieber nichts hören, weil ich mir nicht sicher war, ob ich mich danach nicht noch elender fühlen würde.

Wir machten einen Spaziergang über den Strand am Saum des Wassers entlang. Der Himmel hatte ein wunderschönes tiefes Blau, wie man es in Florida und auf den Karibischen Inseln gewohnt ist. Ein frischer Wind blies vom Meer her und trieb Tangnester in Wellenbewegungen heran, die er dann in einem Bett aus Meerschaum am Ufer ablegte. Am Horizont schimmerte die Silhouette eines einsamen Treibnetzfischerbootes. Genauso fühlte ich mich. Wie ein einsamer Treibender.

Zuerst schritten wir flott aus. Als Mali mich an der Hand nahm, verlangsamte ich das Tempo, in der törichten Hoffnung, daß wir um so länger zusammensein würden, je langsamer wir gingen. In Wirklichkeit hieß es einfach nur, daß wir nicht so weit gingen. Wir schlenderten durch den Sand, vorbei an den Grillplätzen und Picknicktischen aus Redwoodholz, die von australischen Kiefern beschattet wurden. Beim Meeresschildkrötenreservat gingen wir schräg hinüber zum Broadwalk.

Bis auf das Kreischen und Lachen von drei Mädchen, die eine Frisbeescheibe segeln ließen, war es still am Strand wie meistens an einem normalen Wochentag außerhalb der Saison. Die wenigen Fußgänger auf dem Gehweg kannte ich als ständiges Strandpersonal. Da waren einmal die Kellnerinnen, die nachts arbeiteten und tagsüber in der Sonne bräunten. Die älteren Leute mit Übergewicht und etwas jüngeren Wünschen, die auf den Bänken saßen und beobachteten, wie junge Mütter ihren Kleinkindern verkleckertes Softeis abrieben.

Als wir an der Coral-Rock-Raw-Bar vorbeikamen, stieg uns der Duft von schwimmend ausgebackenen Muscheln in die Nase, der von der eingezäunten Terrasse herüberzog. Ein Rock-'n'-Roll-Song aus den sechziger Jahren mischte sich mit dem Schwirren flatternder Palmwedel. Vertraute Anblicke, Gerüche und Geräusche, die nichts gegen mein immer stärkeres Gefühl auszurichten vermochten, daß ich am Rand einer Scheinwelt entlangstolperte. Verdrängung setzte ein. Je länger Mali und ich Hand in Hand spazierengingen, um so fester war ich davon überzeugt, daß sie diesen Phillip nicht heiraten würde. Es ging nicht. Ich würde es einfach nicht zur Kenntnis nehmen. Ich würde so tun, als täte es nicht weh. Und ich würde so tun, als tränten meine Augen wegen einer Allergie und nicht aus Herzeleid. Algen. Ja, das war's. Ich würde so tun, als hätte ich alles im Griff.

Unterwegs hörte ich wie durch einen Filter, was Mali mir

von Phillip erzählte. Ich hörte, was ich hören wollte, und legte es nach eigenem Gutdünken aus. Sie erzählte mir von Phillips reichem Onkel. Reicher Onkel hatte mehrere Unternehmen im Südosten. Reicher Onkel besaß ein Fischrestaurant in Biloxi, das seine Schwester leitete. Ein Motel in Cedar Key wurde von Phillips Sohn aus zweiter Ehe geführt. Phillip selbst leitete einen Taucherladen, eine Taucherschule und einen Bootsverleih für Reicher Onkel in Key Biscayne. Die ganze Familie arbeitete für Reicher Onkel. Nach meiner Überzeugung klang das so, als seien drei Generationen von Geiern fieberhaft darum bemüht, die Nummer Eins in Reicher Onkels Erbenhitparade zu werden. Das war vielleicht keine wörtliche Übertragung, aber da ich meine Purple-Heart-Medaille gerade erst bekommen hatte, fühlte ich mich zu einer gewissen dichterischen Freiheit berechtigt. Zumal Mali offenbar von einem Mann umworben wurde, dessen ehrgeiziges Ziel die lebenslängliche Abhängigkeit vom Erbe eines Verwandten war.

Aber sie war ja noch nicht verheiratet. Vielleicht brauchte ich das alles nur, um endlich zu Verstand zu kommen. Ich war entschlossen, sie mir nicht nehmen zu lassen. Was immer dazu nötig war. Ohne Wenn und Aber. So vieles wollte ich ihr sagen, aber ich schreckte davor zurück. Was ich sagen wollte und sagen mußte, war zu wichtig, um ohne vorherige Probe zu gelingen. Ich mußte meine unverhüllten Gefühle verbergen.

Als Mali und ich in die Sand-Bar eintraten, sagte Carla: «Harry, Nick hat vor über einer Stunde angerufen. Er sagte, es wäre Zeit, ihn im Gelobten Land abzulösen. Weißt du, wovon er redet?»

«Ja», sagte ich.

Ich wandte mich an Mali und wollte ihr sagen, daß ich leider gehen müßte.

Sie drückte meine Hand. «Schon gut», sagte sie. «Kümmere dich nur um Nick.»

«Ja sicher. Muß ich ja. Aber ich –»

«Wir reden noch miteinander?»

«Bestimmt?»

Sie lächelte. «Bestimmt.»

Mali umarmte mich. Sie duftete wie die Sterne und fühlte sich so an, wie sich das Leben anfühlen soll. Ich erinnerte mich daran, wie Cat mich gehalten hatte, und ich hatte Angst, anzufangen zu weinen. Dieser Augenblick voller Zärtlichkeit, diese vertraute Güte eines anderen Menschen, diese Weichheit einer Frau, lauter unerwartete Geschenke, mit denen einen das Leben ohne Vorwarnung überraschen kann. Wie konnte ich mich nur so gut und so verletzt zugleich fühlen? Warum mußten wir uns überhaupt wieder loslassen?

Mit Malis Zusicherung, daß wir noch miteinander reden würden, und mit meiner Absicht, mich auf dieses Gespräch vorzubereiten, verließ ich die Sand-Bar. Und ließ Mali zurück.

Ein schwerer Fehler.

29

Zum erstenmal bemerkte ich den grünen Oldsmobile, als ich von der Surf Road in die Grant Street einbog. Das zweite Mal war auf dem Hollywood Boulevard. Ich sah in den Rückspiegel, und da war er in meinem Kielwasser.

Zehn Minuten später, auf dem Interstate nach Süden, hatte ich immer noch meinen grünen Schatten. Falls ich verfolgt wurde, verhielt sich der Fahrer ebenso unauffällig wie die drei Mouseketeers beim Reiten auf Dumbo. Es gab nur eine Möglichkeit, Sicherheit zu erlangen. Ich nahm die Ives-Dairy-Road-Ausfahrt. Der Oldsmobile auch. Die Ampel an der Autobahnbrücke war rot. Ich schaltete den Blinker für Linksabbieger ein.

Der Oldsmobile auch. Als die Ampel auf Grün umsprang, fuhr ich, statt links abzubiegen, geradeaus über die Ives Dairy Road hinweg zur Auffahrt des I-95. Der grüne Oldsmobile war dicht hinter mir.

Ich wurde beschattet. Immerhin war es kein roter Corvette. Wer immer es war, war entweder ein Amateur oder jemand, der keinen Wert darauf legte, unbemerkt zu bleiben.

Ich fuhr auf dem I-95 in südlicher Richtung. Hialeah ist schlecht erreichbar, deshalb geht es auch abwärts mit Floridas prächtigster Rennbahn für Rassepferde. Auf dem Interstate sind unentwegt Bauarbeiten im Gange. Die Palmetto-Schnellstraße mit ihrer Fahrgeschwindigkeit ist nur noch etwas für Risikofreudige. Die Stadtstraßen sind an fast allen Kreuzungen mit Ampeln und Stoppschildern in allen vier Richtungen gespickt. Zwischendurch wird man von Schulbussen und Fahrzeugen der Müllabfuhr gebremst, die im Tempo einer sterbenden Schnecke dahinkriechen, dazwischen Taxen, die rücksichtslos ausscheren und um haltende Busse herumfahren, kopflose Touristen, die plötzlich mitten auf der Straße wenden, Großraumlimousinen, die um Straßenhändler Slalom fahren, und Motorräder, die sich überall hindurchschlängeln. Egal, welche Route ich einschlug, es war eine Kleinigkeit, den Verfolger abzuhängen. Aber ehe das passierte, wollte ich doch wissen, wer mir auf den Fersen war.

Der Verkehr über das Golden-Glades-Autobahnkreuz glich Darmbewegungen bei Verstopfung. Der grüne Oldsmobile hing immer noch hinter mir. Als sich die Lawine schließlich auf die Palmetto ergoß, rückten übergeschnappte Autofahrer ihre Sonnenblenden zurecht und lösten sich aus der Meute, um im Wahnsinnstempo auf der Zielgeraden loszuspurten.

Ich bog schon an der ersten Abfahrt von der Schnellstraße ab. Nach etwa hundert Metern bremste ich und ließ Loftus' Volvo auf den Schotter neben der Straße rollen. Ich hielt an. Der grüne

Oldsmobile blieb ungefähr zwanzig Meter hinter mir stehen. Ich stellte den Motor ab und wartete. Am Oldsmobile rührte sich nichts. Ich stieg aus und ging langsam auf den grünen Wagen zu. Der Oldsmobile ging in den Rückwärtsgang und setzte zurück. Ich blieb stehen. Ich sah, wie der Fahrer den Vorwärtsgang einlegte und an mir vorbeischoß. Ich war meinen Verfolger los, aber ich hatte den Fahrer noch erkannt. Ich war von niemand anderem als dem angeblichen Liebhaber Eloises beschattet worden, dem Opfer der Tigertail-Buchhaltung, von Ira Levy höchtspersönlich.

Levy würde später noch Gelegenheit haben, mir zu erklären, warum er mir gefolgt war. Jetzt wartete Nick Triandos im Gelobten Land auf mich. Erst die Arbeit, dann das Vergnügen. Ich war schließlich im Dienst und mußte mir ein paar Nackttänzerinnen ansehen. Nicht aus Voyeurismus, sondern beruflich, zur Überwachung. Das ist ein großer Unterschied. Politiker, Staatsdiener im öffentlichen Dienst und Sittenapostel überwachen. Alle übrigen sind Perverse und Voyeure und fahren zur Hölle, weil sie mehr vom Leben haben als die ewig richtenden Selbstgerechten. Das ist die wahre Sünde.

Ein Päpstlicher-als-der-Papst-Virus war auf dem Vormarsch in der öffentlichen Verwaltung von Broward County. Die Städte erließen Verfügungen, die den Genuß von alkoholischen Getränken in Stripteasebars untersagten. Die Wirkung war genauso, als hätten sie die Etablissements geschlossen.

In Hallandale sprang ein allzeit wachsamer Stadtverordneter schnell auf den Anti-Haut-Zug auf. Der selbsternannte Hüter der städtischen Keuschheit kündigte an, alle Nacktbars aus den Stadtgrenzen verbannen zu wollen. Das Problem war nur, daß es in Hallandale gar keine Nacktbars gab. Da er nicht in völliger Unkenntnis der Materie handeln wollte, schlug der Stadtverordnete vor, die gesamte Stadtverwaltung solle sich auf eine ausgedehnte Exkursion durch die verschiedenen Stripteasebars in den Countys Dade und Broward begeben, um sich erst einmal kundig zu machen, ehe sie etwas verbannte.

In Hialeah verkündete ein sich drehendes Gebilde aus Neonröhren in drei Farben grell:

DAS GELOBTE LAND
EIN KARNEVAL DER SCHÖNHEIT
ALLE TÄNZERINNEN NACKT
XXX

An das Gebäude grenzte ein Parkplatz aus festgestampfter Erde an, auf dem etwa ein Dutzend Autos standen. Nicks Bronco war nicht zu sehen. Ich parkte zwischen zwei Schlaglöchern. Kein Parkplatzwächter. Kein Aufpasser. Die Gegend war zu verrufen für Mietcops.

Das schmutzige Gebäude war anscheinend mit einem Bleistift angestrichen worden. Vor den tintenschwarzen Fenstern waren Eisengitter. Keine Gratisblicke auf die vorbeidefilierenden Musterexemplare weiblicher Schönheit.

Ich ging hinein. Die Luft war dumpf, es roch nach verschüttetem Schnaps, kaltem Rauch und ausgeträumten Phantasien. Die Wände waren mit Nußbaumpaneelen aus Plastik vertäfelt und mit Sperrholz ausgebessert. Den Boden bedeckte ein fadenscheiniger Teppichboden von der Farbe geronnenen Blutes. Die Beleuchtung stammte von Bierreklamen und abgedunkelten Spotlights. Ein paar Spiegel mit Sprüngen hingen hinter der Bar. Dekoration vom Vandalia-Einrichtungsstudio.

Eine meterhohe Bühne in Hufeisenform nahm ungefähr ein Viertel des Raumes ein. Rings um den Rand der Bühne standen Stühle. Eine gelangweilt dreinblickende Tänzerin mit hängenden Wasserballbrüsten wiegte sich in einer Art Trance auf der Bühne. Ein paar junge Männer betrachteten sie prüfend und erwogen, eine Laufbahn als Gynäkologen einzuschlagen.

«Kann ich Ihnen behilflich sein?» fragte eine heisere weibliche Stimme.

Meine Augen schwenkten von den Reizen der Tänzerin zu der Frau neben mir. Sie war stämmig gebaut und nur mit einem ausgefransten Bikiniunterteil bekleidet. Ihre Busen glänzten wie Leuchtbojen der Sinnenfreude. Ihre Augen waren matt.

Ich betrachtete nachdenklich ihre Brüste und sagte: «Arbeiten Sie hier?»

Sie sah an ihrer nackten Brust herunter und dann zu mir hoch.

«Was glauben Sie denn?» fragte sie in einem Ton, als spräche ein Genie mit einem Halbidioten.

«Na ja, ich dachte, Sie wollten vielleicht einen guten ersten Eindruck machen.»

Sie warf mir einen müden Blick zu. Es gibt acht Millionen Arten der Anmache in Naked City, und sie hatte sie alle schon durch.

«Wollen Sie einen Tisch?» sagte sie.

«Nein, danke. Ich setze mich an die Bar.»

Die Bar erstreckte sich an einer Wand entlang, und dahinter war ein Laufsteg als Bühne. Der wurde gerade von einer Tänzerin in hochhackigen Stiefeln eingenommen, die sonst keinen Fetzen am Leibe trug. Sie blieb vor einem Typen, der an der Bar saß, stehen. Er trug einen Anzug. Die Tänzerin machte mit gespreizten Beinen eine tiefe Kniebeuge und gab dem Anzugträger einen unverhüllten Einblick in ihr gelobtes Land. Der Anzugträger langte über die Theke und stopfte der Tänzerin einen Schein ins Strumpfband.

Ich hielt nach Nick Ausschau, konnte ihn aber nicht entdekken. Ich suchte mir einen Hocker am Ende der Bar aus, der strategisch günstig stand, so daß ich beide Bühnen überblicken konnte. Weitere Träumer kamen herein und nahmen am Ring Platz. Eine dralle Barfrau mit streifig gefärbtem Haar, das aussah, als wäre es in einer Autowaschanlage gewaschen und getrocknet worden, näherte sich. Sie war einfach gekleidet, als hätte sie nichts Besonderes vor.

Ihre Lippen kräuselten sich zu einem nikotinfleckigen Lächeln. «Zum erstenmal hier?» fragte sie.

Ich nickte.

«Dachte ich mir. Ich hätte mich sonst an Sie erinnert.»

«Ach Quatsch», sagte ich. «Ich wette, das sagen Sie zu allen Jungs.»

Sie lachte. «Um ehrlich zu sein, ja. Was soll's denn sein?»

«Die kälteste Flasche Bier.»

Die Musik ging zu Ende. Die Bühnentänzerin trollte sich ohne Fanfarenstoß oder Beifall. Die Tänzerin hinter der Bar stand bewegungslos, die Arme vor der Brust verschränkt, und wartete auf die nächste Platte. Ein lautes, rhythmisches Gehämmer begann. Ein dunkelhaariges, etwa achtzehnjähriges Mädchen sprintete auf die Hauptbühne und begann, zu einem nervtötenden lateinamerikanischen Ohrwurm herumzuwirbeln. Die Tänzerin hinter der Bar mußte taub sein. Sie bewegte sich wie ein vorbeiflanierender Zombie. Als die Platte zu Ende ging, war die Tänzerin auf der Bühne ebenfalls nackt. Ich musterte ihre Schenkel mit wissenschaftlichem Interesse. Keine eintätowierte blaue Eule. Die Aussicht, länger hier sitzen und auf Lola warten zu müssen, deprimierte mich. Immer noch keine Spur von Nick.

Fast eine Stunde wartete ich auf Nick und schaute mir Tänzerinnen verschiedener Größe und Figur an, magersüchtige und fettschwabbelnde, die abwechselnd ihre Reize vorführten. Etwa fünf Minuten lang schlitterte eine ältliche wasserstoffblonde Mutter voller Schwangerschaftsnarben herum. Dann rollte eine Bowlingbahn-Schöne herein und legte alles ab, nur nicht ihre Starallüren. Ihr folgte eine Motorradbraut, die alle verächtlich ansah, während sie sich ungelenk durch ihre Routine quälte. Als nächstes rumpelte und stampfte eine bleiche Schönheit drauflos, dann legte eine schwarze Hexe einen Zirkustanz aufs Parkett. Am Schluß der Runde, zum Finale, kamen noch einmal alle Tänzerinnen zu einer schlecht inszenierten Revue *au naturel* zusammen. Halbgare und überreife Tänzerinnen in Fülle ohne Hülle. Dann fing es wieder von vorne an, und jede Tänzerin trat in der nächsten Runde erneut mit ihrem Solo auf. Kiloweise Fleisch, aber nicht ein Gramm von einer blauen Eulentätowierung.

Eine Tänzerin mit vollen Brüsten und leerem Blick stand dicht vor der Bar, beugte sich direkt vor mir nach vorn und schwang ihre Auslagen wenige Zentimeter vor meinen Augen hin und her.

Was zuviel ist, ist zuviel. Ich machte mir Sorgen um Nick. Ich mußte herausfinden, was mit ihm geschehen war. Das Münztelefon war auf der Herrentoilette.

Ich rief in der Sand-Bar an, weil ich zu dem Schluß gekommen war, daß Nick entweder dorthin zurückgekehrt war, um seine Schicht zu übernehmen, oder zumindest bei Carla eine Nachricht für mich hinterlassen hatte. Beides falsch.

«Ich habe nichts von ihm gehört», sagte Carla. «Alles in Ordnung?»

«Klar», sagte ich. «Wir sind wahrscheinlich aneinander vorbeigefahren. Hör mal, es sieht so aus, als wären wir noch eine ganze Weile beschäftigt. Kommst du allein zurecht in der Bar?»

«Aber sicher.»

«Danke. Ich werde versuchen, dir Nick so bald wie möglich zu schicken. Wenn es dir zu lange dauert, schließe einfach früher, falls das Geschäft flau ist.»

«Mach dir keine Sorgen um die Bar. Ich kümmere mich schon darum.»

«Ich weiß.»

«Harry? Paßt gut auf euch auf, du und Nick.»

«Keine Sorge», sagte ich und legte auf.

Nick mußte das Gelobte Land bereits verlassen haben, als ich dort ankam, und das war über eine Stunde her. Für den Rückweg zur Sand-Bar hätte er nicht so lange gebraucht. Das hieß unter Umständen, daß er Lola ausfindig gemacht hatte, nachdem er bei der Sand-Bar angerufen hatte. Sie hatte wohl doch tagsüber Dienst getan, und als ich nicht rechtzeitig aufkreuzte, war Nick ihr sicher gefolgt. Es hatte keinen Zweck, im Gelobten Land herumzusitzen und noch mehr Frauen dabei zuzuschauen, wie sie sich aus ihren Geschenkverpackungen wickelten. Jetzt mußte ich Lola suchen, um Nick zu finden.

Ich ging wieder zur Bar und bat die Barfrau um die Rechnung.

Ich legte einen 20-Dollar-Schein auf die Theke. «Der Rest gehört Ihnen, wenn Sie mir einen Gefallen tun.»

«Tut mir leid, Süßer, aber so eine bin ich nicht.»

«So geht's mir immer im Leben», sagte ich. «Aber diese Art von Gefallen brauche ich nicht. Ich suche Lola.»

«Wer ist Lola?» Sie war cool; sie kam kein bißchen aus dem Takt und bewahrte eine eherne Pokermiene.

«Die mit der blauen Eulentätowierung.»

Sie musterte mich argwöhnisch. «Ich dachte, Sie wären noch nie hier gewesen.»

«War ich auch nicht.»

«Wer sind Sie denn?»

«Ein Freund von Lola.»

«Dann nehmen Sie mal Ihr Wechselgeld, Sie Freund von Lola, und gehen Sie. Ich verkaufe keine Infos dieser Art.»

Sie war eine erfahrene Spielerin, vermutlich wurde sie oft nach den Privatnummern und Adressen von Tänzerinnen gefragt. Es spielte keine Rolle. Ich wußte, wie ich sie schlagen konnte.

«Ich will Ihnen etwas zeigen.»

«Lassen Sie bloß den Reißverschluß zu. Ich habe davon mehr als genug gesehen. Wenn man einen Eiffelturm gesehen hat, kennt man sie alle.»

«Sie haben eine schmutzige Phantasie», sagte ich. «Das mag ich.» Ich holte meine Brieftasche hervor und zeigte ihr eine laminierte Kopie meiner Zulassung als Privatdetektiv. «Hören Sie, ich finde es gut, wie Sie die Privatsphäre Ihrer Tänzerinnen schützen, aber es ist in Elsbeths eigenem Interesse, daß ich sie als erster finde.»

Zweierlei machte Eindruck auf sie. Daß ich Lolas richtigen Namen kannte und daß ich sie «als erster» finden wollte.

«Was meinen Sie mit ‹als erster›?» Sie sagte den Satz so auf, als sei er für sie geschrieben worden.

«Ich bin außerdem Prämienjäger», sagte ich mit unbewegtem Gesicht. «Ich suche eigentlich gar nicht Lola, aber ich habe Grund zu der Annahme, daß der Mann, dem ich auf den Fersen bin, hinter ihr her ist. Wenn ich Lola vor ihm finde, kann ich ihn vielleicht aufhalten.»

Es muß nur absurd genug klingen, dann geht es als Wahrheit durch.

Sie sah mir direkt in die ernsten Augen und brach in Gelächter aus. «Mister, das ist der größte Scheiß, den ich in diesem Geschäft je gehört habe, und ich bin schon fünfzehn Jahre dabei. Schade, daß es bei mir nicht funktioniert.»

Ich bedachte sie mit einem enttäuschten Blick. Dann schrieb ich meinen Namen, meine Adresse und meine Telefonnummer auf eine Serviette und zeigte ihr das Bild auf meinem Führerschein, um mich auszuweisen.

«Wenn ich Lola übelwollte, würde ich Ihnen dann diese persönlichen Daten aufschreiben?»

«Nein.» Sie dachte einen Augenblick nach. «Mister, wenn Sie Lola sehen wollen, kommen Sie Montag wieder. Sie hat Spätschicht.»

«Montag also», sagte ich zustimmend. Jetzt wurde es Zeit, meinen Trumpf auszuspielen. «Aber noch einen letzten Gefallen bitte. Behalten Sie die», sagte ich und schob ihr die Serviette hin. «Falls ein riesenhafter Grieche ankommt und nach ihr fragt, rufen Sie mich an. Er ist etwa zwei Meter groß und wiegt ungefähr hundertzwanzig Kilo. Er hat eine bräunliche Hautfarbe, kurzes Haar –»

«– und einen Schnurrbart wie ein Walroß», fuhr sie fort und glaubte mir plötzlich.

«War er hier?»

«Am Nachmittag. Himmel, Mister, Sie meinen es wirklich ehrlich!»

«Das versuche ich Ihnen ja die ganze Zeit klarzumachen. Vergessen Sie Lola, ich bin nur hinter dem Griechen her. Wissen Sie, wo er hin ist?»

Sie schüttelte den Kopf. «Nein. Er ist gegangen, ohne einen Ton zu sagen.» Dann traf es sie wie ein Blitz. «Großer Gott! Er ist gleich nach Lola gegangen!»

Sie gab mir Lolas Adresse.

30

Das Schild der Bürgerwehr war gestohlen worden. So weit war es mit der Gegend gekommen. Drei Generationen und Kulturen hatten ihren Tribut gefordert von dem, was einmal als erschwinglicher Wohnungsbau für Veteranen des Zweiten Weltkrieges und des Koreakrieges nebst Familien begonnen hatte. An die Stelle von Soldatenbräuten und Hula-Hoop-Reifen waren Kubaner der Ära nach Batista und Plastikmadonnen auf dem Armaturenbrett getreten, die wiederum von anglisierten Lateinamerikanern mit Ramscheinrichtungen verdrängt worden waren. Von Fritten & Majo über schwarze Bohnen & Reis zu Whoppers & Pizza.

Die meisten der Häuser, notdürftig instand gesetzte und Asylantenunterkünfte, waren in unterschiedlichem Maße verkommen. Zwischen den Einzelhäusern gab es jetzt auch Zwei- und Dreifamilienhäuser sowie ein paar Lebensmittelgeschäfte. Viele der Vorgärten sahen aus wie Parkplätze des Orange-Bowl-Stadions. Ein Viertel, in das die städtischen Baubehörden keinen Fuß mehr setzten.

Es dämmerte, aber trotzdem war es noch hell genug, daß ich Nicks Bronco erkennen konnte, der neben einem lavendelblauen Pontiac Firebird auf dem Rasen eines Dreifamilienhauses stand. Die Adresse stimmte mit der überein, die ich im Gelobten Land erhalten hatte. Ich parkte den Volvo zwischen dem Firebird und einem Eisenholzbaum. Ich schloß die Autotüren ab. Eidechsen huschten über den unkrautüberwachsenen Bürgersteig, als ich um die geparkten Autos herumging.

Von der anderen Straßenseite aus beobachtete mich ein altes Paar in stoffbespannten Liegestühlen mit flüchtigem Interesse. Mama und Papa Yucca, Kubaner der ersten Generation, die immer noch ihren Stolz dareinsetzten, daß ihr Haus stets frisch gestrichen und ihr Gärtchen gepflegt war.

Die Vorderseite des Dreifamilienhauses wurde von einer wild wuchernden Hecke verdeckt. Der Vorgarten war kahl bis auf ein paar Stachelbüsche im Sand. Obwohl das Tageslicht der Dämmerung gewichen war, konnte ich noch die dunklen Rostspuren unten an der Mauer erkennen, die die brunnengespeiste Sprenkleranlage hinterlassen hatte, deren Quelle offenbar schon einige Zeit versiegt war. Schöner wohnen war einmal.

Lolas Wohnung befand sich am anderen Ende des Gebäudes. Ich folgte dem schmalen Pfad zwischen der wuchernden Hecke und einer am Haus entlanglaufenden bröckeligen Betonveranda. Aus der ersten Wohneinheit drangen die Abendnachrichten auf spanisch und der Duft von *arroz con pollo* herüber. Die zweite Wohnung war dunkel, still und geruchlos.

Hinter der dritten Tür war Licht. Ich spähte durch das vorhanglose Fenster. Das Zimmer war übersät mit Tapedecks, Mikrowellengeräten, Schreibmaschinen, Computern, Videorecordern, Fernsehern, Kleiderhaufen, Kartons und vollen Plastikmüllsäcken. Es sah aus, als hätte jemand den großen Treffer in *Der Preis ist heiß!* gelandet.

Die Eingangstür war abgeschlossen. Ich konnte weder Nick noch Lola drinnen sehen, deshalb beschloß ich, es an der Hintertür zu probieren.

Als ich um die Ecke kam, stolperte ich über zwei nackte Männer, die im Dreck lagen. Sie waren gesund und munter und in der Missionarsstellung an Knöcheln, Knien, Handgelenken, Armen und Hälsen mit Klebeband zusammengeschnürt worden. Auch die Münder waren zugeklebt worden. Endlich hatte es die Performance-Kunst von New York nach Miami geschafft. Oder Nick Triandos war in der Nähe.

Ich stand auf und zupfte mir die Stachelbüsche von der Kleidung. Meine «Angreifer» waren Latinos. Ich glaube, selbst Sherlock Holmes hätte in ihnen die zwei jungen Möbelpacker vermutet, die Lola dabei geholfen hatten, die Loftus-Wohnung auszuräumen. Ihre Gesichter waren gerötet, entweder von den Stachelbüschen oder aus Verlegenheit.

Einer von beiden versuchte, mit zugeklebtem Mund etwas zu murmeln.

«Tut mir leid», sagte ich, «aber ich spreche kein Spanisch.»

Ich drehte mich um und ging auf die Hintertür zu.

Als sie merkten, daß ich sie in inniger Verbrüderung liegenlassen wollte, begannen beide Männer, unverständliche Laute mit einem deutlichen kubanischen Akzent auszustoßen. Ich war sicher, daß ich schon übler beschimpft worden war.

Die Hintertür war offen. Die Küche war schmutziger als die Herrentoilette in einem Busbahnhof von Mississippi und der Gestank schlimmer als der einer drei Tage offenen Dose Katzenfutter. Leere Flaschen und schmutziges Geschirr lagen verstreut herum wie die Überbleibsel eines widernatürlichen Aktes mündiger Erwachsener. Die gekachelten Wände und der Tonfliesenfußboden waren mit einem braunen Schmier überzogen. Ich schaute nicht genauer hin.

Nick Triandos saß in der Eßecke, die Ellbogen auf den Tisch gestützt. Er drückte sich eine blutgetränkte Kompresse an die Stirn. Sie bedeckte die klaffende Wunde über seiner Augenbraue nicht ganz. Ich hatte die Schlägerei verpaßt.

«Du siehst aus, als hätte man dich zu früh aus dem Krankenhaus entlassen», sagte ich.

«Wo bist du so lange gewesen?» sagte Nick, ohne aufzusehen, als hätte er mich erwartet.

«Mir wurde das Herz amputiert», sagte ich. «Jetzt kann es nicht mehr brechen.»

«Was zum Teufel brabbelst du da?»

«Nichts. Laß mal sehen.»

Nick hob die Kompresse ab. Die Beule war dicker, als die Wunde tief war.

«Hübsch», sagte ich. «Haben das die siamesischen Zwillinge draußen getan?»

Er nickte. «Sind sie noch da?»

«Sie tanzen Wange an Wange. Ist Lola hier?»

Nick machte eine Bewegung mit dem Kopf. «Im Schlafzimmer.»

«Bleib sitzen. Ich finde sie schon.»

«Ach, deshalb wirst du Detektiv genannt.»

Sie saß auf dem Bett, ein Bein untergeschlagen. Das andere Bein war hochgestellt, und ihr Kinn ruhte auf dem Knie. Ihre Zehen wurden von abgerissenen Stückchen Zellstoff auseinandergespreizt. Sie lackierte sich die Zehennägel. Sie trug einen zitronengelben Slip. Den und eine blaue Eulentätowierung an der Schenkelinnenseite, sonst nichts. Sie sah mich in der offenen Tür stehen und starrte mich mit kalten, harten Augen an. Sie schien nicht von dem beeindruckt zu sein, was sie sah. Aber sie war noch jung.

«Nicks Freund?» Sie hatte eine rauhe Stimme.

«Ja.»

«Haste auch 'n Namen?» fragte sie und konzentrierte sich wieder auf die Zehen.

«Harry», sagte ich.

Sie nickte. «So, Drecksharry, schlägst und fesselst du mich jetzt, oder ist das nur Nicks Ding?»

«Warum ziehen Sie sich nicht erst an, ehe wir uns weiter unterhalten?»

Sie grinste blöde. «Wenn es dir peinlich ist, dann hau doch ab!»

«Ich muß erst mit Ihnen reden!»

«Dann reden Sie!»

«Es muß nicht so bleiben wie jetzt, Elsbeth», sagte ich leise.

Beim Klang ihres richtigen Namens überlief sie ein leichter Schauder. Einen flüchtigen Augenblick lang bekam ihre harte Lola-Fassade Sprünge. Ich erhaschte einen Blick auf eine einsame, tief verletzte Elsbeth. Lola erholte sich schnell wieder.

«Ich heiße Lola.» Sie klang bitter. «Kapiert?»

Sekunden dehnten sich zu Augenblicken. Schließlich sagte ich: «Na schön. Wie Sie wollen. Erinnern Sie sich an Wade Loftus?»

«Du liebe Güte, dieser alberne Wichser.» Sie tunkte einen winzigen Pinsel in das Nagellackfläschchen. «Und was hat er für Probleme?»

«Wissen Sie das nicht?»

«Und ob ich das weiß. Ich kann seine Probleme alphabetisch

aufzählen. Willste sie hören? A wie Arschloch, B wie blöder Bumser, C wie Canaille –»

«D wie draufgegangen. Tot.»

Nach ihrer Reaktion zu urteilen, hätte ich ihr ebensogut den Preis einer professionellen Pediküre nennen können.

«Ja?» Muß man sich vorher anmelden? «Was ist denn passiert?»

«Er ist ermordet worden», sagte ich klipp und klar.

Sie zuckte die Schultern, ohne ihre Zehen aus den Augen zu lassen. «Soll mir das was ausmachen?» Keinerlei Gefühl in der Stimme.

Das bremste mich. Ich bewahrte die Fassung. «Das müssen Sie mir sagen. Er hat gesagt, er wäre verliebt in Sie. Er hat mich engagiert, Sie zu suchen. Um Sie wissen zu lassen, daß er Sie heiraten wollte.»

Sie nahm zur Kenntnis, was ich sagte, und kicherte.

«Verdammt», murmelte sie mit einem Anflug von Selbstgefälligkeit, «was für ein Idiot.» Dann wandte sie sich wieder wichtigeren Dingen zu – der kleine Zeh, der leicht gequetscht war, brauchte noch etwas Nagellack.

«Ich staune über soviel Mitgefühl», sagte ich mit leiser Schärfe in der Stimme.

«Ja?» Sie wackelte mit den Zehen und zog die Zelltuchfetzen aus den Lücken. «Dann staune mal, Drecksharry, staune nur.»

Lola lehnte sich mit ausgestreckten Beinen zurück und stützte sich auf die Ellbogen hoch, so daß ihre Brüste einladend zu mir aufragten. «Mitgefühl willste?» sagte sie. «Das kostet dich zweihundert Dollar.»

«Ist das der gängige Preis?»

«Nein. Das ist ein Spezialpreis, nur für dich.»

«Sehr schmeichelhaft.»

«Überhaupt nicht. Für alle anderen ist es gratis.»

Es war nicht abzuleugnen, daß Lola eine Körper hatte, der allen Wind aus der Ehe eines Mannes nehmen konnte. Ihre Beine waren so glatt wie Porzellan, ihr Bauch flaumig weich wie Pfirsichhaut und flach, ihre Brüste berauschend. Sie war ein volles Programm. Man konnte gut verstehen, daß ein Mann leicht in Versuchung kam, daß Wade Loftus sich ihretwegen zum Narren gemacht hatte. Aber ich starrte eigentlich gar nicht Lola an. Ich mußte an Elsbeth denken, ein verletztes kleines Mädchen, eine emotional verwundete Kindfrau, die nie Gelegenheit hatte, Kind zu sein. Eine preisgegebene Tochter, die gezwungenermaßen nach dem Tod des Vaters vom schüchternen Kind zur schamlosen Frau gereift war. Sie war allein gelassen worden, ohne jemanden, um den sie sich hätte kümmern können oder der sich um sie gekümmert hätte. Ihr Verlangen, zu schützen und geschützt zu werden, war ungestillt geblieben. Niemand hatte ihre Hilferufe und ihre stillen Gebete gehört. Als ihr Körper schließlich mit der erzwungenen Überlebensreife Schritt hielt, entdeckte sie, daß die Leute sie beobachteten, wenn sie sich entblößte, und sich unter dieser Voraussetzung sogar um sie kümmerten. Männer hatten plötzlich Interesse an ihr. Sie zog massenweise jene Idioten an, die «Frau» M-u-s-c-h-i buchstabierten, und all die Schwachköpfe, die Titten höher bewerteten als Verstand. Vielleicht war das besser als gar nichts, besser als das, was sie hatte. Elsbeth war um ihre Jugend betrogen worden. Traurigerweise fallen nicht alle Formen von Kindesmißbrauch unter den Modetrend der Strafbarkeit.

Ich hatte Mitleid mit Elsbeth. Ich sehe es nicht gern, wenn Menschen leiden.

Und dann war da noch Lola.

An Lola war nichts Unschuldiges. Sie hatte Wade Loftus alles genommen. Es hatte ihr nicht genügt, die Wohnung auszuräumen. Sie war gierig und mußte auch noch Eloises Auto stehlen und in ihr Büro einbrechen. Aber woher hatte Lola die wichtigen Daten aus der Familiengeschichte der Loftus' gewußt?

Warum hatte sie sich die Mühe mit den Daten gemacht? Hatte sie den Verdacht auf jemanden lenken wollen? Hatte sie Botschaften übermitteln wollen?

Ich mußte mit den Karten spielen, die ich zugeteilt bekommen hatte. Zwei Damen und ein Joker. Der Joker war inzwischen tot. Blieben mir noch Lola und Eloise. Eloise und Elsbeth.

Ich versuchte, hinter Lola zu schauen, um Elsbeth zu finden. Ich betrachtete ihre vollen Lippen. Ich stellte mir ihr Haar in einer anderen Farbe vor. Und dann sah ich es plötzlich, direkt vor meiner Nase. Ich sah Elsbeth. Ich sah das, was Wade Loftus angezogen hatte. Ja, sie war so jung, daß sie seine Tochter hätte sein können, aber sie war auch eindeutig sein Typ Frau.

«Ziehen Sie sich an», sagte ich. «Wir gehen.»

Lola kuschelte sich noch tiefer ins Bett. «Schade, daß du nicht noch bleibst.»

Ich ging durch das Zimmer zum Nachttisch und hob den Hörer vom Telefon ab. Lola rührte sich nicht.

Ich wählte die 911.

Sie setzte sich aufrecht hin. «Wen rufst du da an?»

«Ja. Ich möchte ein paar verdächige Subjekte melden.» Ich gab Lolas Adresse und Ira Levys Namen durch. «Wie lange? Danke sehr.»

Lola, plötzlich empfindsam geworden, bedeckte ihre Brüste mit den Händen. «Wen hast du angerufen?»

«Sie haben fünf Minuten, bis die Polizei hier ist.» Ich ging zur Tür. «Wenn Sie mit uns fahren wollen, schnappen Sie sich am besten alles, was Sie behalten wollen. Sie kommen nicht mehr hierher zurück. Die Polizei wird alles dichtmachen, wenn sie sieht, was hier los ist. Nehmen Sie alles mit, was Sie identifizieren könnte. Hoffentlich ist der Mietvertrag nicht auf Ihren Namen.»

«Sauhund!» giftete sie. Sie wollte mir das Fläschchen Nagellack an den Kopf werfen; ich fing es in der Luft auf. Reines Glück, aber das brauchte ich ihr nicht zu sagen.

«Viereinhalb Minuten», sagte ich.

Ich schloß die Tür hinter mir. Irgend etwas knallte von der anderen Seite dagegen.

Nick war in der Küche und inspizierte den Kühlschrank.

Ich sagte: «Du bist wahrhaftig mutiger als ich, Nick Löwenherz.»

«Ich suche nach Hinweisen.»

Er prüfte das Haltbarkeitsdatum auf einem Glas mit etwas Grauem.

«Komm, gehen wir. Die Polizei ist unterwegs.»

«Und sie?»

«Wenn sie schnell macht, ist sie auch dabei.»

Wir gingen zur Hintertür hinaus.

Nicks nackte Angreifer lagen noch immer da wie der Hauptgang eines Schwulenbanketts. Sie hatten sich auf die Seite gerollt. Ihre Augen weiteten sich vor Ehrfurcht und Angst, als sie Nick erblickten.

«Keine Sorge, Jungs», versicherte ich ihnen. «Er tut euch nichts mehr. Ich habe die Polizei gerufen. Sie ist unterwegs hierher, um euch zu beschützen.»

Sie wanden sich hin und her und versuchten, sich von dem Klebeband zu befreien.

Als Nick um sie herumging, sagte er: «Ich hoffe, ihr praktiziert Safer Sex!»

Sie grummelten etwas, das ich nicht verstehen konnte. Ich mußte wirklich eine Fremdsprache erlernen.

An den Autos angekommen, sagte Nick: «Wohin?»

«Was macht dein Kopf?»

«Ist noch dran.»

«Mußt du zum Arzt?»

«Nein.»

«Willst du nach Hause?»

«Nicht unbedingt.»

«Du kannst auch zur Sand-Bar fahren.»

«Oder?»

«Oder mir folgen. Ich glaube, ich bin dabei, einen Mordfall aufzuklären.»

Lola beschimpfte mich wüst, als sie um die Hecke herumgerannt kam, immer noch spärlich mit dem zitronengelben Slip bekleidet. Sie hatte aus einem Bettuch ein Bündel geschnürt.

Ich öffnete die Tür des Volvo. «Steigen Sie ein», sagte ich.

«Quatsch nicht blöd», zischte sie. «Ich lasse doch meinen Wagen nicht hier stehen.»

Sie öffnete den Kofferraum des lavendelblauen Firebird. Sie warf das Bündel hinein und knotete es auf. Sie nahm ein paar Kleidungsstücke heraus.

Ich fuhr Lolas Wagen, während sie sich anzog. Was machte es schon. Der Volvo gehörte Loftus. Die Polizei konnte seine Spur bis zur Anwaltskanzlei zurückverfolgen, wo Ira Levy arbeitete.

Die Fahrt bis zu unserem Ziel dauerte 45 Minuten. Nick folgte uns in seinem Bronco. Lola war offenbar schüchtern in Gegenwart Fremder. Sie sagte während der ganzen Fahrt keinen Ton.

Kurz nach acht bogen wir in den Parkplatz ein.

Nick stieg aus seinem Wagen und sagte: «Wo sind wir denn hier?»

Lola war bereits auf dem Weg zum Haus.

«Ich glaube, ich werde mit Stillschweigen bestraft», sagte ich.

Nick sagte: «Scheint so, als wüßte sie schon, wohin sie geht.»

Ich nickte.

Wir gingen hinter Lola her. Sie führte uns zum Fahrstuhl, und drinnen drückte sie auf den vierten Knopf. Auf dem vierten Stock ging Lola, immer noch willig und ohne Wegweisung, den Flur entlang. Vor einer Tür blieb sie stehen und drückte auf den Klingelknopf.

Nick und ich standen hinter ihr und warteten. Die Tür ging auf.

Eloise Loftus trug einen seidenen Kimono. «Ja?» Sie blickte von Lola zu mir und dann zu Nick. Und wieder zu Lola. Eloises Augen funkelten, aber alle Farbe wich aus ihrem Gesicht. Ihre Lippen bewegten sich ein paarmal stumm, bis sie endlich einen Ton herausbrachte.

«Elsbeth?» stieß sie hervor.

Mit einem bösen Lächeln sagte Lola: «Hallo, Mutter.»

31

Es war nicht die Art von Wiedersehen zwischen Mutter und Kind, die Bänkelsänger besingen. Eloise und Elsbeth betrachteten einander mit einer seltsamen Spannung, als studierten sie ihr eigenes Konterfei in einem Zerrspiegel der Zeit. Eloise gewann wortlos die Fassung zurück und setzte ihre Maske der Selbstbeherrschung wieder auf. Sie trat zur Seite und ließ uns herein. Sie war nicht allein.

Ein kraushaariger Mann mit Flanellhosen, weißem Hemd, Hosenträgern und einer Seidenkrawatte saß über den Eßtisch gebeugt und wühlte ein Bündel Dokumente durch. Über der Stuhllehne hing die zur Hose passende Jacke. Er blickte auf, fand uns aber nicht der Beachtung wert.

Mundo Cruz saß auf der Couch und blätterte in einer Zeitschrift.

«Wo ist der Alte?» fragte Nick.

Cruz schnaubte verärgert. Er ließ die Zeitschrift fallen und stand auf. Der Mann am Tisch widmete uns auf einmal seine ungeteilte Aufmerksamkeit. Eloise schüttelte den Kopf. Lola war eine neutrale Beobachterin.

Ich sagte: «Danke, daß du für eine entspannte Atmosphäre gesorgt hast, Nick.»

«Was machen Sie denn hier?» sagte Cruz zu mir, und seine Stimme klang so, als sei sie über Nacht in Schlangengift mariniert worden. Ich merkte, daß er nicht sonderlich erfreut war, mich zu sehen. «Und wer sind diese Leute?»

«Wir wollen dem Chor beitreten und sind zum Vorsingen hier. Gibt es ein Beitrittsformular?»

Der Anflug eines Lächelns kräuselte Lolas Lippen. Cruz blieb ernst. Er kam um die Couch herum.

Der Mann am Tisch begann zu sprechen. «Ich schlage vor, wir machen uns erst mal miteinander bekannt. Mein Name ist Nathan Searle, ich bin einer der Anwälte von Mr. Cruz. Ich gehe davon aus, daß Sie Mrs. Loftus und Mr. Cruz bereits kennen.»

Ich nickte. «Harry Rice. Das hier ist Nick Triandos.»

«Cruz wie in Mundo?» sagte Nick zu mir.

«Ebender.»

Nick warf einen prüfenden Blick auf Cruz und sagte: «Sehr erfreut!»

«Bleibt nur noch die junge Dame übrig», sagte ich. «Eloise, willst du nicht selbst deine Tochter vorstellen?»

Mundo Cruz erbleichte bei meinen Worten. Er kam näher und musterte Lola, als würde er einen Kunstgegenstand begutachten. Dann wandte er sich um und sah Eloise an. «Das ist Elsbeth? Sieh sie dir an. Sie sieht aus wie eine *puta.*»

Schneller als ein Nachtclubkomiker schoß Lola zurück: «Ja, aber du wirst von mir träumen, Alterchen, wenn du dir das nächste Mal einen runterholst!»

Cruz wirbelte herum und schlug ihr mit der flachen Hand kräftig über den Mund.

«Wage es bloß nicht, noch einmal so mit mir zu sprechen», sagte er ruhig ohne den leisesten Anklang einer Entschuldigung, als wenn das die Art und Weise wäre, in der die Frauen früher erzogen wurden.

Lola hielt sich den Mund und starrte Cruz an. «Das macht zwanzig Bucks. Und weitere zwanzig, wenn du mich noch mal schlagen willst, du Sadist.» Sie sagte es ganz ruhig.

Ein Ruck ging durch Cruz. Heisere Laute entrangen sich seiner Kehle. Seine Augen zuckten, so außer sich war er vor Wut. Er holte mit geballter Faust aus und zielte mit aller Kraft auf Lolas Kopf.

Nicks schwere Hand schoß hoch und legte sich um Cruz' Faust, wenige Zentimeter, bevor sie dem Mädchen an die Schläfe krachen konnte.

«Probier's mal bei mir», sagte Nick.

Cruz war verblüfft. Sein Gesicht rötete sich. Er zerrte, konnte jedoch seine Hand nicht aus Nicks Griff befreien.

«Laß los, du Hundesohn», zischte Cruz.

Nick quetschtre die Faust noch fester.

Cruz wand sich. Sein Selbstbild hatte gerade durch zwei unwürdige Gegner einen Knacks bekommen. Ein übergroßer griechischer Barkeeper und ein wasserstoffblonder Vamp behandelten den renommierten Mundo Cruz wie einen x-beliebigen *Marielito*.

Nathan Searles Stimme durchschnitt die Stille im Raum. «Vielleicht setzen wir uns alle und reden miteinander.»

Das nahm die Spannung aus der Luft. Nick lockerte seinen Griff. Cruz bekam langsam wieder Farbe. Er sah Lola voller Abscheu an und schüttelte den Kopf. Dann, als sei ihm gerade etwas in den Sinn gekommen, wandte er sich an mich.

«Ist das», fragte er, «das Go-go-Girl, das Sie gesucht haben?»

Ich nickte.

Er sackte in sich zusammen, als sei alles Leben aus ihm gewichen.

«Ich hatte keine Ahnung», sagte er.

Wir setzten uns um den Eßtisch; eine eigentümliche Stille trat ein, als bereiteten wir uns auf eine nächtliche Séance vor, bei der wir Wades Geist anrufen wollten. Doch wenn mich meine Ahnung nicht trog, war das einzige, was sich materialisieren würde, Wades Mörder.

Der untadelig gekleidete Nathan Searle an einem Tischende war so etwas wie ein Schiedsmann. Am anderen Ende des Tisches saß ein ausdrucksloser Mundo Cruz. Eloise Loftus befand sich bewegungslos mir gegenüber und starrte ihre Tochter zu meiner Rechten verachtungsvoll an. Nick zog die bequeme Couch vor.

Nathan Searle sprach als erster. «Mr. Rice, ich glaube, Sie sollten zunächst einmal erzählen, warum Sie hier sind.»

«Ich bin bloß einer Verpflichtung einem Klienten gegenüber nachgekommen», sagte ich.

Eloise und Cruz erhoben beide Einspruch. Ich sei gefeuert und ausbezahlt worden und hätte mich raushalten sollen.

Searle hab unparteiisch die Hand. Als es wieder still war im Zimmer, sagte er: «Was ist das für ein Klient, Mr. Rice? Wie es scheint, sind Ihre Dienste von den anwesenden Betroffenen nicht mehr in Anspruch genommen worden.»

«Ich habe nicht für die Betroffenen gearbeitet», sagte ich. «Mein Klient war Wade Loftus.»

«Das ist Unsinn», sagte Eloise.

«So?»

Sie starrte mich geringschätzig an. «Wade verabscheute dich. Er hätte dich nie engagiert. Als nächstes erzählst du uns noch, Elsbeth hätte dich auch engagiert.»

«Nein», sagte ich. «Wade hat mich engagiert, um Elsbeth zu suchen. Aber wie das Schicksal es will, hat er mich offenbar dadurch, daß er mich für die Suche nach ihr eingestellt hat, unwissentlich mit der Suche nach der Schlüsselfigur für seine eigene Ermordung beauftragt.»

Verblüffung malte sich auf Eloises Zügen ab. «Was sagst du da? Elsbeth hätte Wade umgebracht?»

Lola schaltete sich ein. «Was denn?» Sie warf mir einen zornigen Blick zu. Wieder abgeblitzt, Mr. Strahlemann. «Was habe ich denn gemacht, ihn zu Tode gevögelt?»

Ich sagte: «Nun ja, so könnte man es ausdrücken.»

«Quatsch, du Arschloch. Ich habe noch nie jemanden umgebracht.»

Die unflätige Lolita brachte es tatsächlich fertig, daß Mundo Cruz mit komisch anmutender Scham das Haupt schüttelte. «Was geht hier vor, Rice?» Sein Ton war fast ausdruckslos. Keine Spur von Ärger oder Gemütsbewegung.

Ich hatte lange genug gezaudert. Es war Zeit, den Sprung ins Wasser zu wagen.

Ich sah Lola an. «Es ist Ihre Geschichte. Wollen Sie sie erzählen?»

Lola machte eine obszöne Fingerbewegung.

Ich zuckte die Schultern. «Unterbrechen Sie mich, wenn ich etwas Falsches sage», sagte ich zu ihr, obwohl alle angesprochen waren.

32

«Es ist noch gar nicht lange her, daß mir alles klar wurde», begann ich. «Na ja, nicht alles. Ein paar Warum sind noch übrig, auf die ich keine Antwort weiß. Aber es spielt, um die Cheshire-Katze zu zitieren, keine Rolle, wie man geht, solange man nur ankommt. Und um anzukommen, müssen wir ein paar Monate früher anfangen, als eine junge Tänzerin namens Lola Wade Loftus in seiner Anwaltskanzlei aufsucht.

Laut Wade trat Lola an ihn heran, um sich von ihm vertreten

zu lassen, denn er war ja auf Sport-, Unterhaltungs- und Medienrecht spezialisiert. Sie war im Unterhaltungsgeschäft. Doch als Lola Wade bat, ihr Manager zu werden, sagte er nicht gleich zu, aber er vergaß sie auch nicht. Eines Abends endlich, als ihn der Trübsinn plagte, da er gerade seine geliebte Frau zum Zug gebracht hatte, hielt Wade am Fort Bush an, um die Talente seiner künftigen Mandantin einer Prüfung zu unterziehen. Eine kleine Ablenkung – rein beruflich, versteht sich – von seiner Einsamkeit. Eins kommt zum anderen, und so lud Wade Lola zu sich ein, Tisch und Bett mit ihm zu teilen, während seine Frau verreist war. Der arme arglose Wade hatte naürlich keine Ahnung, daß er sich mit der Tochter seiner Frau vergnügte.»

Ich sah Lola an. «Aber Sie wußten es. Sie wußten genau, wer Wade Loftus war und mit wem er verheiratet war.»

Lolas Augen wurden schmale Schlitze, aber sie sagte keinen Ton.

Mundo Cruz sagte: «Das ist widerlich. Es ergibt keinen Sinn. Warum sollte sie wissentlich den Mann der eigenen Mutter anmachen? Sie kann es nicht gewußt haben.»

«Natürlich wußte sie es», sagte Eloise.

Cruz zog die Brauen zusammen, während er versuchte, damit klarzukommen. «Ich verstehe das nicht. Warum sollte sie deinen Mann verführen wollen?»

«Um mir eins auszuwischen, du alter Idiot», sagte Eloise ärgerlich. «Sie wollte es mir heimzahlen, daß ich mich von Latham habe scheiden lassen. Weil ich beschlossen habe, mein Leben nicht an der Seite einer Schnapsflasche zu leben. Weil sie ein kleines Flittchen voller Ränke ist, das Produkt von Lathams Erziehung. Aber sie ist selbst schuld daran. Es war ihre eigene Entscheidung. Sie wollte schließlich bei Latham leben. Sie hat ihn mir vorgezogen. Wir wollen doch keine falschen Sympathien aufkommen lassen. Vergessen wir nicht, daß sie es war, die ihren Geburtstag abwartete und sich dann an meinem Haushalt bediente. Ein kleiner Scherz mit Mami. Sie wartete meinen Geburtstag ab und stahl mir mein Auto. O ja, sie hat ihren Spaß gehabt auf Kosten ihrer Mami. Sie hat gewartet, bis Wade Geburtstag hatte, und ist in mein Büro eingebrochen. War damit ihre perverse Lust an Späßen befriedigt? Nein. Was war's denn, was noch fehlte? Der Mord an meinem Mann?»

«Nein.» Lola bewegte kaum die Lippen. «Nein», murmelte sie wieder, und es klang wie ein fernes Echo. Sie schaute jeden am Tisch an, außer ihrer Mutter. Etwas von Lolas Härte hatte sich aufzulösen begonnen, und Elsbeths Weichheit kam allmählich zum Vorschein. «Das ist nicht wahr. Ich habe ihr Auto nicht gestohlen. Ich bin auch nicht in ihr Büro eingebrochen. Und ich könnte niemanden umbringen.»

Ich wendete mich zu ihr und nahm ihre Hand in meine. Sie seufzte tief und drückte meine Hand, dann zog sie ihre zurück.

Nathan Searle sagte: «Elsbeth.»

Sie schaute ihn an.

Er sagte: «Wußte Wade Loftus, wer Sie sind? Wußte er, daß Sie die Tochter seiner Frau sind?»

«Nein», sagte sie.

«Sie haben es ihm nie gesagt?»

«Nein.» Sie besann sich einen Augenblick, dann sagte sie: «Aber ich wollte es ihm sagen. Ich wollte, daß er es weiß. Daß sie es weiß. Ich habe nur den richtigen Zeitpunkt abgewartet. Und dann habe ich irgendwie gedacht, sie ist es nicht wert.»

Searle beugte sich vor. «Warum haben Sie es getan? Aus dem Grund, den Ihre Mutter nannte?»

«Zum Teil.»

«Welche anderen Gründe hatten Sie denn noch?»

«Fragen Sie sie doch.»

«Nein, Elsbeth. Das ist dein kleiner Auftritt», sagte Eloise kühl. «Spiel nur deine kleine Szene ohne mich.»

»Ohne dich», wiederholte Elsbeth mit ausdrucksloser Stimme. Sie nickte. «Warum eigentlich nicht? Wann warst du denn je da? Du hast nicht einmal auf Dads Todesanzeige reagiert, die ich dir geschickt habe. Du hast nie gefragt, ob ich etwas nötig hätte, Hilfe beim Schulunterricht oder den Finanzen. Ich habe alles ohne dich gemacht. Welche Forderungen hätte ich an eine Mutter? Ich bin ohne dich aufgewachsen. Ich habe ohne dich zusehen müssen, wie sich mein Vater zu Tode trank. Wegen dir.»

«Latham war ein Trinker», sagte Eloise. «Das kannst du mir nicht anhängen. Ich habe ihm das nicht angetan.»

«Es geht nicht um das, was du *ihm* angetan hast. Es geht um das, was du *mir* angetan hast!» schrie Elsbeth, die jungen Augen sichtlich voller Qual. «Du hast immer gedacht, du würdest Dad treffen, dabei hast du mich getroffen. Warum konntest du uns nicht in Ruhe lassen? Du hattest doch alles. Du wolltest das Auto und das Haus und die Möbel. Du hast alles bekommen. Dad war es egal. Er wollte nur mich. Du hast nicht einmal Unterhalt bezahlt.

Aber wir brauchten dein kostbares Geld auch gar nicht. Dad und ich hatten ja uns. Wir brauchten niemand anders. Unser kleines Haus reichte uns. Doch du hast uns keine Ruhe gelassen. Jedesmal, wenn Dad etwas Geld gespart hatte, hast du ihn wieder vor Gericht geschleppt, um das Sorgerecht zu bekommen. Du wolltest mich gar nicht. Du hast mich nur als Vorwand benutzt, damit Dad sein Geld für die Anwälte ausgeben mußte. Sobald wir wieder pleite waren, hast du dich nicht mehr um das Sorgerecht für mich bemüht. Du hast mich nie haben wollen.

Weißt du noch, was du mir erzählt hast, wenn du angerufen hast? Du hast gesagt, Dad hätte mich dir gestohlen. Du hast gesagt, Dad sei ein Arschloch. Du hast gesagt, er sei ein Idiot. Du hast aller Welt, all deinen Freunden und unseren Freunden, erzählt, er sei keinen Pfifferling wert. Du warst so erpicht darauf, die Sympathien deiner Freunde zu gewinnen, daß du gar nicht mitbekommen hast, wie es sich auf mich ausgewirkt hat. Und die paar Male, wenn ich dich an Feiertagen besucht habe, weißt du noch, was du mir dann erzählt hast? Du hast gesagt, immer wenn ich nicht zu Hause wäre, würde Dad fremde Frauen in unser Haus mitbringen und mit ihnen schlafen. Erinnerst du dich noch daran? Ich war zwölf Jahre alt, und du hast mir erzählt, daß mein Vater fremde Frauen vögelt! Du warst so haßerfüllt. Was wolltest du eigentlich von mir?»

«Rührend, Elsbeth», sagte Eloise. «Sollen wir uns um die Wette Jammergeschichten auftischen? Meine Eltern sind gestorben. Ich habe sie nicht verlassen, sie haben mich verlassen. Ich habe dich nicht verlassen. Du bist diejenige, die bei Latham leben wollte. Du hast mich verlassen. Du bist weggerannt.»

«Ich bin nicht weggerannt!» schrie Elsbeth wütend. «Ich bin weggeworfen worden!»

Wir schwiegen alle, so mitgenommen waren wir von ihrer Seelenqual.

Mundo Cruz sagte: «Mein Gott, Eloise, was hast du ihr angetan!»

«Siehst du denn nicht, was sie vorhat?» sagte Eloise abwehrend. «Laß dich bloß nicht durch diese Tränen täuschen. Sie will nur, daß wir vergessen.»

«Was vergessen?» fragte ich.

«Daß ... daß ...» Eloise zögerte einen Augenblick. «Daß sie mein Auto gestohlen hat. Daß sie in mein Büro eingebrochen ist.»

Ich sagte: «Das war nicht Elsbeth.»

«Natürlich war sie's. Sie muß es gewesen sein. Sonst kommt niemand in Frage. Sie hat sich Nachschlüssel machen lassen. Du hast mir das selbst erzählt. Wer sonst hätte gewußt, daß es mein Hochzeitstag und Wades Geburtstag war? Wer sonst könnte es gewesen sein?»

«Wade», sagte ich.

«Das ist absurd.»

«Bei näherer Überlegung gar nicht. Wade hatte die Mittel, die Gelegenheit und die Motivation. Du weißt, daß er sich von dir scheiden lassen wollte. Er hatte schon angefangen, eure gemeinsamen Güter zu verscherbeln. Er war dabei, die Waffensammlung ohne dein Wissen zu verkaufen. Eine Frage an dich: Hast du den Diebstahl deines Wagens der Polizei gemeldet?»

«Ja. Natürlich!»

«Wirklich?»

«Na ja, ich selber nicht. Wade hat dort angerufen.»

«Warst du dabei, als er angerufen hat?»

«Nein.»

«Ich glaube nicht, daß er es gemeldet hat. Wade kannte deine Gewohnheiten. Er wußte, daß du in dem Badeort bleiben würdest. Ich vermute, daß Wade dein Auto genommen und verkauft hat, weil du es hinterher nicht durch ein neues ersetzt hast. Wade hat dir eins geleast und mit den Kosten dafür das Kanzleikonto belastet. Was dein Büro angeht, war Wade an jenem Abend auf dem Campus und hat unterrichtet. Es war einfach für ihn, nach dem Unterricht zu deinem Büro zu gehen und aufzuschließen. Wer hätte schon deinem Mann Fragen gestellt, wenn er ihn dabei beobachtet hätte, wie er ein paar Sachen holte, die du vergessen hattest?»

«Aber warum?»

«Um deine Aufmerksamkeit davon abzulenken, daß er deine Besitztümer verkaufte. Daß er gewartet hat, bis du Hochzeitstag hattest, um deinen Wagen zu stehlen, mag seine Art gewesen sein, sein Spiel mir dir zu treiben. Er hatte ja erfahren, daß in deine Wohnung am Geburtstag deiner Tochter eingebrochen worden war. Es bot sich geradezu an, sich dein Büro an seinem

Geburtstag vorzunehmen. Er mußte etwas unternehmen. Er machte sich allmählich Sorgen, du könntest dahinterkommen, daß er die Waffen verkaufte. Er wollte dich ablenken. Darum habe ich auch Mundos Anteil falsch verstanden. Bis jetzt.»

Cruz funkelte mich an. «Vorsicht, Rice», warnte er mich.

«Sie hätten sich Ihr Geld sparen können, Mundo, wenn Sie ein wenig Geduld gehabt hätten. Zu dem Zeitpunkt, als Sie mich ausbezahlt haben, wußte ich bereits, daß Loftus die Waffensammlung verkauft hatte. Ich wollte gerade aussteigen, als Sie dazwischenkamen. Ich muß zugeben, daß mich Ihr Interesse verwirrt hat.

Trotzdem wäre das wahrscheinlich das Ende unserer Verbindung gewesen, wenn Wade nicht ermordet worden wäre. Dadurch hat sich alles verändert. Ich bin von der Polizei verhört worden, in Anbetracht der Sachlage kein Wunder. Während des Verhörs erfuhr ich, daß Wade in Waffenschmuggel verwickelt war. Immer wenn sein Name fiel, hatte es anscheinend etwas mit Waffen zu tun. Kommt mir so vor, daß letztlich wohl Waffen für sein Ableben verantwortlich sind. Und wieder haben Sie Carmen zu mir geschickt, Mundo. Sie wollten herausfinden, ob ich bei der Polizei irgend etwas hatte verlauten lassen. Gut, das kann ich verstehen. Sie sind ein paranoider Egoist. Die ganze Welt hat nichts Besseres zu tun, als über Mundo Cruz zu reden. Natürlich habe ich mich dann gefragt, ob Ihre Verbindung mit Wade Loftus der Waffenschmuggel war. Ich dachte, deshalb hätten Sie mich bezahlt, nicht weiter im Fall Wade zu ermitteln. Sie wußten, daß ich bei genauerem Hinsehen irgendwann von seinen Schmuggelaktivitäten her auf Sie stoßen würde.

Jedenfalls dachte ich das damals. Aber dann hörte ich von Eloise, daß Sie ihr Pate sind. Sie hat mir auch erzählt, daß sie Ihnen vom Diebstahl der Waffensammlung berichtet hat. Ich kann mir vorstellen, daß Sie als wohlmeinender *padrino* verbreiten lassen haben, daß die Sammlung Sie interessiert. Leicht für einen Mann mit Ihren ... Ihren was? Verbindungen? Ihrem Einfluß? Schöne ehrbare Worte.

Und was entdeckt Mundo? Er findet heraus, daß die Waffensammlung schon verkauft war, ehe sie als gestohlen gemeldet wurde. Darum haben Sie mir Carmen zur Abschreckung geschickt, als Sie erfuhren, daß Eloise mich engagiert hatte. Sie wußten, was ich herausbekommen würde. Als Carmens Messertrick nichts nützte, haben Sie mich gekauft. Aber da war es bereits zu spät. Ich wußte schon, was Wade vorhatte. Rückschauend ist mir inzwischen klar, daß Sie mich nicht zu Ihrem eigenen Schutz ausschalten wollten. Sie wollten Ihr Patenkind schützen.

Was war es denn, was Eloise nicht wissen sollte? Hatten Sie noch etwas über Wade herausgefunden, worauf ich nicht stoßen sollte? Zum Beispiel, daß er seine Frau zugunsten eines Betthäschens fallenlassen wollte? Oder hatte er vor, Eloise um ihren Anteil am gemeinsamen Besitz zu betrügen? Was war es, Mundo? Etwas, vor dem Sie Eloise schützen wollten; und zu diesem Zweck wollten Sie sogar mich kaltstellen. Gibt es überhaupt Grenzen für das, was Sie zu ihrem Schutz tun würden? Würden Sie alles für sie tun? Auch töten?»

Nathan Searle sagte: «Ich muß Sie darauf hinweisen, Mr. Rice –»

Mundo unterbrach ihn: «Sei still, Nathan.» Er saß so steif und fast so lebensecht da wie eine Figur in Madame Tussauds Wachsfigurenkabinett. Sein starrer Blick war unbeugsam. «Was glauben Sie denn noch zu wissen, Rice?»

Eloise schaute auf. «Was?» Ihre Augen huschten von Cruz zu mir. «Mundo hat Wade getötet? Mundo hat Wade getötet», sagte sie noch einmal langsam, als probiere sie, ob es paßte.

Ein leichtes Zittern erschütterte Cruz' steinerne Miene.

«Was halten Sie denn jetzt von ihr, Mundo?» sagte ich. «Was halten Sie von einer Frau, die ihre eigene Tochter und ihren Paten eines Mordes beschuldigt, den sie selbst begangen hat?»

Cruz schüttelte voller Abscheu den Kopf. «Die Hölle ist noch zu gut für sie», sagte er mit Nachdruck.

Es dauerte einen Augenblick, bis Eloise begriffen hatte, daß ich sie gerade des Mordes an ihrem Mann beschuldigt hatte.

«Das ist ja absurd!» rief sie wütend. «Erst beschuldigt er Elsbeth, dann Mundo und jetzt mich. Ich glaube, er will nur seinen eigenen Kopf aus der Schlinge ziehen. Wades Leiche ist schließlich in seinem Wagen gefunden worden.»

«Elsbeth habe ich nie beschuldigt», korrigierte ich sie, «ich habe nur gesagt, Elsbeth sei die Schlüsselfigur.»

«Du hast mich beschuldigt, Eloise», sagte Cruz.

«Sei nicht albern», schimpfte sie. «Du weißt schon, was ich gemeint habe.»

«Ja. Ich weiß, was du gemeint hast.»

Eloise preßte die Finger an die Schläfen. «Ich war verreist.»

«Dein Alibi hat ein paar Lücken», sagte ich. «Insbesondere zweierlei hat dich verraten. Ein platter Reifen und ein Anruf bei einer nicht eingetragenen Nummer. Darauf hätte ich heute morgen schon kommen müssen, als du mich zu Hause angerufen hast. Ich habe dir nie meine Nummer gegeben. Du mußt sie dir an dem Tag beschafft haben, als wir uns zu einem Drink in Sara's Bar getroffen haben. Danach sind wir zu mir nach Hause gefahren, und du hast gefragt, ob du mal telefonieren dürftest. Da mußt du dir meine Nummer notiert haben.»

«Na und? Was beweist das?»

«Wade hatte meine Privatnummer nicht. Darum ist er an einem Sonntagmorgen in der Sand-Bar aufgekreuzt, um mich zu sprechen. Wie sich herausgestellt hat, war die letzte Nummer, die von Wades Büroapparat aus gewählt wurde, meine Privatnummer. Wade kannte sie nicht. Wer also?»

«Es gibt verschiedene Möglichkeiten, an eine nicht eingetragene Nummer zu kommen», warf Searle ein.

«Das weiß ich wohl. Was meinen Argwohn erregte, war Eloises Beharren darauf, mir etwas mitzuteilen, was ich gar nicht zu wissen brauchte. Eloise, du hast dir übertriebene Mühe gegeben, mich aufzusuchen, nur um mir zu sagen, wo du warst, als Wade ermordet wurde. Ich konnte nicht umhin, mich darüber zu wundern.»

«Manche Leute reden einfach aus Nervosität.» Searle klang, als würde er schon die Verteidigung proben.

«Klar. Ohne Motiv hätte ich auch keinen Gedanken daran verschwendet. Sie hätte Wade bestimmt nicht ermordet, weil er sich scheiden lassen wollte. Ich bin auf das Motiv gestoßen, als ich Elsbeth fand. Es hat eine Weile gedauert, bis ich die Familienähnlichkeit bemerkte, aber als Eloise die Tür öffnete und ihre Tochter sah, war ich mir sicher. Das war mein Motiv. Wade Loftus wurde ermordet, weil er hinter der Tochter seiner Frau her war.»

Searle sagte: «Die Dame sagt aber, sie sei verreist gewesen.»

«Die Polizei hat sogar eine Zeugin, die gesehen hat, daß Wade eine halbe Stunde vor Eloise von hier fortgegangen ist», gab ich zu. «Ich möchte wetten, daß es irgendwo auch ein Motel gibt, in dem Eloise nachweislich die Nacht verbracht hat. Aber in der Zeit zwischen dem Verlassen dieser Wohnung und der Übernachtung in dem Motel traf Eloise auf etwas Unerwartetes. Auf ihren Mann, der auf dem Parkplatz einen platten Reifen wechselte. Wenn die Reifenpanne nicht gewesen wäre, wäre Wade Loftus wahrscheinlich noch am Leben. Lieutenant Stranahan hat mich darauf aufmerksam gemacht, indem er sagte, ich tauge nicht viel als Privatermittler, wenn ich die Bedeutung eines platten Reifens nicht gleich erkennen könne. Die Reifenpanne bot den Anlaß für das Verbrechen. Es war ein Verbrechen aus Leidenschaft.

Ich glaube nicht, daß Eloise geplant hatte, ihn zu ermorden. Nach ihren eigenen Angaben hat sie sich am Sonntag heftig mit Wade gestritten. Irgendwann im Verlauf dieses Streites muß

Eloise klargeworden sein, daß Wades heimliche Geliebte ihre eigene Tochter war. Wie viele Frauen heißen Elsbeth? Es hat sie zutiefst getroffen. Ihr Mann mit ihrer Tochter. Zwar kein Inzest, aber für sie ein ebensolcher Schock. Eloise sagt es Wade auf den Kopf zu. Ich bin sicher, daß auch er aus allen Wolken fiel. Selbst Wade war intelligent genug, um die Folgen zu durchschauen. Sie würden nicht gerade gut wegkommen in der Presse. Wade brauchte Zeit zum Nachdenken. Hiermit hatte er nicht gerechnet. Er ist also auf und davon. Er wußte auch nicht, was er sonst tun sollte. Er mußte Zeit gewinnen.

Allein gelassen, brütete Eloise eine halbe Stunde lang vor sich hin und fand dann, daß sie genug hatte. Sie würde nicht länger warten. Sie packte eine Tasche und ging. Auf dem Parkplatz traf sie zu ihrer Überraschung auf Wade, der noch immer da war, weil er einen Reifen wechseln mußte. Ich nehme an, der Streit hat sich von neuen entzündet, und dann hat Eloise ihn im Eifer des Gefechts erstochen. Es dürfte nicht schwer gewesen sein, die Leiche im offenen Kofferraum zu verstauen und den Wagen zur Kanzlei zu fahren. Dort hat sie sich ein Taxi gerufen. Da sie wußte, daß das Telefon mit einer Wahlwiederholung ausgestattet ist, mußte sie die Nummer der Taxifirma löschen, damit die Polizei ihr nicht auf die Schliche kam. Also tippte sie meine Nummer ein. Dadurch bin ich der Bösewicht. Schließlich ist die Leiche ja in meinem Wagen.»

Eloise sagte keinen Ton. Sie regte sich auch nicht. Sie hätte ein Stilleben auf Leinwand sein können. Ich konnte nicht einmal erkennen, ob sie atmete.

Searle ergriff das Wort. «Was ist mit der Waffe? Oder nehmen Sie an, daß Mrs. Loftus stets ein Stilett in ihrer Handtasche bei sich trägt?»

«Nein, das wohl kaum», pflichtete ich ihm bei.

«Womit hat sie ihn denn dann angeblich erstochen?»

«Mit einem Schraubenzieher.» Es war Eloise, die das ohne

jede Gemütsregung sagte. Sie wandte sich an ihre Tochter. «Bist du jetzt glücklich, Elsbeth? Sind wir jetzt quitt?»

Elsbeths Augen waren von Tränen erfüllt. «Bei dir hat immer alles gestimmt. Meine Mutter, die Collegeprofessorin», sagte sie mit qualerfüller Stimme. Sie war jetzt ganz Elsbeth; Lola gab es nicht mehr. «Ich habe mich so sehr bemüht, in allem völlig anders zu sein als du. Ich wollte nicht im mindesten so sein wie du. Ich habe mir das Haar gebleicht. Ich habe mir eine Tätowierung machen lassen. Ich habe mich vor aller Augen ausgezogen.» Sie brach ab und schluckte. Und lächelte unter Tränen. «Es ist so traurig, daß es fast schon komisch ist. Sosehr ich mich angestrengt habe, nicht so zu werden wie du, bin ich doch am Ende genauso geworden wie du, nur ohne die schicke Fassade.»

Mundo Cruz musterte Eloise mit kalter Distanz. In eisigem Ton sagte er: «Was bist du nur für eine Mutter, Eloise? Was hast du deiner Tochter angetan!»

«Spiel jetzt bloß nicht den Tugendbold!» konterte Eloise giftig. «Wo warst du denn all die Jahre? Meinst du, mit Schecks zieht man Kinder groß?»

«Sei still, Eloise», befahl Cruz.

«Weil du sie im Stich gelassen hast, ist sie so geworden», fuhr Eloise fort. «Du mußtest ja dein Gesicht wahren. Konntest deinen kostbaren Ruf nicht besudeln oder deinen geheiligten Familiennamen.»

«Hör auf!» Cruz war aufgesprungen.

«Katholiken können sich nicht scheiden lassen. So ein Heiliger bist du, Mundo.» Eloise fing an zu lachen. Sie wandte sich wieder Elsbeth zu. «Ich habe Neuigkeiten für dich, Süße.»

«Nein!» rief Cruz.

«Du bist nicht nur genauso wie deine Mutter, du gleichst auch deinem Vater. Sag deinem Daddy guten Tag!»

Cruz ließ sich schwer auf seinen Stuhl fallen. Er sah Eloise ungläubig an. «Mußtest du das tun?»

«Nein, mußte ich nicht», sagte sie kühl. «Ich wollte dich nur an deine Pflicht erinnern, was unsere Tochter angeht. Ich finde, es wird Zeit, daß wir uns mehr als Familie fühlen.»

Cruz holte tief Luft und stieß sie langsam wieder aus. Er wandte sich erschöpft an Searle: «Nathan, ruf die Polizei.»

Nathan Searle nickte und verschwand, um zu telefonieren.

Elsbeth zeigte kaum eine Reaktion, sie starrte selbstvergessen vor sich hin, als wollte sie nicht glauben, was sie gehört hatte. Dann schüttelte sie langsam abwehrend den Kopf.

Ich zog meine Brieftasche hervor und stellte fest, daß ich noch immer die Geschäftskarte von Dr. Espineta hatte. Ich drückte Elsbeth die Karte in die Hand.

«Rufen Sie sie an», sagte ich. «Sie ist gut. Sie kann Ihnen helfen. Sie hat mir durch eine schwere Zeit hindurchgeholfen.»

Elsbeth stieß meine Hand weg, behielt jedoch die Karte.

Ich warf Nick einen Blick zu und machte ein Zeichen in Richtung Tür. Unsere Arbeit war beendet. Die Häscher waren unterwegs. Zeit für den Lone Ranger und seinen getreuen griechischen Gefährten, wieder in den Verkehr hinauszuziehen.

Epilog

Alden Wooleys Story erschien auf der Titelseite. Ich wurde insoweit rehabilitiert, als es hieß, der Mörder sei inzwischen überführt worden. Dem Artikel war andeutungsweise zu entnehmen, daß ich Alden bei seiner Ermittlung ein wenig geholfen hätte.

Nick Triandos stattete für mich der Anwaltskanzlei einen Besuch ab. Ira Levy erzählte Nick bereitwillig, er sei mir nur gefolgt, weil er feststellen wollte, wo ich wohnte, um den geleasten Volvo wiederzubekommen, für den die Kanzlei zahlte.

Wade Loftus ist immer noch tot.

Eloise wartet auf ihren Prozeß.

Ich weiß nicht, was aus Elsbeth geworden ist und ob Lola noch existiert.

«Seine Dolly-Parton-Perücke entlockte ihm ein Lächeln. Sie wirkte so natürlich wie Thelonious Monk am Klavier. Er beugte sich dichter an den Spiegel und riß ein verirrtes Haar über seiner Nase aus. Aus der Ansammlung von Fläschchen auf der Kommode wählte er eins mit blauem Lidschatten aus. Das würde etwas nützen, obwohl man nicht viel machen konnte mit Augen, die wie ein trüber Himmel aussahen. Ein letzter Zug an der Chesterfield, dann wollte er sich seinen Nägeln widmen. Lieutenant Doster McGlamory war fast fertig für seine verdeckte Ermittlung.»

Stacey Shore hat auf dem Broadwalk ihren Secondhand-Buchladen eröffnet. Etwa zweimal in der Woche kommt sie in die Sand-Bar und liest das neueste Kapitel aus dem Buch vor, an dem sie schreibt.

«Schlechtes Marketing, deshalb geht es mit den Kirchen bergab. Sieh dir die Baptisten an. Jede Baptistenkirche heißt erste Baptistenkirche. Erste Baptistenkirche dieser Straße. Erste Baptistenkirche von Florida. Erste Baptistenkirche der Welt. Wenn es erste Baptistenkirche heißt, kann man erwarten, daß es mehr davon gibt. Wenn ich nun ein Sünder bin und daran vorbeifahre, sage ich mir: ‹Gut, da ist die erste. Bei der dritten oder vierten halte ich mal an. Ich habe schließlich Zeit.› Die Baptisten müssen unbedingt ihre Kirchen umbenennen – in Letzte Baptistenkirche oder so. Dann würde ich, wenn ich ein Sünder wäre, denken: ‹Wow! Die letzte! Ich halte besser mal an, um errettet zu werden, bevor es zu spät ist!› Die Leute müssen überzeugt sein, daß es die letzte Station vor der Hölle ist.»

Father Shifty hält noch immer regelmäßig Gottesdienst in

der Sand-Bar ab. Seine Botschaft ist gleichgeblieben: Gott ist besser als der, der in den Kirchen angeboten und im Fernsehen verkauft wird.

Ich möchte glauben, daß er recht hat.

Einige Wochen sind verstrichen, ohne daß ich etwas von Mali gehört hätte. Ich habe weder ihre neue Telefonnummer noch ihre Adresse. Und Phillips Familiennamen kenne ich auch nicht. Ich habe versucht, sie im College zu erreichen, doch da wurde mir gesagt, sie habe sich beurlauben lassen. Ein paar Tage später hat mich meine Freundin Cat angerufen. Sie sagte, sie hätte von Mali gehört.

«Wie geht's ihr denn?» fragte ich.

«Gut. Sie hat mich gebeten, dich anzurufen.»

«Warum ruft sie mich nicht selber an?»

«Sie kann nicht.»

«Sie kann nicht? Warum nicht?»

Cat zögerte. «Sie fürchtet, es könnte Phillip stören.»

«Na und? Soll es ihn doch stören! Sie ist schließlich nicht sein Besitz. Ist ja unglaublich. Mali darf keine Freunde haben, weil der unsichere kleine Phillip ihr nicht traut. Für wen zum Teufel hält er sich eigentlich?»

«Für ihren Mann, Harry. Mali und Phillip sind verheiratet.»

Es ist mittlerweile zwei Monate her, seit ich Mali das letzte Mal gesehen habe und sie gesagt hat, wir würden noch miteinander reden. Haben wir nicht. Und ich weiß nicht, warum. Ich hoffe nur, daß die drei – Phillip, Phillips Frau und Chuckies Schatten – zufriedener sind als ich. Ich weiß, daß es die Mali, die ich einmal kannte, nicht mehr gibt. Der schöne, freie Geist ist gefangen und gezähmt, ihre Seele eingesperrt worden. Es will mir nicht in den Kopf.

Ich weiß nicht. Vielleicht bin ich nur einer Illusion nachgejagt.